“崇信尊崇诚信文化系列”编委会

顾　问：李世恩

主　任：王　锦　张拴会

委　员：王　蕾　张　荣

主　编：张　荣

编　辑：张志强　闫小杰　尚天福　麻　彬　赵富生

　　　　吴　勇　黄文博　梁云荣　王建宏　关彩云

实　施：崇信县新时代文明实践中心

汭河烟云　黄云　摄

鸟瞰美丽崇信　王力　摄

龙泉寺　梁乐　摄

湖桥晨曲　杨泓　摄

辉映　李玉珍　摄

连心桥　刘勇　摄

文昌阁　张新民　摄

芮鞠秀色胜江南　万小莲　摄

尊崇诚信

张荣 主编

敦煌文艺出版社

图书在版编目（CIP）数据

尊崇诚信 / 张荣主编. -- 兰州 ：敦煌文艺出版社，2020.6（2022.1重印）

ISBN 978-7-5468-1911-2

Ⅰ.①尊… Ⅱ.①张… Ⅲ.①社会公德教育－崇信县－文集②散文集－中国－当代 Ⅳ.①D648.3-53 ②I267

中国版本图书馆CIP数据核字(2020)第097667号

尊崇诚信

张　荣　主编

责任编辑：张家骝

封面设计：孟孜铭

敦煌文艺出版社出版、发行

地址：(730030)兰州市城关区曹家巷1号新闻出版大厦

邮箱：dunhuangwenyi1958@163.com

0931-8152351(编辑部)

0931-8773112　0931-8120135(发行部)

三河市嵩川印刷有限公司印刷

开本 787毫米×1092毫米　1/16　印张 21　插页 4　字数 310 千

2020年10月第1版　2022年1月第2次印刷

印数：1 501~3 500

ISBN 978-7-5468-1911-2

定价：65.00元

崇信之信（总序）

马步升

地名和人名一样，名字起得好了，写成字，眼睛看着舒服；嘴里叫出来，口舌生香，耳朵豁亮。“崇信”就是这样一个地名。当然，古人给一个地方命名，并不是随意的，一个地名往往可以跨越时代，超越各种纷争，一个地方的生活可以变，而名字千年仍旧，谁用上都觉得是绝妙好辞。

崇信正式得名于唐朝，取义为尊崇诚信。唐朝和我们现在的时代，可以说是天差地别，但不变的照样不变，也不能变，比如诚信观念。至于“诚信”的语义范围到底是窄是宽，向来有不同说法。其实，对于这个词汇，大可来一个“望文生义”：诚信，诚实守信；崇信，崇尚诚信。这是中国传统文化的核心概念，从先秦道统法统到当下的社会理念与实践，诚信从来都是不可或缺的关键词，而对诚信的崇信，从来都是一面迎风招展的旗帜。这样一个括古融今的优质词汇，自崇信诞生之日，便独擅其名。无疑，这是崇信的幸运。而所有的幸运也从来都需要责任和担当，去守护，去延续，去发扬光大。

崇信的得名看起来只有一千多年，但获得这个命名却并非突如其来。有据可证的是，早在先周时代，周人祖先便在如今崇信一带繁衍生息，他们焚茅断草，披荆斩棘，开垦土地；他们陶复陶穴，聚族而居；他们顺天应人，待时而动。他们在崇信的大地上，点燃了文明初肇的火炬，他们为后世的崇信人，积攒了存活于天地间的基本经验。在自然的力量大于人类的力量时，人类要想在一个地方生存发展，必须祈请天地的赐福，而这种福报却不是无条件的。风调雨顺是天地对生灵之信，生灵要获得天地之信，必须以自身之信作为前提，作为保障。天地有时令，时令便是天地给生灵吹响的作息号角，生灵不守天地之时令，必然会付出应有的代价。

因此，崇信的得名，大可用得上一句古语：良有以也。

当然，这只是猜测。任何猜测，只要符合情理，便至少拥有逻辑价值。

我们不必去典籍中寻找论据，看看当下的崇信人是怎么做的，就可以了。为什么呢？当下人的一言一行，从来都不会是无源之水无本之木，追本溯源，其本扎根足够深，其源足够悠远。也就是我们常说的文化传统公序良俗吧。当下的崇信是一个带有浓厚传统色彩的县域，而又有着时代风尚的深刻浸淫，传统与现代的嫁接和融汇，共同塑造出一个当代崇信。传统之处，根红苗正，一言一行一事一物，其源可以直追上古，而其现代景观，又与大时代同频共振。

不妨看看手头的这套有关崇信的文集，这里有崇信人的过去，也有崇信人的现在，还有崇信人对未来的设想。细而分之，有当下崇信主政者对崇信这片天地赋予的理想理念，有崇信广大群众的日常生活，有从崇信走出去的崇信子弟对家乡的怀望之情，有崇信文化人的怀古幽情和现实感受，也有偶尔涉足崇信者的现场观感，而所有文字汇聚起来的主题词却是响亮无疑的，这就是：以诚信塑造崇信，以崇信强化优化源远流长的诚信品质。真可谓，一册在手，崇信全有。

是为序。

庚子二月二十二日于兰州之夜

目 录

Contents

农耕记忆

诚信论坛

尊崇诚信　加快发展

王锦

诚信是中华民族优秀传统文化的思想精华和道德精髓，是社会主义核心价值观的重要内容，贯穿历史长河，伴随时代发展，内涵意蕴极其丰富深刻。我国有大大小小两千多个县，其古称谓大多源于山川地理，或出自历史掌故，举其名如见其地，审其义即辨其疆。崇信的县名来历当属于后者。崇信既是中华文明重要发祥地之一，也是古丝绸之路的重要驿站，新石器时代先民已定居于此，繁衍生息。据《旧唐书》记载，唐德宗贞元四年（788），唐代名将陇右节度使李元谅筑城屯兵，防御吐蕃，名曰崇信城，“崇信”之名始见史册，取“尊崇信任”之意。可以说，“崇信”一词自诞生之初，便蕴含着诚信的文化基因。随着朝代更迭和时代进步，教人诚实劳动、重信守诺的崇信精神不断发扬光大，对这方土地的文化浸润也一以贯之。如今的崇信，民风淳朴、社风良好、政风务实，“尊崇信任”已成为崇信文化遗产的“金字招牌”，成为引领崇信经济社会发展的精神动力。

综观中国历史，各个朝代对诚信都非常重视，古代文献中的相关记载不遑枚举。《尚书·汤誓》记载："尔无不信，朕不食言。"《礼记·礼运》记载："大道之行也，天下为公，选贤与能，讲信修睦。"《大学》更认为修身、齐家、治国、平天下必须从"正心诚意"开始，只有内有"诚"，外才可能有"信"，"诚""信"是连在一起的。到了唐代，诚信更是被纳入到国家治理的体系，《贞观政要·诚信》清楚地记载了"德礼诚信，国之大纲"。改革开放之后，党的十二届六中全会把"诚实守信"首次纳入精神文明建设。党的十七届六中全会提出大力推进政务诚信、商务诚信、社会诚信和司法公信建设，对诚信建设进行了系统化布局。党的十八大提出培育和践行社会主义核心价值观，习近平总书记强调，要"深入挖掘和阐发中华优秀传统文化讲仁爱、重民本、守诚信、崇正义、尚和合、求大同的时代价值"。党的十九大提出要"推进诚信建设和志愿服务制度化，强化社会责任意识、规则意识、奉献意识"。

由此可见，诚信是经济发展、社会稳定的基础，继承和发展好诚实守信的传统价值观，对于个人和社会来说都具有十分重要的意义。讲诚信是立身做人的根本。中华传统文化中将"信"与"仁义礼智"共同作为做人最基本的五种品行和道德。如人们常说的"人无信不立""一言既出，驷马难追"等名言佳句，都说明了诚信的重要性。讲诚信是社会公德的核心。社会公德是人们在社会交往和公共生活中应该遵守的行为准则，无论党员干部还是普通群众，都必须把诚实守信当作第一要求，如果说话不算数，不讲道德、不讲廉耻，终究会被社会淘汰。讲诚信是经济发展的基石。经济社会发展离不开诚信建设。就崇信而言，县域经济的特点决定了我们必须通过招商引资、项目拉动、旅游消费等方式，助推经济实现高质量发展。这更需要我们诚实守信，重信守诺，努力营造良好的营商环境。讲诚信是政府公信的源泉。政府诚信在社会信用体系中居于核心地位。如果政府不讲诚信，就会损害国家形象和政府公信力；如果政府不讲诚信，企业诚信、个人诚信就无从谈起。我们必须进一步转变政府职能，加快诚信体系建设，全面提升政府公信力。

然而，受经济高速发展和社会转型的冲击，物质文明与精神文明不适应、不协调的问题逐渐凸显，政治、经济、文化“三大领域”诚信缺失现象比较普遍，比如，一些人契约精神消退，“君子一诺，重于千金”的精神被重利轻义的市场交易原则取代，“老赖”“失信”等问题屡见不鲜；一些企业以非法手段攫取高额利益，制假贩假、拖欠工资等问题时有发生，等等。这些都充分说明，推进诚信建设还有许多工作要做，还有很长的道路要走。我们必须持之以恒，久久为功，全力加快诚信崇信建设步伐，让诚信之花更加绚丽，让诚信美德遍布每个角落。

第一，推进政务诚信建设，做到依法行政。政务诚信对社会风尚发挥着重要的引领和表率作用。习近平总书记在视察甘肃时的“八个着力”重要指示，其中一条就是“着力改进干部作风，提高党和政府公信力”。我们必须坚持把依法行政贯穿于决策、执行、监督和服务全过程，持续深化“放管服”改革，健全权力运行监督体系，深入推进党务、政务和村务公开，主动接受人民群众的监督。建立公务员诚信档案，将个人有关事项报告、违纪违法行为等信息作为干部考核、任用和奖惩的重要依据，杜绝“新官不理旧账”的问题。健全守信践诺机制，扎实推进依法行政、诚信施政，对企业的承诺坚决落实，对群众的承诺坚决办到，营造信用为本、履约践诺的良好社会风尚。

第二，推进商务诚信建设，优化发展环境。守法经营是任何企业都必须遵守的一个大原则。我们应该在加强商业道德建设上做文章，持续推行诚信“红黑榜”制度，加快构建跨行业、跨部门的“守信联合激励，失信联合惩戒”机制，对信用良好的企业在财政资金扶持、信用融资等方面实行联合激励，对不讲诚信、恶意逃避债务的企业实施联合惩戒，让守信者畅行天下，

让失信者寸步难行。积极开展“诚信示范街”“诚信企业”等创建活动，严格落实招商引资优惠政策，保护企业家的合法权益，积极营造“亲”“清”新型政商关系。

第三，推进司法公信建设，维护公平正义。司法公信力是法治社会的基石。苏辙在《河南府进士策问三首之一》中说：“法立于上则俗成于下。”这就要求我们必须以人民为中心，坚持“法定职责必须为、法无授权不可为”，在任何时候、任何情况下，始终坚守政策规定的“底线”，严守党纪国法的“红线”，做到依法用权、依规用权。必须加大法律执行力，广泛借助司法机关、监察机关等各方力量，坚决整治各种不诚信行为，让法律成为咬断“执行难”的“铜牙铁齿”。深入推进扫黑除恶专项斗争，严厉打击“黄赌毒”“盗抢骗”等违法犯罪活动，切实提高人民群众的获得感、幸福感和安全感。

第四，推进社会诚信建设，夯实信用基础。人的全面发展是社会诚信建设的理论旨归，只有实现人的诚信，才能实现社会的诚信。我们将大力弘扬中华民族优秀传统文化和“尊崇信任”的崇信精神，积极践行社会主义核心价值观，引导广大干部群众正确处理经济利益和道德价值的关系，形成崇尚诚信、践约守信的社会风尚。持续推动诚信文化传播，推出一批带有诚信元素的戏剧、文学等文艺作品，建设诚信主题公园、诚信一条街等宣传载体，以文化人，以德育人。坚持把诚信建设纳入“五城”同创的具体实践中，融入“文明单位”“崇信好人”“最美家庭”等评选活动中，以先进典型教育人、引导人、鼓舞人。

诚信建设是一项重大理论命题、重大现实问题、重大社会工程。我们要深入学习贯彻习近平总书记关于推进诚信建设的重要论述，把诚信建设贯穿到经济社会发展各领域，树立价值标杆，加强宣传教育，使诚实守信成为全民的自觉行为规范，为建设活力创新法治美丽幸福新崇信凝聚强大正能量，为实现“两个一百年”的奋斗目标和中华民族伟大复兴的中国梦做出更大贡献。

王锦，现任平凉市人民政府副市长，原任中共崇信县委书记。

平凉的性格

王正茂

因为我最近有感于马步升先生、叶舟先生写的一系列关于平凉的作品，我想谈一些对平凉粗浅的认识，并对平凉、平凉人的性格做一些阐释。我认为平凉有这样一些性格：

一、坚守执着。立下愚公移山志，敢教日月换新天。平凉人认定的理一定会坚持到底，平凉人认定的事一定会做到最好。庄浪人修梯田，静宁人种苹果，泾川人搞绿化，华亭人挖煤炭，这几件事都做到了国家级水准，成为平凉性格的最好代言，其根本原因就是“一张蓝图绘到底，一届接着一届干”。在崇信县，这几件事都在做，也都做得很好。我们也有煤炭，我们的新窑煤矿在20年前就是全国小型煤矿经营管理示范单位。我们搞绿化也非常有成效，现在整个县城已经是“半城绿色半城水”，龙泉寺简直可以与苏州园林相媲美，所有初次到崇信的人都会为此惊叹不已：想不到在黄土高原深处会有这样一个地方，会有这么一座美丽的生态绿色小城。近世以来的所有能够熔铸平凉性格的故事和人物，无一不具备坚守执着的特质。

二、忠诚耿直。平凉人大多性情耿直，讲话直率，忠人之事，重人之托，外地人都觉得平凉人是可信可交的朋友。我认为这种性格的形成与平凉的历史有关。古时的平凉曾是多民族交流交融，甚至交战的地带，这一漫长的过程中，城头变幻大王旗，你方唱罢我登场，各民族在其间来来往往，无疑会对平凉人性格的形成产生重要影响，甚至打下深刻的烙印。

三、崇文尚信。平凉人对文化的尊崇、对文化人（先生）的尊重，在一代一代传承，是深深烙进血脉里、发自内心的。小时候，老人教导我们要爱惜字纸，写过字的纸不能随便糟蹋。20世纪90年代，县区普遍拖欠工资，但为了改善办学条件，县委县政府号召干部群众捐资兴学，大家全都积极响应。这从一个侧面反映了平凉人对文化教育的热爱和真心支持。平凉人信守诺言，重诺而不轻诺，更不会违诺。到现在为止，我所了解到的农家盖房子、娶媳妇向亲戚朋友借点钱都是能借到的，之后或长或短时间内，借钱的人肯定会想尽一切办法把钱还给人家。据我所知，崇信民间借贷很少发生大的纠纷，闹到公堂上的情况更是少见。所以崇信县委、县政府倡导诚信文化，是具有深厚的历史文化渊源和群众基础的，这种精神、这种品德早已在这片土地上扎根。此外，还有一些名人对平凉产生过影响，比如左宗棠，在平凉扎下大营之后，做了很多准备工作，然后抬棺西行，这种壮举足以影响几代人。乡贤文化在这一块土地上也有深厚的基础，一个村子、一个区域内一些有名望的人说几句话很管用，老百姓都非常愿意听，我觉得这对于下一步乡村振兴战略的实施很有借鉴意义，要充分用好乡贤文化，厚植深挖，弘扬传承，可能就会起到事半功倍的作用。

四、淳朴厚道。平凉是典型的农业大市，农耕文化浸润着这里的每一寸土地和每一个人，大家按照农业文明的价值取向和道德准则生活，恪守“忠厚传家久，诗书继世长”的祖训，讲荣辱，明廉耻，知进退，守底线。据我了解，几乎每一家新修的房子上面都有“耕读传家”的匾额。但是这种价值取向和现代的信息社会又会有很多矛盾和冲突，如何守正创新，既传承优秀传统文化，又树立现代契约精神和法制思维，是我们在诚信文化建设方面必须破解的课题。

五、几点建议。一是发挥生态优势。我觉得崇信的生态建设已经卓有成效，真正体现了“绿水青山就是金山银山”的发展理念，已成为吸引客商投资的一大要素，我们要继续发扬光大。二是要继续学习互联网思维。三是改善交通状况。崇信是甘肃少数未通高速公路的县之一，必须补齐短板。四是培育主导产业。除了煤炭生产，必须实现农业升级换代，推进服务业快速发展。五是树立文化自信。平凉其他几个县文化的辨识度非常明显，但是崇信文化、崇信人的性格辨识度不是很高，我们要勇敢地亮出我们的文化品牌，比如公刘农耕文化、华夏古槐王、三异柏、娑罗树，这些我们都应该作为文化品牌推出去。六是珍惜干事环境。崇信的政治生态非常好，我们的领导班子、我们的干部都在一心一意谋发展，全心全意为老百姓干事情，这是非常值得珍惜和维护的。

无论走到哪里，我都会记惦着这一块土地，记惦着这一块土地上生活的人们，记惦着这一块土地的养育之恩。无论走到哪里，我都会坚定地告诉大家：我是崇信人！

王正茂，甘肃省文联副主席。

诚信文化建设的若干思考

李晓东

诚信是中华文化之魂。我认为中国的诚信文化最早应该是从伏羲开始，他曾“制嫁娶，以俪皮为礼”。礼就是信物，男女双方通过信物相互信任。男的拿着鹿皮给女方家里面，说明这个人能力很强，可以打来野物，打来鹿，要不没法养活她。信任是中华文化的基石。《周易》里面也有一些跟诚信有关的内容，比如大有卦第五爻爻辞：“厥孚交如，威如，吉”。而中孚卦其卦形外实内虚，比喻心中诚信。革卦爻辞为“已日乃孚，元亨，利贞，悔亡”。这些内容的核心都是诚信。

《道德经》里面对诚信也有很多的论述：“古之所谓‘曲则全’者，岂虚言哉？诚全而归之。”“夫轻诺必寡信，多易必多难。”“大丈夫，处其厚，不居其薄；处其实，不居其华。”“信者，吾信之；不信者，吾亦信之，德信。”“信言不美，美言不信。”善良的人说真话一定不需要美丽的词语来装饰它。

孔子是一个很有思想的人，他更重视“信”。比如《论语》里面讲道：“人而无信，不知其可也。大车无輗，小车无軏，其何以行之哉。”“君子不重则不威，学则不固。主忠信，无友不如己者，过则勿惮改。”“主忠信，徙义，崇德也。”“夫子之道，忠恕而已矣。”

宋明理学讲到了“正心诚意”。程颐说：“诚则信矣，信则诚矣。”可见诚信在于信，也在于诚。王阳明说：“故格物者，格其心之物也，格其意之物也，格其知之物也；正心者，正其物之心也；诚意者，诚其物之意也；致知者，致其物之知也：此岂有内外彼此之分哉？理一而已。”

李贽的“童心说”讲的是“一念之本心”，也是讲良知，讲诚信。所以说，孔子的“信”和宋明理学的“诚”共同构成了中国诚信文化的两大主体。再看我们人民领袖是怎么说的，毛泽东在湖南省立高等中学读书时写了一篇《商鞅徙木立信论》，时任国文教员的柳潜对其大加赞赏。我国改革开放和现代化建设的总设计师邓小平一贯倡导“说老实话，办老实事，做老实人”。

诚信是市场经济的第一原则。不管是打工，还是做生意，如果你没有诚信，将会寸步难行。如果在家里面，父母也许可以帮你理解你，但外面的人都是按照规律来行事的。我们要建设社会主义市场经济，一定要把诚信作为一项根本的制度规范。那么，什么是诚？什么是信？我在这里有必要做简要总结。《说文解字》里面对于“诚信”一词的解释是：“诚，信也。信，诚也。”所以，诚就是信，信就是诚。诚信合为一体，既相互阐释，又相互滋生，相辅相成，相得益彰。那么从现代伦理学的角度去看，诚是立于内心，是道德个体的单项要求，是作用约束自己。信是内诚于心，外信于人。诚是规范个体，信是规范社会。诚是道德主体的内在联系，信是内诚的外化。在褒扬的同时，还要有惩戒之律。习近平总书记指出，对突出的诚信缺失问题，既要抓紧建立覆盖全社会的征信系统，又要完善守法诚信褒奖机制和违法失信惩戒机制，使人不敢失信、不能失信。2014年，中央精神文明建设指导委员会印发了《关于推进诚信建设制度化的意见》，对诚信建设有一个非常完整的制度安排。社会主义核心价值观倒数第一个词是“友善”，倒数第二个词就是“诚信”，所以“诚信友善”是整个社会主义核心价值观的一个托底，如果没有“诚信”“友善”，前面的“富强”“民主”等都将无法实现。

我想对崇信县推进诚信文化建设的举措提出几点建议：第一，编辑《二十四诚信图册》，“二十四孝”里面很多故事很残忍，但诚信的故事不残忍，比如“齐桓公不背曹沫之盟”“晋文公不贪伐原之利”“魏文侯不弃虞人之期”“秦孝公不废徙木之赏”等。我们可以把这些故事在我们的诚信文化公园里面展示出来，把它变成诚信文化和传统文化对接的一个方面。第二，建一些诚信广场，打造一些塑像，除了公刘和李元谅，还可以塑很多著名人物，把他们的诚信故事生动地展示出来。当然，也可以用戏剧、舞台剧来具体展现，甚至可以和老百姓互动起来。第三，评选“诚信崇信人”，包括企事业单位、家庭、个人等，给大家做表率。第四，征集推广古今诚信格言，组织征文活动。第五，以庆祝中华人民共和国成立70周年为契机，举办崇信杯·诚信文学作品大赛。第六，和巧手扶贫项目结合，推出一些崇信“诚信产品”，比如诚信苹果等，苹果上面可以印制“诚”“信”“礼”“仪”等字，把诚信产品推出去，把我们的形象树起来。第七，县城、乡镇的路可以“诚信”“崇信”来命名，比如诚信大道、守信大道、立信大道、诚义街、诚明街、诚远街、崇实巷、崇廉巷，让群众驻足而观，在潜移默化中形成行动自觉。第八，建立刚柔相济的失信惩戒机制。这个机制既要刚性，又要有操作性，有时候面子和里子一样重要。

李晓东，《小说选刊》杂志社副主编，甘肃省天水市委常委、副市长（挂职）。

让诚信之光照亮中华大地

梁建军

一直以来，我都在思考这样一些问题：

第一个问题，什么是诚信？崇信和诚信有什么关系？诚是诚实，信是信用，诚信是中华民族的传统美德，是中国文化的精髓之一，而且在我们现代社会诚信显得尤为重要，所以说我们现在说的这个问题应该是非常紧迫的。圣人孔子曾说："人而无信，不知其可也。"有这么一个故事：

从前，有一个国王想从自己的儿子中选出一位最诚实的作为王位继承人，所以他给每个王子一粒种子，并让他们种下种子。三个月后他看到很多王子兴高采烈地捧来了五颜六色的花，只有一个王子哭哭啼啼、泪眼蒙眬。国王就问他："你为什么哭啊？"这个王子回答："我在三个月里每天按时浇水，甚至把它捧到怀里面，但是它就是没有开出花朵。"国王说："恭喜你，我未来的国王！其实我给你们的种子都是炒熟了的，我就是要看谁更诚实。"

通过这个故事我们看出，诚信是一种很重要的品质。有关诚信的故事还有很多很多，尤其在我们中国，因为我们中国人历来重视诚信的品质。

再说说我们崇信和诚信的关系。我觉得对崇信影响最大的有两个人：一个是公刘，一个是李元谅。公刘是农耕文化的鼻祖，他带着族人从泾河下游逆流而上到芮鞫这个地方，教民稼穑，传习桑麻，在这里播下“尊崇信任”的种子。晚唐名将李元谅在这里初建崇信城，取“尊崇信任”之意。所以崇信的诚信文化是大势所趋，人心所向。

第二个问题，如何让诚信深入人心，让诚信照亮中华大地？我认为首先要提高政府和企业的公信力。政府的好决策往往能让一个地方搭上发展的快车，发展得非常快，而一个错误的决策可能会导致这个地方长期停滞不前。企业更是要讲诚信的，企业文化里面最核心的是诚信文化，如果一个企业丧失了诚信，那么它的后果是不堪设想的。企业必须要把诚信这根弦看得特别重，只有这样企业才能不断发展。除了政府和企业，个人也要讲诚信、守规矩，依法办事，宽以待人，这样的话整个社会才能前进，才有希望。

第三个问题，我们怎么借助诚信文化，加快崇信的发展？这个问题需要从四个方面来说。第一个方面是转观念。比起发达地区，我们这里的观念相对落后，所以我们要坚定信心，要转变作风，更重要的是观念要新，这样才能把事情处理得很周到、很到位。第二个方面是“保”。我们崇信老城的一些遗迹之前遭受到了不同程度的破坏，我们现在急需采取保护措施。而且我们还有很多非物质文化遗产需要发掘，而在保护这一方面，我们的氛围还不够，成效还不足，还需要加把劲。第三个方面是“创”，创是什么呢？“创”就是创新，“创”就是创业，在这一点上我们做得明显不够。还有一个方面就是我们的法治建设，我们要让失信的人进入黑名单，让他们“一处违法，处处受限”。

诚信的人走遍天下，虚伪的人踏破铁鞋无知己。诚信就像一壶酒，它是越老越醇，越来越香；诚信就像一朵花，它是多姿多彩，灿烂缤纷；诚信就像一片海，辽阔无边。人道是无心不可，无信不立；国无信不威，国信则国立，国信则民富。只有我们全社会重视诚信文化，践行诚信文化，崇信才有美好的未来。诚信是耀眼的阳光，它的光芒普照大地；诚信是广袤无垠的山川，它的胸怀能容纳万物；诚信是秀丽神奇的河流，它能净化人的心；诚信是最美丽最圣洁的心灵，它让人问心无愧，心胸坦荡。所以从这一刻起，让诚信与我们同行，让黑暗变得光明，让社会变得温暖，让生命充满活力。一代人有一代人的长征，一代人有一代人的担当，解决诚信问题不可能毕其功于一役，需要久久为功，需要接力跑，跑出好成绩，这就需要我们共同努力，让诚信的理念深入人心，让诚信成为一种习惯，最终让崇信因为诚信而扬名国内外！

梁建军，北京博雅方略文旅集团副总裁，北京博雅方略旅游景观规划设计院副院长、总规划师、上海院院长。

移动社会的来临与崇信经济社会发展路径选择

刘思敏

在我看来，崇信应该是到了经济发展的一个转型期，那么转型期的崇信到底该走什么样的路，围绕此问题，我想谈一谈我的看法。

第一部分，旅游颠覆世界（移动文明和移动社会理论）。我们对美好生活的向往包括消费升级，那么物质消费必然要往精神消费的方向发展，而旅游正好是以物质消费为载体、以精神消费为核心的。坚持物质需求和消费需求并重的旅游消费正是我们未来消费最重要的载体，也是我们人民群众对美好生活向往的表现。未来旅游服务贸易将会成为最大的贸易。我现在从生活方式视角来对人类文明做梳理，我就发现人类从游牧到定居发生了巨大的改变，产生了地域文明、地域生活，那么这个文明是不是人类文明的终极形态呢？答案是否定的。因为它虽然能解决效率的问题，但是它推动不了人类社会进步。简单地说，当人类还在游牧的时候，我们是本能地在移动，到了定居生活的时候，“一亩地，两头牛”就是人的理想，而到了城市文明的时候，旅游的主体意识就全面提高了，大众旅游时代随之到来。那么，也就是说，历史上人类的移动，比如说战争的移动、商业的移动、探险朝圣这些移动都显得不重要了。所以说我们未来城市的竞争关系到谋生的移动，未来的竞争就是城市的竞争，就是文化的竞争，就是旅游的竞争。

第二部分，崇信经济社会发展的路径选择。崇信的农业比重很小，第三产业比重也很小，异军突起的是第二产业，而第二产业主要是以煤炭为主，我认为这个产业结构并不科学，未来能不能持续，似乎很成问题。崇信如果发展好服务业，那未来也是很有希望的。我们有必要想想怎么利用较好的自然条件和人文资源去吸引外面的游客。在交通条件改善之后大力发展旅游业，这才是提升第三产业的重要途径。很多崇信人走出去以后，他们会产生无比强烈的乡愁。而当这些崇信人回来之后，如果能把家乡的价值挖掘并发挥出来，打造出适合现代人的精神田园，使更多人到这来交流，这才是发展的动力所在。

刘思敏，中国旅游报首席评论员、高级记者，中国未来研究会旅游分会副会长。

践行诚信，人人有责

周绚隆

诚信是社会发展的根本。我们的政府和媒体，都在提倡诚信的重要性，但关键问题在于我们每个人如何践行。我认为诚信的核心包括这样几个方面：

第一，诚信是一种古老的价值观。诚信是人类社会互相信任的一种基础，是社会与社会、人与人之间交往的一个前提。首先，自古以来大家对于诚信的问题是有共识的。孔子的弟子曾子曾说：“吾日三省吾身：为人谋而不忠乎？与朋友交而不信乎？传不习乎？”子曰：“道千乘之国，敬事而信，节用而爱人，使民以时。”子曰：“弟子，入则孝，出则悌，谨而信，泛爱众，而亲仁。行有余力，则以学文。”儒家思想告诉人们与朋友交往应该言而有信。《论语·述而》对孔子的教化内容做了概括：“子以四教：文、行、忠、信。”孟子在他的著作中对信也有阐释：“仁义忠信，乐善不倦，此天爵也。” “天爵”就是人的德行。道家思想也强调信。老子讲：“夫轻诺，必寡信。”《庄子·盗跖》：“尾生与女子期于梁下，女子不来，水至不去，抱梁柱而死。”《韩非子》是法家思想的代表著作，其中记载道，管仲晚年，向齐桓公告假，要求隐退，齐桓公让他推荐继任者，他推荐了隰朋，理由是隰朋“为人也坚中而廉外，少欲而多信。夫坚中则足以为表，廉外则可以大任，少欲则能临其众，多信则能亲邻国” 。其实，在先秦诸子中，从道德的层面对“信”的认同是有共识的，我要强调的是，“信”作为早期的一个道德标准，最后进入主流的道德价值体系，则始于西汉的董仲舒。从董仲舒思想再往回推，有一个递进的过程。《礼记·中庸》里提到：“人者仁也，亲亲为大；义者宜也，尊贤为大。”孟子则提出：“恻隐之心，仁之端也；羞恶之心，义之端也；辞让之心，礼之端也；是非之心，智之端也。”而董仲舒对儒家道德思想做了概括之后则把“信”加了进来，提出了“五常”——仁、义、礼、智、信。他对汉武帝进献“天人三策”之后，汉武帝决定罢黜百家，独尊儒术。此后，儒家三纲五常就成了儒家道德的核心，成了国策，影响了中国社会两千多年。不管后来的宋明理学，还是其他哲学流派，基本上都没有突破它。

在社会主义核心价值观中，诚信也是重要的内容之一。社会主义核心价值观的三个层面是有区别的，一个是国家层面，一个是社会层面，一个是国民层面。比如说“爱国、敬业、诚信、友善”，就是针对国民个人修养来说的。

我们的文化为什么如此重视诚信？中国文化之所以能够保持强大的生命力，就是因为重视诚信。我们的社会，在理论层面是崇尚诚信的，而且在道德上设了很高的标准。历朝历代都有思想精英不断提倡、弘扬、传播，所以这种价值观我们能一直延续下来没有中断。封建社会中，每一次改朝换代，每一次政治争斗，都会对传统价值观造成破坏。在这个过程中，我们的先贤、社会精英起到了非常重要的维系作用，每个人在提倡这些社会价值观的同时，都注入了自己的理解，设定了非常高的道德标准，在精英的层面，这是非常重要的，也是我今天想强调的。在价值的传播中，我们的先贤特别重视“躬行实践”“知行合一”，价值观只有体现在行动中才会有意义。现在虽然我们的政府在提倡，媒体在呼吁，但真正能做到的人不多，所以实践才是关键。而这一点，我们古代的智者们很早就注意到了。孔子曾讲道：“躬行君子，则吾未之有得。”意思是：按君子的标准来行事，我觉得我做得还不够。这说明他对实践看得非常重要。王阳明在答友人问时，提出“知行”原是两个字，说一个工夫。也就是说，一定要把认知层面和行为结合起来。宋代理学围绕格物致知发生了争执，根本分歧都是怎么解决实践的问题。

第二，理论与实践，传统与当下。在价值观方面，我们的古人非常重视实践。在传统的农业社会里，一些家族，通过参加科举慢慢上升为地方精英，参与社会管理。这种以世家大族为代表的社会精英，通过长期的实践与积累，能够就一些观念形成共识，产生隐性的道德约束力。我们知道在传统社会里，尤其在封建时期，地方的管理都有宗族力量的参与。

古人做官，退休了一定要回到原籍去，回去后就修祠堂，办学校，为地方做贡献。士大夫居乡里，尽管没有领导管理地方的责任，但是一旦地方有事，往往会帮助政府维护地方稳定。在传统社会中，价值观的形成往往通过这样的渠道：思想界精英倡导——士人阶层追随跟进——（以师承、血缘为纽带）——逐步培养形成风气。

20世纪以来，我们与传统社会已渐行渐远。城市化发展的迅速、地区之间发展的不平衡、社会分配的不均，等等，都不同程度地影响着社会道德的健康发展，失信的问题现在已不容讳言。所以，现在提倡弘扬社会主义核心价值观真的是势在必行，也是每个人都要思考的问题，因此，崇信举办诚信论坛正当其时，我觉得非常好，也是我们所关注的问题。

第三，践行诚信应该有约束力。我演讲的主题是“践行诚信，人人有责”。践行诚信，首先是要达成思想共识。在城市化的大背景下，共识非常重要。现在，城市的流动性破坏了传统社会赖以凝聚的纽带，因此共识的重要性就凸显出来了。同时，信息的传播速度越来越快，手段也越来越丰富，人们在思想上就一种价值观达成共识也越来越容易。其次，要形成内外双向的约束力。社会对失信行为的容忍态度要改变，失信违约者必须付出必要的代价。再者，就是政府带头，人人有责。提到诚信，我们一般想到的是公民个人修养的问题，而容易忽略政府失信的问题。但是综观历史，我们会发现，历朝历代对社会价值体系和民众道德观产生负面影响的，有时候是权力。我们一定要吸取历史的教训，各种权力部门要首先带头践行社会主义核心价值观，政府既要倡导，也要垂范，要重信誉，不能失信于人民。这就要求我们每个人都要有一种担当意识和责任心。古人说："上有所好，下必甚焉。"如果我们政府都不能做到，那么民间更不可能做到。

周绚隆，人民文学出版社副总编辑，中国红楼梦协会常务理事，中国明代文学会理事，中国编辑协会常务理事。

关于诚信 关于崇信

马步升

王锦先生在致辞中起到了开篇立论的作用，同时在回答提问的时候，又对崇信从县名的来源表达了核心立场，这个环节我们可以看作是一种历史表述、学术表述，同时，我认为它是一种诚信的宣言。得出一句话，让诚信成为崇信的另一个名字，体现了一种责任、担当的情怀。王正茂是我们崇信走出去的。我有一篇长篇散文叫《故乡的反方向是故乡》，为什么呢？我们站在这个地方看这个地方往往会熟视无睹，当我们站在另一个角度的时候，会发现从来没有发现的东西，它从另一个角度代表了平凉性格，也包含崇信性格，从另一个角度解读了崇信，也就是崇信人的优点、弱点，崇信文化的优点、弱点。李晓东是挂职干部，做了很多实际的事情，尤其是帮我们甘肃文化走出去、求融合的事情，他从典籍出发，对诚信文化做了详细的说明。梁建军作为一位企业家、学者，他时时刻刻在考虑家乡的发展和家乡发展的路径。刘思敏提出了一个概念，他从我们大家可能不经意的事情中发现了社会发展的机密，比如他从细小的东西发现了社会发展的脉络和方向，所以他对移动社会的界定是十分有价值的界定，是对这个时代最精确的概述。周绚隆对诚信文化做了一个大体的梳理，他的梳理就是对诚信文化从哪里开始、走到哪里的状态做了一个精准的概述。

我认为诚就是内诚于心，信就是外信于人。诚实无欺，讲求信用，传统文化不论怎么解释，最后的归结点就是诚信。第二个我要强调的是，诚信是人类有史以来大家共享的资源，不论哪个国家、哪个时代、哪个民族、哪个团体。没有人会鼓励自己的国民、自己的人不讲诚信，所以说诚信是一种道德的要求，也是秩序的要求，但是它是一种价值尺度，它给我们提示的至少是一种主张，虽然说我们时时有人不讲诚信，诚信社会也未必一定能够实现，但是虽不能至，心向往之，这是一个必须要做的事情，必须强调的事情，所以说诚信不是某个人、某个时代、某个团体的专利，而是一种共享的资源。因此，诚信并不具有排他性，不是你这有，他那没有。大家共同提倡诚信的时候，诚信的价值就体现出来了，谁在诚信方面做得更好，谁就站在了诚信的制高点，就可享用诚信带来的荣誉。让我们大家都纠结的是，诚信毕竟是一种付出，一种前期投资，我给人付出了诚信，我能不能得到诚信，我心向明月，明月照沟渠，该怎么办？这可能是所有人都纠结的，我们都有人性的弱点，这可能是大家在诚信上面临的一个困境。我们中国的老先人很聪明，首先，有一个字义上的解释：成者诚也。有诚信能成功，这样就建立起了一个因果关系，这样就把这个难题破解开了，官方的表达是不能让老实人吃亏，这不是一个立竿见影的因果链，这个问题应该分为三个阶段：第一阶段，我今诚信了，今有回报，这是现世报；第二阶段是延后报，路遥知马力，日久见人心，好人有好报；第三阶段是来世报，积善之家，必有余庆，积不善之家，

必有余殃，是警醒，也是诅咒。

过渡到今天的主题，崇信的前世今生是什么，崇信要干什么，崇信要怎么干，这让我想起了世界上很流行的一本书——《定位》。20年前，这本出自美国作家之手的《定位》改变了很多人的思维方式。在我看来，不管是个人还是社会，如果定位不准，就会失位。

近年来，有这么一个情况。我们改革开放以来，中国人先后进入了三个阶段：第一个是产品至上的时代，那个时候市场体系不齐全，产品比较单一，同类同质商品较少，市场竞争主要是通过产品本身的性质造成的差异性来谋求利益；第二是形象至上的时代，产品之间的差异性缩小，同类同质产品充斥，产品互相之间缺少区分；现在这个时代，定位至上，随着竞争的进一步加剧，产品日益同质化。如今的崇信，好苹果也能种出来，好牛也能养出来，古槐树也能保存3200多年，但是我们怎么样发挥它的价值优势，怎样将好苹果卖出去，我觉得这是现在要解决的问题。在产品同质化，信息互相干扰的时代，我们要知道崇信的前世今生，我们更要知道崇信未来该如何发展。

马步升，中国作家协会散文委员会委员，甘肃省作家协会名誉主席，甘肃省社科院文化研究所所长、研究员。

时代新风

尊崇信任聚力量

1=A 4/4

刘顶柱 词曲

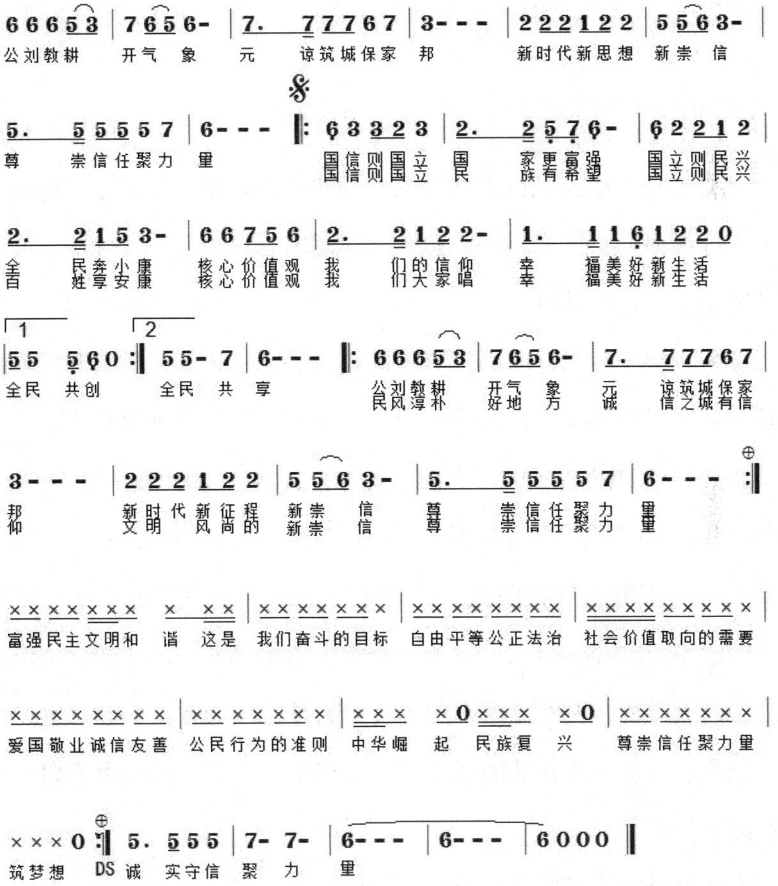

老信家的特别“宣讲会”

张宏睿　马鑫

十九大召开在即，农村大地处处充满收获的喜悦。崇信县柏树塬上，浓浓的果香扑鼻而来，信家庄村沟老社信国辉家，一场别开生面的喜迎十九大家庭“宣讲会”正在进行。

以“果”会友，以诗助兴。“挂满枝头的大苹果，是日头和汗水浇灌大的；地上跑的‘小苹果’，是爷爷奶奶拉大的。”“把苹果种成诗，日子，就有了诗韵，诗的情，诗的世界了!”诗友们深情地读着写给老信的赞歌。

两行泪水感党恩。“小时候，家里人口多，经常缺粮少衣。我十几岁就开始用自行车驮着货物四处赶集贩布。后来，在政府的帮助下种起了苹果。”信国辉双眼噙满泪水讲着《一个农民的小康梦》，“当我推倒原先的土房后，建起砖混结构的五间上房、砖混瓦顶的六间东西房和一座二层小门楼时，当我看到妻子把新贴的瓷砖擦了一遍又一遍时，我心里明白，这是党给予我的好日子。”

“谁家苹果园子需要修剪拉枝、除草打药，有请教老信的，有问必答，甚至上门指导，从来不嫌麻烦。”信家庄村支书信等存高兴地说，今天这个家庭宣讲会是我们信家庄的大喜事，使更多的人走进乡村，体验农家生活，感受党的富民政策给老百姓带来的新变化，这也是我们农民给十九大最好的献礼。

生活还有诗和远方。“为了实现儿时的文学梦，我又在田间地头，农家小院，用手机作白纸，手指为笔，写出了大量的春官诗和现代诗。”信国辉说，“我不但要让红彤彤的苹果走出家乡，走向世界，更要在金色的田野种下玲珑的诗行，这就是我下一个五年最美的小康梦。”

（原刊于2017年10月16日《平凉日报》第二版）

让懿德滋养心灵

——崇信县创作教唱社会主义核心价值观歌曲《尊崇信任聚力量》见闻

张成龙

“公刘教穑开气象，元谅筑城多吉祥。新时代新思想崇信城，尊崇信任创辉煌。国信则国立，国家有力量。国立则民兴，全民奔小康。核心价值观，我们的信仰，幸福美好新生活，全民共创……”

11月24日，记者来到崇信二中校园。上午10时左右是该校的课间活动时间，随着下课铃声响起，孩子们纷纷走出课堂，在教学楼前排成整齐的方

阵，在老师的指导下齐声高唱歌曲《尊崇信任聚力量》，大家精神饱满、情绪高昂，一时间把校园变成了歌声激荡的海洋。

歌曲《尊崇信任聚力量》是崇信县委为认真贯彻落实党的十九大精神，大力开展社会主义核心价值观教育而创作的崇信版“核心价值观之歌”，歌曲发布后掀起了不小的传唱热潮。崇信二中校长梁兴平透露，11月21日，县上在县体育中心广场组织了千名师生一同传唱社会主义核心价值观歌曲的活动，场面宏大，激荡人心，中央电视台摄制组还到现场进行了拍摄。

发起教唱歌曲《尊崇信任聚力量》的活动，是崇信县提升学生思想教育、传承中华优秀传统文化的又一举措，教唱活动使广大学生对社会主义核心价值观的内涵有了更深入的理解，对崇信地域历史文化有了更深切的感受。崇信二中七年级六班学生张睿说:“我们崇信能有这样一首歌曲，我感到非常自豪，我和同学们都很爱唱这首歌，我们都要像歌词所说的那样，做一名热爱祖国、勤奋好学、诚实守信的好学生。”张睿说，现在的校园里，无论是上下学路上、课间，都会有同学哼唱这首歌曲，这对大家崇尚道德、规范言行、遵守纪律有很大帮助。崇信二中音乐老师朱文杰表示:“《尊崇信任聚力量》歌词新颖，旋律悠扬，激奋昂扬，作为践行社会主义核心价值观的一首本地歌曲，这首歌唤起了孩子们内心的自豪感，真正让社会主义核心价值观走进了孩子们的内心。”歌曲发布后，朱文杰自己摸索，学会了伴奏、歌唱，在不到一周的时间里，教会了全校学生。

作为一名历史学专业出身的校长，梁兴平时常关注时政活动，他的桌子上放着一沓A4纸打印的文章:《党的十九大报告》《建设美丽中国》《十九大报告中的六个“新”》《党章修改，到底加入了哪些重磅内容？》《肩负历史重任　开创复兴伟业》《解读十九大报告》《习近平寄语大中小学生》《习近平谈新时代选人用人的“标尺”》……翻阅这些学习资料，不时能看见用笔画出的一行行重点。

“这些都是十九大召开后我自己学习时在网上下载的，基本上是每天坚持看一篇，没想到这段时间来积累了这么多。”梁兴平表示，这些内容自己学过后，会在学校的“每月三日”活动、教职工大会、党员学习会、无课老师学习会等学习活动中推荐给大家一起学。

“作为教育工作者，要在吃透上下功夫，在融会贯通上求实效，自觉用十九大精神武装头脑、指导实践。要牢记立德树人的根本任务，把学习贯彻党的十九大精神与学校的课堂教学、学生德育教育和校园文化活动结合起来，发展素质教育，确保社会主义核心价值观融入学校的‘筋骨’，用心教书，用爱育人，促进学生德智体美全面发展。”梁兴平说。

（原刊于2017年3月15日《平凉日报》第二版）

做文明新风的践行者

李博

“我们参加了县上的集体婚礼，在特邀嘉宾和亲朋好友的见证下走进了婚姻的殿堂，也代表参加婚礼的8对新人做了抵制高价彩礼、推动移风易俗的承诺，我感觉很荣幸，也很骄傲。今后，我们俩一定会做文明新风的践行者，带动身边的人积极参加到移风易俗的行列中来。”参加崇信县集体婚礼的陈斌、王华娟夫妇在采访中告诉记者。

8月9日，崇信县在华夏古槐王景区举办了2018“古槐之恋”首届婚俗文化节暨集体婚礼，社会反响强烈。这既是向高价彩礼宣战的有效方式，也是弘扬文明新风尚的有力举措，惊醒了还沉迷于以高价彩礼定格传统婚姻的守旧家长，如一股清流激荡在崇信大地。

针对高价彩礼这一社会焦点问题，崇信县采取正面宣传引导、突出重点人群、分级落实责任、逐级签订承诺书等措施，全力推进整治工作。一方面，持续深化公民思想道德建设和文明婚育教育。组织信国辉、袁占梅、高金楼等百姓宣讲团成员深入村社，开展移风易俗宣讲活动12场次，在门户网站和电视台开辟专题专栏2个，长期宣传报道各部门、镇村在整治高价彩礼工作中的好经验、好做法。柏树镇积极选出移风易俗先进典型，编印成册，印发《柏树塬上新风颂》2000余册，宣传推广典型事迹，弘扬婚育新风尚，

受到广大群众一致好评。

另一方面，坚持德治、法治和村民自治相结合，充分发挥红白理事会职能作用，用《乡规民约》《红白理事会章程》等规章制度规范群众婚丧事宜行为，结合乡情，出台婚嫁彩礼、宴席桌数、份子钱“限高”标准。扎实开展婚介人员登记培训工作，建立健全台账，定期开展法律法规培训，从源头上遏制职业婚介人员哄抬彩礼的行为。

同时，该县充分发挥党员干部示范引领作用，严格落实《崇信县领导干部婚丧喜庆有关事宜报备制度》，逐级签订《崇信县抵制高价彩礼干部承诺书》，动员全县广大干部职工主动做移风易俗的践行者、引领者、宣传者。

（原刊于2018年8月10日崇信门户网）

麦田飞歌

李桂红

麦浪滚滚，机声隆隆，农民奔忙……连日来，记者奔赴“三夏”一线采访。农民们的快乐与幸福，在这丰收的大地里流淌、飞扬……

张拴德的笑

张拴德是木林乡上沟村村民，全家5口人，种了4亩麦子。“今年麦子个个穗大粒饱，沉甸甸的把麦秆都压弯了，每亩超300公斤不成问题。”7月1日，张拴德指着脚下还没来得及收割的麦田满面笑容地告诉记者。“这都是沾了‘平凉45号’‘兰天28号’优质品种的光啊!”张拴德笑着说，“今年，我在县农技推广中心技术员的指导下，更换了麦子品种，并学会了科学种田。”一年的辛劳换来了遍地金黄、粮食满仓，张拴德心里非常高兴。

今年，崇信县旱作小麦借助优质品种优势，引进推广“平凉45号”“兰天28号”等优良品种，实行“金种子工程”，全面提高小麦生产质量，全县共推广种植小麦11万亩。优质小麦品种技术的成功，让崇信老百姓像张拴德一样，都沉浸在丰收的喜悦里。

信义平的闲

7月2日，麦浪滚滚，满目金黄，机器轰鸣中，庞大的收割机在金色的麦浪中来回穿梭，所到之处，麦穗被吞进了“肚”里，麦粒马上就“吐”了出来。

机手吴小军在一块麦地里熟练地驾驶收割机，神情悠闲平静，而这块麦田的主人——柏树乡信家庄村村民信义平更是清闲，他正坐在地头的树荫下与别人闲聊。“过一会用麻袋从机器里接下麦子，往家一运，今年这夏收就结束了。”信义平笑着说，“现在是‘机’忙人不忙。付给司机70元，一亩麦子20分钟就能搞定，多好！谁还会再用镰刀和架子车出大力、流大汗呀！”

信义平种了3亩麦子，不到1小时全部收完了。“这要是在以前，起早贪黑也要忙上三五天，那个累啊都说不出来，还热得厉害，太难受了。最担心的是一遇天气变化，一家人都睡不踏实。”说起以前，信义平连连摇头。现在好了，收割机一动，麦子就能装袋，又快又干净。“这不，我都没有换干农活的鞋子。”信义平乐呵呵地说。

今年崇信县引进60多台收割机，把农民从收、捆、运、脱、扬的繁重劳动中解放出来，预计半个月之内全县11万亩小麦就会全部收割完。

吕涛的感动

7月3日，正当崇信县黄寨乡甘庄村村民吕涛为修理收割机漏油而发愁时，县农机局的工程师朱光明突然敲门而入。“小吕，我来帮你检修吧!”说着，他从满头大汗的吕涛手中接过了工具。这时，憨厚的吕涛紧紧抓住朱光明的手，感动得说不出话来。

像吕涛一样，崇信县的贫困户、计生户及外出打工户都在这个特殊时节感受到了党和政府的温暖。

据了解，为了确保“三夏”生产顺利进行，崇信县以教育实践活动为契机，领导机关带头、领导干部带头、干部群众带头，组成帮扶队、宣讲团，重点帮扶困难农户和外出务工人员家庭搞好麦收，切实解决好夏收生产中遇到的实际困难，解除他们的后顾之忧。干部在帮助农民群众抢收抢种的同时，还不失时机地将农资、科技、信息、技术指导等送到田间地头，为农民提供市场信息、机具维修、农资供应等农机综合服务，帮助农民解决夏种、夏管中遇到的问题，为秋粮丰收奠定基础，确保农业增效、农民增收。

（本文获全市新闻奖一等奖，原刊于2016年3月15日《平凉日报》头版）

这里的村小有活力

付文

“把7个苹果分给3个小朋友，一个人能分几个呢？”“2个。”

“那剩下一个怎么办？”“老师您吃了吧！”

课堂上几个学生调皮的一幕，让甘肃省平凉市崇信县柏树镇秦家庙小学校长李社会不恼反笑，“以前，有些孩子看到我，不是跑掉就是装没看见，课堂上也没人发言。现在见了面都笑着问好，上课抢着回答问题，越来越开朗、自信了！”

“孩子们的转变，缘于县里开展的小班化教学改革。”李社会说。

崇信县有6个乡镇、79个行政村，人口10.6万人。县教育局局长王崇生介绍，为让农村孩子在离家2.5公里内有学上，崇信县有9所初级中学、50所小学。

前些年因外出务工人员增多等原因，崇信县农村学校出现了不少20人以下的小班，有的甚至在10人以下，小班化学校占全县小学的85%以上。“一些学校几十平方米的教室里，有时只坐着七八个学生。”县教育局副局长张军虎说，“学生上课进教室读写算，下课蹲在墙根看天。教师们也不安心，有些人想着法子往城里调。”

为破解难题，崇信县开展以“魅力教室、活力课堂、个性课间、轻松课外”四大板块为主的小班化教学改革。

2014年，县教育局拿出51万元专项资金，按每个班2000元的标准，为47所小规模农村小学配备了书籍和器材。教室划分为学习区、生活区、娱乐区和阅读区，既是学习场所，也是学生乐园。截至目前，崇信县借助农村义务教育薄弱学校改造、义务教育均衡发展、义务教育标准化学校建设等项目，累计投入4000多万元，为农村学校改善校舍、配置教学设备。

改善环境是基础，根本出路是教学方式改革。“学生少了，我们要求老师不再站在讲台上讲课，而要到学生中间按需施教，实行点对点的个性化教学。”王崇生说。

“比如说教‘太阳’这个词，过去是我在讲台上指着念，学生台下跟着读。现在我会把拼音和字词分别写在卡片上，放到学生身后，让他们通过做游戏来认识。”崇信县新窑镇柏家沟小学语文教师贺玲玲说，感觉现在课堂热闹有活力了。

县教育局严格限制校外作业量，还学生以快乐童年。“学生作业要在课堂完成，老师现场批阅。”王崇生说，鼓励学校让孩子们多参加劳动实践和手工操作，有的学校开展了种植教育，老师带领学生种玉米、土豆。

按照边远程度的不同，崇信县出台政策，为农村教师发放每月300至480元不等的生活补贴。在职称晋升、职务晋级方面，也对农村学校教师予以倾斜。

政策支持和财政扶持，让崇信县乡村小学校的办学条件持续改善，生均教学及辅助用房面积、每百名学生拥有计算机台数、生均图书册数、师生比等义务教育均衡发展指标得到提升，城乡差距明显缩小。

（原刊于2018年8月28日《人民日报》）

“意识+责任+标准化”，促进班组安全生产

——平凉市新时代奋斗号百贯沟煤矿闫刚班典型事迹材料

李博

徐矿集团崇信县百贯沟煤业公司综掘工区是该公司的王牌区队，2016年工区党支部被集团公司授予“十佳党支部”荣誉称号，2017年主管区队长曹佃光被集团公司评为“十佳区队长”，而这个区队的一个主力生产班组——闫刚班，自班组成立两年多以来，未发生一起工伤事故，创出了单班掘进7排的优异成绩。该班组始终从严从实从细推动安全管理，以系统化思维和辩证法思想抓安全，班组始终抓安全意识、安全责任和安全生产标准化建设三个最核心环节，推行“意识+责任+标准化”的班组管理模式，把安全生产标准化、班组安全责任和个体安全意识有效落实在现场，确保了生产安全。

安全意识，在点滴间形成

煤矿是高危行业，生产一线的班组作为始终战斗在最前沿的最小的组织单位，班长的安全责任无比重大。班长闫刚深深感到肩上担子的重量，他始终坚持“安全意识，决定工作行为，行为培养才能成为习惯，习惯决定的素质，素质决定的命运”这一观点，并带领全班近26名职工以实际行动践行这个观点。

回首这几年的班长生涯，让他打心眼里骄傲的是，在他的班组里，从没

发生过一起轻伤及以上事故。取得这样好的成绩，最关键的是安全意识的培养，千方百计地让班组员工把安全装在心里，落实在行动上。坚持每天给职工讲安全事故、敲安全警钟，这已成为这个班组每天上班前的习惯，也是一门必修课，班长闫刚常常用别人的事故提醒班组的每一名职工，强化安全意识。

在掘进工作面上常常能听到他的声音：“抓紧敲帮问顶，把那块危岩悬煤敲下来，这样才能避免伤着人，迎头作业六七个人要相互配合作业，如果有一个人工作走神干不到位，就有可能会带来隐患，伤害自己或工友。”

刚上班的新工人是班里的薄弱人员，为增强他们的安全意识，给每人发一个温馨提示卡，上面写着“下井前，要确认，劳保用品穿戴齐；乘猴车，要谨慎，千万不要打瞌睡；过巷道，要记清，行车决定不行人；到迎头，别乱跑，敲帮问顶执行好；守纪律，遵规程，互保联保都受益”，以此来提醒大家。就这样，他潜移默化给职工灌输安全思想，树立安全意识。

安全责任，在生产中落实

闫刚班组始终开展“人人有责、人人知责、人人尽责”主题教育活动，目的是构建良好的责任意识，以责任落实推动安全生产工作落实，以安全生产落实体现责任制的落实。通过责任落实保安全，从根本上解决了安全生产中“责任不落实、责任事故居高不下”的根本问题，确保班组安全稳定的局面。

“他山之石，可以攻玉”。他们班组仔细分析了兄弟单位的安全事故后发现其原因多为误操作、习惯性违章及安全制度的执行不全面等。为此他把“进一步加强安全责任心教育，加强安全责任的落实，把安全生产责任传递到岗、落实到每一个人、落实到每一个生产环节”当作工作的重点。

一天夜班，班长在巡查时闻见一股焦煳味，立即前去检查，发现胶带输送机机头已被煤炭堆满而险些导致皮带损毁。事后，闫刚对樊某进行了批评教育，樊某也随即在班前会上做了检讨，反省了自己没有认真履行岗位职责、影响工区正常生产的错误行为，并保证在以后的工作中改正。

标准化创建，在细节中彰显

“火车跑得快，全靠车头带”。在安全生产标准化创建中，这个道理依然适用。闫刚班在班长的亲自带领下，摸索出一套自己的方法。他们按照工作标准化、管理精细化、环境安全化、行为规范化的要求，带动全区安全生产标准化创建朝着一级迈进。

在井下生产现场，闫刚每天讲得最多的一个词就是“标准作业”。在他的循循善诱下，员工“标准作业”的意识有了新提高。支护工老耿说：“在迎头支护时，以前为了省事锚杆机不挪移一下打好几根锚杆，施工的锚杆角度不合格。现在不一样了，每打一根锚杆，都要把锚杆机的位置、角度摆正，这样施工的锚杆角度才合格，支护质量和效果才会好。”

标准化管理的理念深入生产全过程，班组坚持作业标准化、安全措施不到位不操作、安全隐患不排除不施工、文明卫生不达标不生产等细节要求，井下管路电缆吊挂得整齐划一，物料码放得整整齐齐，巷道打扫得干干净净，工具摆放得整齐有序，图牌版吊挂标准合规……所到之处规范有序，成为全工区的楷模。

百贯沟煤业公司综掘工区闫刚班前进的脚步并没有停止，他们将以更高的标准推进安全生产、创新创效、节资降耗、管理创新等方面高质量发展。

我奉献我快乐

——记平凉市“十佳志愿者”杨竣涵

李博　王虎雄

398小时服务时长是“90后”西部计划志愿者杨俊涵对志愿服务工作最真诚的答卷。

杨俊涵始终牢记“志愿付出，快乐奉献”的服务宗旨，在共青团崇信县委一干就是3年，作为一名基层团委干部，他立足岗位，服务社会，无私奉献，在志愿服务工作和弘扬互助风尚中发挥了积极的作用。

“助人者自助，乐己者乐人。做了志愿者后，我才真正理解了这句话的含义。起初，我一直以为当志愿者就一定要做大事，多次志愿服务之后才发现，原来大事情就是把我们身边的小事情做好。在生活上，我们是平凡的，但作为一名志愿者，我们平凡却并不平庸，因为我们有梦想，我们有快乐，我们有追求。”杨俊涵质朴的语言道出了做志愿服务活动的初衷。

在单位他主要负责团县委志愿者工作，在纪念抗战胜利70周年、“暖冬行动”、学雷锋、“关爱留守儿童”等志愿服务活动中他以身作则，把活动举办得有声有色，受到社会各界的一致好评。积极宣传动员社会青年及青少年学生主动参与到志愿服务活动的队伍中来，推广志愿云系统注册，崇信县青年志愿者总队注册志愿者8000余名。

不仅如此，杨俊涵充分利用新媒体投身网络文明志愿者行列，积极利

用微博、微信、今日头条号等青年爱好的社交媒体，不断发声，传播正能量。组织青年网络志愿者利用学雷锋纪念日、五四青年节、“七一”及青年志愿者助力脱贫攻坚、全国志愿助残阳光行动主题日等重要节点，精心开展“我为核心价值观代言”“践行雷锋精神 青年在行动”“铭记历史 缅怀先烈”等网络主题教育活动，集中传播青年好声音，树立青年好形象，累计影响受教育青少年2万多人。

崇信县“暖冬行动”活动开展期间，杨俊涵每天早上七点半准时出发去县城汽车站，第一时间拿着笤帚打扫车站院落卫生，帮助到站客车打扫车内卫生，司机们都夸他是“车站的卫生员”。在为期一个月的春运志愿服务活动中，他热情引导旅客购退票，协助车站工作人员进行入站、检票窗口、出站指引，维持车站候车秩序，帮助旅客搬运行李，安抚没有购买到车票的旅客耐心等待，并细心做好未乘车旅客登记，利用QQ群、微信群等发布乘车信息，累计帮助163名返乡旅客成功搭乘顺路车安全回家。

作为一名志愿者，他任劳任怨，常说自己作为一名服务基层的西部计划志愿者本应将志愿服务放在首位，弘扬志愿服务精神，用实际行动感染身边的人，吸引更多的人参与到志愿服务中来。“功夫不负有心人”，杨俊涵的付出得到了社会的认可，2017年4月被共青团中央青年志愿者工作部授予“2017年中国青年志愿者服务春运暖冬行动‘优秀志愿者’”称号，2017年

10月被平凉市评为“十佳志愿者”。

“再多的话也是一瞬间的智慧和激情，行动才是最重要的。我会继续追寻志愿者的梦想与快乐，带动周围的朋友参与到志愿服务中，提供更多的社会服务内容。”不善言谈的杨俊涵这样计划着未来。

乡村教师贺玲玲：用青春点亮大山的心灯

贺玲玲

2004年我毕业于西安外国语学院，毕业那年，大学生就业的基本走向是考出去的多，回来的少，回到本县基层山沟沟里就业的更是凤毛麟角。当时有很多机会可以让我留在西安工作、生活，那时别人给我介绍的对象就在西安，房子也买了，可我最后还是放弃了，毅然决然地选择回到生我养我的故乡，选择大山深处的教育工作。

我那对象很不理解地问："西安不好吗？你们那山沟沟里到处煤土飞扬，早晨穿的白衬衫中午就变成灰的。你喜欢当老师，在西安不能当吗？非得回去吗？"我说："西安很好，繁华的大都市，人才济济。但我更爱自己的家乡，家乡让我觉得踏实，家乡的农村教育更需要我，也更适合我！虽然那里煤土飞扬，但那是生我养我的地方，我怎能忘了它？两鬓白发的父母在家等着我，我又怎能弃他们不顾？最好的孝顺是什么？就是陪伴啊！"我怀着一颗感恩家乡、感恩父母的心回来了。同学、朋友都很不理解我的选择，他们都说我傻，我觉得这或许就是我"傻"的本色吧！

回到原籍，作为返乡学子，我心怀对教育事业的挚爱，选择了教育行业，坚持去了乡村学校，和贫困乡村的孩子们一起摸爬滚打。因为我一直坚信，通过我对山区孩子们的教育引导，他们都会走出这个穷山窝，去感受山外的大世界，放飞自己的梦想，将来会更好地建设自己的家乡。

走上工作岗位的我，由于内心对教育、对孩子的挚爱，在教学岗位上刻苦钻研，很快进入了角色，学生每年学业测评成绩优秀。我放弃了很多次去条件优越的镇中心学校任教的机会，坚持留在大山深处的柏家沟小学从事“小班化”教育的实践与研究，致力于贫困乡村学校的课堂教学改革。

扶贫先扶智，扶智先扶师。没有贫困家庭子女素质的提高，就没有全民素质的提高；没有贫困家庭的脱困奔小康，就没有全社会的小康。随着“精准扶贫，精准脱贫”工作的推进，作为一名贫困山区的乡村老师，我觉得肩上的担子沉甸甸的，一些力所能及的事情正等待我去做。

在工作和生活之余，我将更多的关爱、时间、精力倾注到了贫困家庭子女和留守儿童身上。这些家庭困难的孩子，父母远离她们，生活上缺人照顾，行为上缺人引导，学业上缺人帮助，而此时的他们正是需要得到父母呵护、享受家庭温馨、获得长辈教导的时候。于是，我在学校利用心理健康课、主题班会、校本课程、文体活动等对贫困家庭子女和留守儿童进行谈话交流和心理疏导，培养他们牢固树立自强不息、勇往直前的奋斗精神和立志成才的信心。

课外，我进行家庭走访，下午放学后经常为没有妈妈的贫困单亲家庭孩子做饭，收拾家务，给他们购置学习用品，在生活上给予他们帮助和照顾，为学习上有困难的留守儿童进行作业辅导，做他们生活的知情人、学习的引路人、品德的教育人、成长的保护人，做教育精准扶贫的践行者。当这些孩子亲切地围着我叫我“爱心妈妈”时，那一刻我幸福、感动，我更加无愧自己当初的选择。

时光荏苒，转眼就是十年。每天我都要走向孩子，每天我都被一群纯真的孩子们感动着。人生的精彩在于坚守，夜深人静的时候我也想家；每当我拨通电话听到孩子的哭声时，作为母亲的我也动摇过；每当我在寒冷的冬夜被冻得蜷缩在被窝里瑟瑟发抖的时候，我也犹豫过；当眼泪如断线珠子一样掉下的那一刻，我也曾想到过放弃，想到过离开。可是当我每次看到乡村孩子们花一样的纯朴笑脸及对知识渴求的眼神时，我知道他们更需要我，于是我又打消了离开的念头。就这样，日复一日，年复一年，我坚持了下来。我的工作只取得了点滴成绩，上级组织却给了我很高的荣誉，2014年我被国家教育部授予“全国优秀教师”荣誉称号。我由衷地想说一句：“在农村基层工作，咱，不丢人！”

从事教育工作的过程，让我享受着职业的幸福感和教师的成就感。农村的贫困，需要我们去改变；山乡知识的贫瘠，需要我们去耕耘播种。希望的山村是我们青年可以大有作为的地方，贫困的农村是我们当代大学生及当代青年追寻梦想的地方，也是我们大显身手的地方。

人不可无梦，我的中国梦就是把自己的学生培养成国家有用之才，我愿在追梦的路上，用自己火热的青春点亮大山的心灯，我相信星星之火可以燎原，相信和我一样追梦的青年能用我们的自信和热情，扬起生活的风帆，用青春和信念，书写人生壮丽的诗篇!

平凉好人

——孝老爱亲的好媳妇岩海燕

赵富生

在崇信县黄寨乡黄土村一个普通的农家小院里，坐在轮椅上晒太阳的陈冬平感到阳光格外温暖。七年来，他心中最明丽、最温暖的“太阳”，是他的妻子岩海燕。

七年前，一场突如其来的车祸让陈冬平落下了高度残疾。当时，岩海燕与陈冬平结婚仅仅三个月时间，面对高达八万多元的治疗费用和一对上了年纪的公婆，在一般人眼里，岩海燕有理由也有可能会弃他而去。可是，怀有身孕的岩海燕却选择了一条坚强隐忍之路，用她瘦弱的肩膀挑起了维系和经营一个特殊家庭的重担。

丈夫倒下了，自己无论如何也不能倒下。

为了给丈夫治病，从没有在人面前低过头的岩海燕，通过向娘家人、向亲朋、向银行求情借贷凑钱。在丈夫卧床的两年多时间里，为了让丈夫尽快恢复健康、不长褥疮，她每隔一两个小时帮丈夫翻一次身，每天都要为丈夫擦洗身体、清理大小便。照顾丈夫的每一个日夜，她都在常人无法想象的艰难中度过。这期间，她不能享受临产前家人的呵护；生下儿子，也不能享受农村年轻媳妇坐月子应有的“待遇”。倒是她一个月婆子，既要精心喂养襁褓中的婴儿，又要悉心照顾躺在炕头上的丈夫。多年来，多难的家庭从未给她一个完整的温馨回忆，也无法让她享受一个年轻女人应该享受的幸福甜蜜。

一天天过去了，丈夫终于可以坐上轮椅活动了。像作家史铁生在《我与地坛》中描述的一样，长期坐在轮椅上的丈夫，心情时好时坏。面对丈夫有时无端的发火，岩海燕选择了忍耐和宽慰。在岩海燕看来，有些时候，宽慰一个人比服侍一个人更难。

也许是命运的捉弄，不幸的家庭总有不幸的事情找上门来。2012年，先是公公被确诊为脑瘤，在西京医院治疗花了六万元，接着又是婆婆在新窑煤矿打工时不慎右手骨折。公公早年右眼患疾视力模糊，脑瘤手术后行动不便，无力帮助儿媳下地干活；婆婆右手致残也不能再干重活，只能照看孙子，料理家务。迫于家庭生活压力，去年老两口结伴去内蒙古的一家餐厅打工了。

十七八亩地的庄稼，只能靠她一个人干了。家里面高筑的债台以及各种开销，也需要她来直面。农闲的时候，她买来材料在家中学做起了冥衣纸活，乡下的销量小，利润薄，辛辛苦苦一整天做一件大纸货也只赚二三十元，还不一定每天都有人来买。尽管如此，她还是起早贪黑不停地做着。既要种庄稼，又要照顾残疾丈夫和娃娃，再没有更好的来钱路子。

为了让残疾丈夫早日走出心理阴影，她用做纸活辛辛苦苦攒下的三千多块钱给丈夫买了一台电脑，还装上了宽带，他宽慰丈夫“玩电脑权当是散心呢”。不过，好强的丈夫在电脑上也学会了很多东西，尤其是学会了室内装饰设计，有时还从西安搞装饰的同学那里要一些活，挣点设计费。当记者看到一个偏远乡村的残疾人，在电脑上熟练操作绘图软件设计图纸，多少有些惊讶。

看着丈夫在电脑上设计制作出各种式样的室内装饰平面图，岩海燕打心眼里感到高兴。她从丈夫对新生活的憧憬中也感悟到自己多年坚守的意义。

因为不离不弃，她不仅鼓起了一个残疾人和一对年迈老人生活的勇气，重新点燃一个不幸家庭三代人的希望之火，也给社会传递了正能量。

“赤裸来，到盛开到回首到离开，一路上我都要有你在。”

歌手信的《不能没有你》道出了陈冬平最真实的内心感受。沐浴着温暖的阳光，陈冬平心里很清楚，他的人生道路上不能没有岩海燕。

甘肃卫视《扶贫第一线》栏目组走进崇信县新窑镇西刘村

张郁承

11月8日，甘肃卫视《扶贫第一线》栏目组走进崇信县新窑镇西刘村，聚焦采访该村在精准扶贫精准脱贫工作中的攻坚路程，感受近年来崇信县实施脱贫攻坚工作后的山乡巨变。400多名群众现场观看了录制实况。

该节目以西刘村为缩影，通过现场互动访谈、短片展现、文艺表演、特产展示等方式，全方位、多角度呈现了崇信县脱贫攻坚工作。录制现场，崇信县委书记王锦、新窑镇镇长陈伟、畜牧局副局长王军、新窑镇党委副书记信小刚、西刘村驻村帮扶工作队第一书记赵晖、党支部书记赵建荣、西刘村贫困户马秋燕、致富带头人李金龙、村民王锋锁、绿源美生态文化有限责任公司负责人薛德科分别接受访谈。

西刘村共有村民664人。2013年建档立卡贫困户98户（392人），贫困发生率为59%，是崇信县深度贫困村。近年来，西刘村认真落实脱贫攻坚各项决策部署，大力实施“九大冲刺行动”，认真落实“一户一策”精准脱贫计划，积极发展红牛养殖、核桃种植、劳务输出、乡村旅游等富民产业。2018年计划脱贫18户（60人），贫困发生率将下降到2.56%，实现整村脱贫目标。

在谈及崇信县红牛产业发展的政策支撑、脱贫攻坚措施落实和巩固提升工作时，王锦说，崇信县委县政府把发展“平凉红牛”产业作为促进脱贫攻坚的首位产业，提出了“远抓苹果近抓牛，当年脱贫靠劳务”的脱贫思路。我们先后出台了《崇信县富民产业培育扶持办法》《崇信县扶持发展牛产业补助办法》等政策措施，不断培育和发展壮大伊顺祥牛业公司等产业化龙头企业，延伸产业链条，拓宽销售渠道，提升牛肉品质，努力把崇信红牛推向全国各地和国际市场。目前，“崇信红牛”牛肉取得了甘肃省农牧厅无公害农产品产地认证，冻牛肉取得了出口香港的资质，“崇信红牛”国家地理商标认证已由国家工商总局受理公示，同时拿到了供应国家级运动员及重大赛事的“入场券”。近年来，我们深入学习贯彻习近平总书记关于脱贫攻坚的重要论述，按照“绣花式”扶贫要求，以敢死拼命、善作善成的工作作风，完善落实“一户一策”精准脱贫计划和脱贫攻坚各项措施，全县脱贫攻坚工作取得了阶段性成果。目前，通过县级验收，全县贫困人口由2013年的19657人下降到1175人，贫困发生率由23.8%下降到1.45%。下一步，我们将进一步落实好党中央、国务院关于脱贫攻坚工作的一系列决策部署，大力实施乡村振兴战略，增强脱贫攻坚的内生动力，坚决打赢打好脱贫攻坚战，实现整县脱贫摘帽，在全市率先实现全面小康。

节目录制现场，热情的崇信人民载歌载舞，表演了歌伴舞《在希望的田野上》、舞蹈《那片田埂那片地》和弦子腔《八仙拜寿》等文艺节目，向全省、全国观众展示了崇信人民众志成城战贫困、信心满怀奔小康的良好精神风貌。

崇信“非遗”

崇信县文化馆

弦子腔

弦子腔，又称小曲子、老眉户，是在民间清唱小调的基础上发展起来的艺术形式，距今已有200多年的历史。由于它是以三弦为主要伴奏乐器，同时辅以板胡、四页瓦、木鱼、碰铃和竹笛等乐器进行演唱的一种地方剧种，因而被称为“弦子腔”。

崇信弦子腔是集剧本、音乐、表演为一体的民间演唱艺术，演唱的人须以高腔才能唱出韵味，内容多为历史故事和神话传说，同时又有许多针砭时弊、规劝人心、激浊扬清的现实生活情节，由于贴近生活、贴近群众、贴近实际，因此深受广大人民群众的喜爱。2013年，马长春、杨柳编著了《崇信弦子腔》一书，为弦子腔的传承发展做出了巨大贡献。

20世纪50年代，崇信弦子腔共有32家班社，主要分布在黄寨侯家老庄，柏树白羊洼、闫湾等村社，最早起源于黄寨大麦沟、北马寨、杨家沟和侯家老庄。侯家老庄弦子腔现已传承四代，清光绪年间开始流传民间，因而当地人把此小曲小调称“老光社火”，传入侯家老庄时已到清朝末年。演唱剧目由平凉大潘村教师潘怀仁用了近两个多月的口述、侯成章手写成册而得以流

传至今。其第三代传承人侯兆银，花费近10年时间，搜集整理出的剧本有46个，曲调有33个。2014年1月，《崇信县侯家老庄弦子腔》一书出版。2015年4月，崇信县百年弦子腔民俗演艺有限公司注册成立。演出代表剧目有《小姑贤》《相面》《百宝箱》《顶砖》《双官诰》《张连卖布》《讽琴》《老换少》《送京娘》《打懒婆娘》等。

白羊洼社弦子腔保留着古老而又原始的两种唱法，即坐唱、帮唱两种。“帮唱”是（岗调、莲湘调）一人唱，全场帮，现场气氛热烈，容易吸引观众，为演出增色不小。“坐唱”是弦子腔最初的一种演唱方式，剧本有《包公插花》《夜打登州》等。2015年3月，注册成立了崇信弦子腔传习演艺有限责任公司，演出人员有30多人，剧目50多个，其中弦子腔剧本44本，曲调31种。演出代表剧目有《双官诰》《二姑娘害病》等。

闫湾社在1913年就办起了弦子腔班社，由村民张海峰教唱弦子腔，1958年停演。1980年，县政府号召村社大办社火，在村民张彦俊、张仁惠的努力下，重新组建了弦子腔演唱队，一直演出至今。2015年3月，注册成立了崇信县传承弦子腔有限公司，演出的代表剧目有：《看女》《小姑贤》《钉缸》《张连卖布》《算卦》《新老爷抬轿》等。2007年6月，“弦子腔”被列入平凉市第一批非物质文化遗产代表项目。

点灯背猴

点灯背猴是流行于崇信城乡的一种古老的民间民俗活动，历史悠久。据史料记载，该民俗起源于西汉，代代相传至今。上年初婚的夫妇，要在正月十五的晚上去女方的娘家点灯背猴。点灯是为了祛除疾病，祈求新婚夫妇双方头清目明，而猴子是人类的祖先，聪明敏捷，背猴寓意为延续香火、儿女聪明伶俐。

每年正月十五这天，先一年嫁出女儿的人家，都要请来亲戚朋友或邻居中善于捏制猴灯的人赶制面灯。而捏灯的原料则是酒谷面，先一天下午开始烫面，将酒谷面掺入少量麦面浸烫，然后用棉被包裹发甜。第二天一早用蒸笼蒸，一般每隔一个小时左右取出来揉一会再蒸，反复三五遍之后即可做灯、捏猴。

面灯的数量一般为娘家最长辈(爷爷、奶奶或父母)两口子的年龄之和，取健康长寿之意。灯的样式以二寸高、直径一寸左右的圆柱形为主，灯头一般捏出莲花或其他花型的花边，中间插火柴棒上缠着棉线的捻子，点灯前添加清油。有时，为图吉利喜庆，也捏出十二生肖的各类面灯，以式样众多为佳。面猴身上的灯数为十个，寓意人身上有“三魂七魄”，天上有“福禄寿”三星和“北斗七星”，寓意吉祥如意，富贵平安。点灯一般在天黑之后，先在院子中间摆放一张方桌，方桌之上放置一个炕桌，炕桌上再倒扣一个木升子，预示着女儿和新女婿步步高升。先把面猴请出来，搁在最高处，然后一层一层地摆上面灯。摆好以后新女婿要先行“烧香表、叫钱粮”仪式，之后，小两口用麻秆点火，从面猴头顶的那盏灯开始点，接着和家人、亲戚、村里人依次将所有的面灯点着，待人们稍微欣赏一番后，随着

一声“抢”，大人小孩一拥而上，所有面灯即被一抢而光，那尊面猴理应被新女婿端走，若被他人恶作剧抢走，新女婿则要带上礼品或发红包赎回。所有面灯被抢完后，就开始燃放烟花爆竹，主家会摆一桌酒席款待亲朋好友。有的村庄则要耍社火，唱《玩灯调》。活动结束后，离家近的新女婿新媳妇就可直接回家，远的则住下来，第二天早上返回家中。

新女婿除了背猴，还要背回去二十个没有点燃的灯，“二十”寓意着二十年为一代人。回家后还有一个仪式叫“倒灯”。就是在自家的锅台上，灶神面前净手上香，然后把背回的灯点燃，也将猴身上的灯重新点燃，等所有面灯熄灭之后拔掉灯捻子。寓意取回了香火，今后要传宗接代。最后，把面灯和面猴揉成面团，擀成卷由全家分食，或馈赠左邻右舍。

2017年2月，点灯背猴被列入甘肃省第四批非物质文化遗产代表项目名录。

顶灯说唱

顶灯说唱是崇信劳动人民在长期的生产生活中创造形成的民间曲艺形式之一，主要分布在新窑镇杨安村一带。民国初年，赤城乡公所杨安村富户之子杨栓贵经常赌博，其父好言劝诫无效，无奈之中便在杨回家后进行惩罚，让其头顶点燃的清油灯跪地三天，不给吃喝，后此事传出。1920年春节，村里筹办社火时，村民刘保娃从杨栓贵受罚顶灯得到启示，便在社火坛里头顶燃灯载歌载舞，深受村民喜爱。从此，“顶灯”便成了社火里的一个传统节目，后逐步演变为“顶灯说唱”。

顶灯说唱采取边说边唱，同时掺杂一些高难度的武术杂技动作进行表演，主要反映百姓家庭生活中发生的故事，教育年轻人自爱自尊，自立自强，摒弃不良习气，勤劳善良，建立和睦幸福的家庭。“说”就是角色以吟诵的形式自述或对白；“唱”就是合唱民间小曲《十盏灯》；“武”就是在保证头顶燃灯不能熄灭的同时，不停顿地做一些难度较大的技巧性动作，如：“倒推研磨”“猴浇尿”“老鼠过道”“黑驴打滚”等，以此增加节目的趣味性和观赏性。

2011年10月，顶灯说唱被列入甘肃省第三批非物质文化遗产代表项目名录。

山梁走唱

山梁走唱俗称“甗（gān）场子”，是流传于崇信县新窑镇后庄村山梁社的民间社火种类之一，至今有二百多年的历史。它最初来源于民间祭祀活动，称之为“谢皇王水土”，后来用于田间娱乐、节目助兴、庙会祭祀等，内容丰富、形式多样、风格独特。

山梁走唱以劝谏教化、宗庙祭祀为主要目的，以农耕、神话传说和生活中的真人真事为题材，以说、唱和舞蹈为主要表演形式，边说边唱、简单随意、自娱自乐。演员人数也无限制，可多可少。剧情短小精悍、道白风趣幽默、曲调优美动听、故事经典感人、动作奇特滑稽，深受人民群众喜爱。代表曲目有《拆洗婆娘》《推车车》《朝山》《瞎子玩会》《过十六》等。2015年，县文化馆馆长李玉屏出版了《山梁走唱》一书。

2011年10月，山梁走唱被列入甘肃省第三批非物质文化遗产代表项目名录。

陇东（崇信）民歌

陇东（崇信）民歌俗称“山歌子”“打山歌”“唱曲”“对歌”，起源于唐代，时任陇右节度使武康郡王李元谅筑城屯兵置“崇信军”时，与民共建边疆，百姓欢庆丰收和生活安乐时歌唱山歌小调，以后逐步发展为富有地域特色的民歌，至今已有千余年的历史。崇信民歌曲调优美，歌词精彩，内容丰富，涉猎广泛，方言运用得当，口语特点突出，表现形式活泼多样，独唱、重唱、合唱应有尽有。或自问自答，前后呼应，一气呵成；或男女轮唱，连接自然，气韵贯通；或一人起头，众人随和，极富生活情趣。经过上千年的发展演变，在曲调、歌词、表演形式等方面吸收借鉴了西北地区的一些民歌特点，增加了诸如笛子、二胡等伴奏乐器，在公共场合演唱时还增加了扇子、头巾等简单的道具。1984年，由县文化馆馆长马长春收集整理，平凉地区群艺馆业务馆长杨柳先生依调谱曲，编辑出版了《崇信民歌》一书，收录民歌115首；2015年，县文化馆馆长李玉屏整理出版了《崇信民歌（二）》，收录民歌63首。1986年，贾存福演唱的《放羊》《贤妹打捶为小哥》和柳耀仁演唱的《腊花姐》三首民歌入选国家级民歌宝典《中国民歌集成·甘肃卷》。1987年，刘瑞菊演唱的《贤妹打捶为小哥》荣获甘肃省神剑文艺演唱比赛优秀音乐奖。

2008年6月，陇东（崇信）民歌被列入甘肃省第二批非物质文化遗产代表项目名录。

纪录片《古道崇信》解说词

李妍

第一集　厚土

水是生命之源，它滋养万物，而文明的诞生都源于这一条条源远流长的河流。

考古人员三十多年探寻，只为揭秘农耕文明的密码。

一首首古老的民歌，记录着黄土高原的浑厚与苍凉。

土地给了万物以生命，而生命又使得土地重新焕发生机。

崇信，这座以“尊崇信任”而闻名的古城，千百年来，演绎着属于自己的传奇。

这首流传至今的民谣，在崇信依然被广泛传唱，它记录了世世代代生息在这里的人们，农耕劳作、其乐融融的生活场景。

他们像田埂上的野花一样，吸收着阳光、水分，自由地生长，影响了一代又一代。

清晨，古老的汭河流过原野，它发源于关山东麓，蜿蜒曲折地流入泾河，最终注入黄河。这条古老的河流千百年来滋养着两岸广袤的土地，最终孕育出一大片阡陌良田，养育着这里的居民。

九月，两岸肥沃的黄土地迎来了收获的季节。再过两个月，这片土地将会被冰雪覆盖。

清晨叫醒村庄，也叫醒村庄里的居民。下地干活的人们为出门早早做着准备。

70岁的孙正义和老伴动身出门，开始了一天的劳作。

黄土高原土质疏松肥沃，便于耕种。早在7000多年前，汭河流域的居民就开始进入新石器时代，加上人类对自然规律的逐步认识，旱作农业在这片土地产生，出现了原始的农耕文明。

孙正义老两口和邻居们，正在田野里收割着荞麦。这样的劳作场景，千百年来从未在这片土地上间断过。晨雾还未散尽，趁着凉爽，大家加快了收割的速度。

暑假刚过，新窑镇杨安小学的孩子们迎来了他们开学的第一堂课。李改改老师像往年一样，会给新入学的孩子们上一堂别开生面的课。

“笃公刘，于豳斯馆。涉渭为乱，取厉取锻，止基乃理。爰众爰有，夹其皇涧。溯其过涧。止旅乃密，芮鞫之即”。芮鞫就是古代的崇信，这段见于《诗经》中的记载，是崇信成为“公刘故里”最直接的见证。

在以农立国的时代，先民们在劳作中，不断地总结经验，渐渐明白了季节变化和物候迁移。春种，夏耘，秋收，冬藏。寒来暑往。

农耕对中华文明的形成、发展和延续具有至关重要的作用。而这一切，一个人， 功不可没。他就是公刘，他秉承先祖之志，致力于农耕文化的传播与宣扬。巍巍功德，流芳百世。

岁月沧桑，千年一梦，公刘所创造的农耕文化，已融入崇信人的血脉和生活中，为文明的绵延，注入了源源不断的基因。

在这片以灰黄为主色调而鲜见生命之绿的塬梁沟峁之间，为什么诞生了华夏最早的文明？历史的真相总是需要人们不断去探寻。

作为诞生华夏文明的一角，崇信的历史发展脉络又是怎样的？这一直是博物馆馆长陶荣试图想解开的谜题。

三十多年前，陶荣来到崇信县文化馆工作，那时候文化馆没有专业的考古人员，于是，单位推荐他去学习这方面的知识，从此，他开始了考古挖掘的日子。

20世纪80年代，这方水土有意无意间向人们透露了一些封存数千年的记忆，随着一些遗址的发现和文物的出土，这方水

土曾经负载的尊荣，让考古界为之震惊。他们从哪里来？为什么会选择在这里定居？循着厚厚的黄土所透露的遗留信息，陶荣试图寻找到崇信隐秘在历史中的更多身世。

清晨，陶荣来到这片坡地上。只要上山，他都会在这片地穴式房子前流连忘返，这处典型的聚落遗址仿佛有一种神秘的力量吸引着他。

当时这处遗址的发现让他和同事们兴奋不已。

在崇信这方面积851平方千米的水土上，已发现了不少仰韶、齐家文化遗址。周秦文化遗址更是多达数百处，其中于家湾墓地，是甘肃省发现时代最早，埋葬人数最多的先周文化墓群，这些墓葬的发掘为进一步研究证明崇信为公刘故里提供了佐证。这在甘肃省文物考古研究所编著的《崇信于家湾周墓》里面进行了详细的记载。

在几十年考古挖掘的时光里，陶荣对自己生活的土地产生了种种挥之不去的联想，历代古籍屈指可数的记载、现存的历史遗迹和文物残片，给陶荣揭开崇信的历史，提供了最为直接的参考。

早在6000多年前，仰韶文化先民们就已经来到这块土地，开始了原始的农耕生活。他们从泾河下游地区，来到了崇信，定居在汭水两岸繁衍生息。我们不知道，他们是千里迢迢赶来还是风尘仆仆路过，我们只知道，当他们和这一片高原相遇的时候，就毫不犹豫地留了下来，这一片山水，是当地先民们最初的家园。

从最开始的学者，到寻访的行者。陶荣倾注了比常人更多的情感，而这些都是源于一个使命。

这片土地，千百年来上演了一幕幕的精彩大戏，过往的辉煌隐于地下，残存地上。不过，谁也不能忽略它的重要；它书写的历史长卷，铭刻着华夏的长度；它蕴藏的无数文物，诉说着一方土地的厚度。

崇信，位于陇东高原，地形属黄土高原丘陵沟壑区，暖温带半干旱大陆性气候使得种植谷物丰富多样。

随着交通改善和运输成本的降低，今天的崇信有着品类繁多的食物原材料，但杂粮和小麦依然是餐桌上的主角。这里的人们在面食的制作手法上不断创新，以此来提高全家人的食欲。

黄土高原上收获的季节，也是农家犒劳自己的时候。

孙正义的儿媳妇王凤莲开始在厨房忙碌起来，她要用刚收获的新麦和最新鲜的时蔬，为家人做一顿美味可口的家常饸饹面。

位于"陇东粮仓"的崇信，自古就以面食为主，而饸饹面是崇信最普遍的面食之一。同等水温和出的面，相同的制作工艺，做成的饸饹面口味也千差万别。而臊子的炒制和汤的味道是决定饸饹面好吃与否的关键。

臊子的配色讲究五色，木耳豆腐意指黑白分明，鸡蛋象征富贵，胡萝卜意味日子红火，蒜苗表示生机勃发，黑白黄红绿五色代表了崇信人对生活的美好祝福。

饸饹面讲究细而长、柔而韧，筋滑利口，臊子汤清辣含香，香而不腻，酸辣可口。待面煮熟后，调入臊子汤。

一碗热腾腾的饸饹面，代表了崇信人对生活的基本要求，它带给崇信

人那种踏实的感觉，从来都不曾改变。

当孙正义一家围坐一起吃饸饹面的时候，木林乡的窑洞里飘来了油饼子刚出热锅的清香。72岁的梁家富和老伴在自己的厨房里炸好了满满一盘油饼子。

一到夏天，老梁和老伴喜欢从城里搬进老窑洞里纳凉。

窑洞，这种过去崇信人普遍的居住形式，是中国北方最古老的民居之一。

早在三千八百多年前，周先民就挖出了第一孔窑洞。在黄土地上生活的人们，利用天然地形，把黄土崖削剪齐整，把平原腹地挖下去，在墙壁上打出窑洞。小小窑洞浓缩了数千年的历史和风情。

十月中旬，黄土地绿意渐退，苍凉初露。梁家富就已经早早地为过冬做着准备。

在黄土窑洞里出生和长大的人，每个人心里都有窑洞情结，而每一孔窑洞，都隐藏着太多的故事。

20世纪50年代，梁家富和老伴结婚。到现在，他们已经风雨相伴五十个春秋，相濡以沫半个世纪。

享受美食的那种幸福和居住在黄土窑洞的惬意，所有的一切足以让人忘记劳作的疲惫。

农闲之时，老梁和老伴将窑洞打扮成自己最喜爱的样子。吃着自己双手种出的粮食，住着亲手挖出的窑洞，老两口找到了当初的感觉。

如今，窑洞已换了新主人，那就是崇信红牛。

黄万全是姚洼村窑洞红牛养殖场的一名工人，每天的工作就是给红牛添草、喂料、饮水，虽然单调，但他却乐在其中。

一直以来，养牛是崇信农民的传统产业，人们积累了以苜蓿、麦秸和玉米秸做粗饲草，用玉米、麦麸、油渣做精饲料，舍饲养牛的祖传经验。

如今，这种带有浓郁黄土高原色彩的生产方式，已成为致富一方的特色支柱产业，崇信红牛正远销省内外，这让黄万全和当地的养牛户们看到了未来的希望。

在崇信，人们不紧不慢地生活，依然保留着原始的传统，用崇信人独特的方式，与天地和时间对话。

关瑞娟，从小在崇信长大，曾是龙泉寺的一名导游，现在是崇信县博物馆的讲解员。同时，她还有一个身份，那就是崇信民歌传承人。

冬天游客少时，她都会在龙泽湖畔吊嗓子，练民歌。

这里的人们习惯跟随自然的脚步，日出而作，日落而息。四季更迭，不缓不慢。这些纵横交错的山梁就是他们纵情歌唱的大舞台。

秋收一过，大地开始变得苍凉。村民富耀先在地里一边忙碌，一边唱起了崇信当地的民歌。

饥者歌其食，劳者歌其事。在上苍造就的这片黄塬厚土上，民歌很早就在劳动中诞生了。悠久深厚的农耕文化，成了崇信民歌自由生长的肥沃土壤。

民歌，作为黄土高原上的第二种语言，人们的喜、怒、哀、乐，全都蕴含在粗犷高亢的歌声里。

这两年，每到周末，关瑞娟都会来到群众艺术馆给大家演唱民歌。

有时候，她除了演唱，也会自己创作改编一些民歌，教给观众。

凭借一副好嗓子和对民歌的喜爱，只要有崇信民歌的演唱活动，关瑞娟都会参加。在崇信县城里，关瑞娟渐渐有了名气。

她希望未来能有更多的人学习和传唱崇信民歌。

时代的变迁，让古老的崇信民歌从劳动者的口中传到民间艺人的耳中，从田间地头走到城市街巷，宛转悠扬地飘荡在不同的场合。

时光荏苒，黄土高原上的又一个春天如约而至。

五月，黄土高原的牡丹花季，崇信万余亩油用牡丹迎来了它最盛大的花期。

为了给黄土地融入新的生命色彩，崇信，选择了中国人眼中的“万花之王”、心中的“国民之花”，来装扮这片土地。

相比农耕时代，今天的人们与自然日渐疏远。但无论如何变迁，那些富于温度的生活，还有绵长的岁月一直倾注在土地和忙碌之间。因为他们相信，只要对自然和节气怀着不变的信任和尊重，每一片土地，每一家人，总会得到最笃实的回报。

在历史的长河中，崇信和它绚丽多彩的风俗文化，犹如一脉脉复杂的经络之舟，承载着人类文明的进步与发展，一直延续着。

第二集　丝路

路，人类文明与进步的轨迹。从古至今，在家园与远方之间总有人类跋涉的身影。他们的足迹，造就了通达四方的路。

两千年前，耀眼的东方文明催生出一条横跨半个地球的贸易之路，在这条漫长的路上，崇信，作为重要的交通要道，它见证了丝绸之路的繁荣与顽强的生命力。直到今天，丝路的精神与传统，依然在这里延续。

这是广泛流传于崇信县一带的“跑旗”，主要表现了一位大将出征前检阅演练兵士布阵的情景。

每年正月和其他重大节日里，人们都会以这样的方式，祈福一方平安，还有来年的风调雨顺和庄稼丰收。

那么这位大将是谁？来自哪个朝代？一直以来当地的人们为何会传颂和纪念他？

崇信县博物馆，存放着这座小城的历史记忆。

只要有空，马长春都会来到这里。一次次熟悉的触摸，仿佛老友之间的问候。从这些凝固的历史瞬间中，马长春希望找到那个困扰自己多年的答案。

魏晋时期佛教文化传入平凉境内，随即开窟建寺，关山两麓开凿多处石窟。崇信位于陇山古丝绸之路的必经之地，曾多次出土北魏、北周时期石刻造像。这些来自石窟的石造像，如今被陈列在博物馆中，后人为它们所在的时代做出定义。透过这些造像，完全可以想见，崇信当年驿马穿梭的繁忙景象。

这些工艺严谨、造型优美的造像，依稀给马长春指明了一条线索。

今年77岁的马长春1940年出生于河南省巩义市康店乡董柏坡村。1950年，年仅10岁的他随哥哥来到了崇信。

这座古城，强烈地吸引着这个充满好奇心的少年，从此他与这里结下了不解之缘。也正是这次相遇，注定了这个少年要用一生的时间，去发现和认识这座汭河边的小城。

虽然已经退休，但他仍把探寻崇信历史和李元谅的故事，作为自己生活的重要内容。他晚年最大的心愿是出版一本关于李元谅文化遗存的书。

一场冬雪过后，崇信县城区第一小学的孩子们来到操场上尽情地玩耍。他们并不知道，操场上的这道他们每天熟视无睹的高墙，正是崇信县最早的古城墙遗址。

“李元谅，祖籍安息。唐朝中期名将。幼时为宦官骆奉先所养，遂改姓骆，名元光。镇守良原。”这段源自《旧唐书》的记载，是李元谅与崇信建立联系唯一的记载。

但是让马长春百思不得其解的是，为什么这位唐朝名将能在黄土高原上建功立业，让后世百倍尊崇。

或许，热爱是最好的老师。在一次次的寻访中，那些久远但生动的人物和故事慢慢清晰起来。

位于丝绸之路必经之地且地处关陇要道的崇信，进入唐朝，迎来了它的黄金时代。它不仅成了丝路古道上的一个驿站，也成了商贸往来的一个旱码头。当时，许多国家的商人、使节、僧侣与留学生到长安定居。李元谅就是其中的一位。

安史之乱时，吐蕃乘机北上，陇右、河西走廊之地尽被吐蕃占领。不久，平凉地区便成了唐与吐蕃的拉锯之地。

因吐蕃在军事上屡遭挫败，大唐德宗贞元三年（787）四月十九日，吐蕃大相尚结赞借约唐会盟平凉之际，企图伺机劫持唐朝主盟使浑瑊，以除掉得力唐将。浑瑊幸得骆元光接应救援才得以脱险。唐德宗念骆元光勋劳，赐皇姓李氏，改名元谅。

唐贞元四年（788）的春天，朝廷命李元谅移镇良原，也就是今天的崇信东面一带。为了保障部队的食用和繁荣边境地区的社会经济，减轻当地人民的负担，李元谅采取了驻军屯田的政策，把崇信城周围几十里荒芜的土地全部变成了肥沃的良田，边境从此得以安宁，崇信人民也能安居乐业了。

崇信人民因李元谅“开缰（疆）拓土、修筑镇城、德彼（被）民生、感恩王功”，在县城东门外，建祠塑像，春秋祭祀。

曾经的疑惑渐渐解开，马长春加快了舞台剧本创作的进度。

在马长春的心里，这些遗存凝固了时间，会让人心生暖意与勇气，他始终相信，一个有历史有温度的地方才会有生命力和未来。

大学毕业后，李仲林回到家乡，成了崇信县木林中学的一名美术老师。

小到农家炕头，大到黄土高原地貌，家乡美景总是呈现在他的笔下。这些年来，他从未停止过创作。

每到周末，李仲林就背着画架出门了。

古老的城墙下，住在这里的关老伯自己也说不清，祖上从何时起来到崇信。从记事起，他就知道家族世代一直住在这里，从未离开。

史料的欠缺，老人记忆的模糊，为李仲林的创作带来了很多困难。

但他觉得这些都不重要，唯一重要的是，内心始终有一种创造力，一直呼唤着自己去做这件有意义的事儿。对于他来说，创作已经不再是一项艰难的任务，而是一次对家乡过去的寻访。

一个多月来，李仲林费尽心思，不停地寻找和画草图，崇信城的轮廓渐渐清晰了。

城，既要能防，也要能守。

李元谅将城选在锦屏山下的汭河南岸一块高地上面，像一道天然屏障，横卧南北。在李元谅的带领下，四个月才能修好的城，不到三个月就完工了。唐蕃之间战事频繁，信义殆失，为彰显“尊崇信任”的大义，召唤时局人心中诚信精神的回归，他为这座城取名崇信，为左神策军京师西北八镇之一，“崇信”之名始见于史册。

“尊崇信任”四个字，既是一座古城的历史浓缩，也是一个民族的命运跌宕。

整整一年的时间，李仲林终于完成了这饱含深情的杰作。曾经的古城，在李仲林手里，找回了记忆。

一方水土养一方人，黄土高原塑造了陇东人的情感和生活，悠远苍凉的声腔已经融入崇信人的血液里。

每年腊月农闲时分，崇信县甘庄村的人们都会聚在一起，排练当地有名

的弦子腔。

这种民间小调在崇信已经流传了近两百年。

一场大雪覆盖了黄土高原，世界仿佛也安静了下来。

今天天气晴朗，是侯兆银和他的“老伙伴儿”们排练的日子。

崇信县弦子腔，主要以三弦子、竹笛、四页瓦、碰铃、木鱼为主要伴奏乐器。演员要以高腔才能唱出曲谱中的各种韵味儿。

今年73岁的侯兆银，是侯家老庄弦子腔班社的第三代传承人。

这些年来，侯兆银老人将口口相传的唱腔，整理成书，谱成曲谱，保存下来，眼前的这些书稿已花费了他半辈子心血。

这几年，由于去外地打工的人越来越多，演唱和学习崇信弦子腔的人越来越少。

侯兆银越来越担心，将来没人会唱弦子腔。

春节前夕，孩子们开始放寒假，在外地打工的人们也陆续回到家里。大家开始练习弦子腔，侯兆银老人也开始忙起来。

虽然有的演员没有太多的文化，甚至没有上过学。但，几百年甚至几千年的古老文化就是靠着这样的方式一代代传承下来。

古老而延绵的弦子腔声回荡在黄土高原的上空。脚踩这方黄土，穿上戏服，他们是文化的传承者；卸下妆容，他们是黄土地上最朴实的劳动者。

悠长岁月中，村民们用自己的方式守护着独特的乡村记忆，保留住了原汁原味的精神故乡。

农历春节，是中国人一年中最为重要的节日。

每年一入正月，在外奔波的人们都会回到家乡与家人团聚。这时，节日的欢乐转化为浓浓的乡情。

一大早，家住黄寨村的朱大妈开始忙碌起来。她将昨晚焐在锅里至味道发甜的糜子面蒸熟后，请来擅长做猴灯的邻居们，制作核桃大小的面灯。

“猴”与意为传宗接代的“后”谐音。流传在陇东黄土高原崇信县的“点灯背猴”这一古老的婚俗，至今盛传不衰。每年正月十五晚上，前年结婚的新婚夫妇，都要到媳妇的娘家去“点灯背猴”。点灯是为了祛除疾病，祈求新婚夫妇双方头清目明，而“背猴”寓意为延续香火、儿女聪明伶俐。

各种小面灯匠心独具，造型逼真。每一盏小面灯里都插着棉花灯芯，并注入适量清油。大家一起动手，用面团捏塑了一个一尺多高的大面猴。因为大面猴面灯是专供一对新人来点的，所以面猴做工尤为精心，身上放几盏灯，再将猴王置于几层灯的上面，寄托了人们对新婚夫妇的祝福和对美好生活的期盼。

肖钏钏去年11月刚完婚，按照崇信婚俗，今天，她和丈夫要回到娘家。

为了迎接“点灯背猴”这一个美好时刻，钏钏妈黄文琴一个月前就买好

17斤酒谷面，家族里的妯娌们今天都赶来帮忙。

依照乡俗，灯的数量一般为娘家最长辈两口子的年龄之和，以取健康长寿之意。

作为一场成功的婚俗仪式，家人团聚，乡亲们祝福也是必不可少的。

晚上， 肖家院子里人头攒动，热闹非凡。

在亲朋邻里的簇拥下，钏钏和丈夫按照礼数和家人将面灯一一点着。

点灯背猴的仪式尚未完全结束，院子里已点燃了烟花爆竹。

村里的大人小孩，端着小面灯陆续离去，点灯背猴带来的祥和与喜庆，弥漫着整个村庄。

对于肖钏钏和她丈夫来说，家乡更多的是和他们的青春、情感、记忆联系在一起，也正是这样才得以永远延绵，既能追寻过去，亦能够走向未来。

无论时空如何变幻，道路如何曲折，锐意进取、尊崇信任的精神，已经深深扎根于黄土之中，一脉相传，不绝如缕。

跨越时空，一千多年前。这里，商旅匆匆，战争频繁。

今天，离他们不远处的黄土塬下面，就是繁忙的304国道，也是古代丝绸之路经过的地方，曾经的古道如今散发出更强大的活力，而鲜活的历史还在延续。

第三集　新　韵

人类先民，很早就在这里生存，他们热爱崇信这片传奇的土地，他们勤劳感恩。河流蜿蜒的地方，最终成了家园。

农耕文明的香火，依然在广袤的大地延续，并与现代文明不断融合，催生着新型的农业文明与乡村文明。

高速发展的今天，人们对新事物不断追逐。是坚守传统，还是做出改变？这是每个人必须面对的问题。

在这片较早诞生人类文明的地方，生活在黄土地上的人们也开始努力与现代接轨。

居住在兰州的尼康俱乐部成员张文生，两年多来，一直用影像记录着古树的存在与变化。

此时的张文生并不知道，他即将开始的这次寻访，会给他带来太多的惊喜。抵达崇信的那一刻，张文生站在山头，遥望着山下这座被群山包围的古朴小城，心中充满了期待。

2016年秋天的一个午后，张文生无意间看到一张照片，照片是一位叫秋思的网友拍摄的。这是一棵千年古槐，生长在距兰州市300多公里之遥的平凉市崇信县。

这棵树为什么会生长在那里？历经千年的风雨侵蚀，为何依然枝繁叶茂，冠盖如云？

一种探知答案的冲动涌上心头。

经过电话联系，他终于见到了秋思，秋思的真名叫郭福阔，是当地一名摄影爱好者。

张文生的到访，让郭福阔非常感动。他陪着张文生，热诚地为他介绍这座古城的传奇。

每天清晨，已退休的张月芳和同伴，便一起前往龙泉寺打太极拳，自小就生活在崇信的张月芳，年少时就在这里玩耍，所以很熟悉这里的一切。

龙泉寺建于元代，位于汭河北岸，背倚凤翥山，海拔1215米。山上流水从崖壁间渗出。龙泉寺以山闻名，以泉著称。一年四季水长流不涸，即使是大旱年间，泉水亦然悬出盈池，漫流河谷。独特的生态，使得这里成为养生之地。

对于居住在崇信的人们来说，小城的早晨，是从一桶清洌甘甜的泉水开始的。

张文生在郭福阔的陪伴下，也来到了龙泉寺。

龙泉寺的得名，和这棵奇树有关。陡壁之上的古柏，形似飞龙，鳞爪森然，蜿蜒于峭壁之上，已有1200多年的树龄。

龙与泉和，山与水映，龙泉寺因此而得名。

龙泉寺是崇信人生活的一部分。千百年来，龙泉寺就这样矗立在崇信古城，见证着文明的交替，守护着这片土地的新生与繁荣。

当外面的人们开始了解这座城的时候，这里的人们也开始自觉地向外界打开心扉，用自己的方式展示着这方土地的新气象。

关娟英，崇信县城区第一小学音乐教师，像许多年轻人一样，喜欢周末和朋友们一起骑车去郊外，找寻属于自己的快乐。

正月里，村民们已经在大棚里开始了忙碌，他们打算利用正月蔬菜生产的“时差”，起大早，赶“早春”，为新的一年播下新的希望。

经过这几年的发展，于家湾如今成了远近闻名的蔬菜村。

为了更好地宣传家乡，让在外的于家湾人看到家乡的变化。于家湾村委会创作了一首歌曲《我的家乡于家湾》。他们打算把这首歌拍摄成MV。

村委会干部请来县电视台记者于金玉担任这部MV的摄影师，于金玉决定邀请关娟英来演唱这首歌曲。

趁着周末，主创者们放下各自手头的工作，聚在一起商量拍摄MV的事儿。

只要有时间，关娟英都会和曲作者进行沟通和练习。

经过一个多月的反复练习，他们决定开始拍摄MV，拍摄MV在村里可是破天荒的事情，村民们对此都觉得新鲜。摄制组的到来，引起了不少人的好奇。

无论走多远，故乡仍然是魂牵梦绕的地方。在外奔波的于家湾人，通过互联网可以看到这部赞美自己家乡的MV，感受到家乡日新月异的变化。

按照行程安排，在郭福阔的带引下，张文生前往华夏古槐王所在地锦屏镇关河村。

小村庄静静地矗立在群峰环绕之中，仿佛置身世外桃源。

这是生长在崇信的一棵3200多岁的大

槐树，是全中国树龄最长的一棵古槐树。它穿越了三千多年的时光之河，依然生机盎然，意气风发；见证了无数的朝代更替，依然从容淡定，傲然物外；目睹了人世间太多的悲欢离合，依然枝繁叶茂，花香十里。

在崇信百姓代代悉心的守护下，古槐静守一方，以山风为歌，与山民做伴，在岁月长河里顽强生长。

尽管来崇信之前，张文生在照片里看到过古槐树的模样，但当他身临其境时，他的内心仍然十分震撼。

崇信县城郊区，甘博的根雕工作室，大部分时间，甘博喜欢一个人安安静静地待在这里，进行根雕创作。

甘博18岁开始外出闯荡打工，走过不少地方，后来认识了妻子关月辉，一个来自黑龙江的达斡尔族姑娘。

甘博跟随关月辉到了她的家乡，办了一家幼儿园，并在那里成了家。

2008年，甘博做出了一个决定，那就是携带妻子回到家乡崇信。

承载了万年历史的黄土高原，正在渐渐摆脱人们印象中贫瘠落后的面貌，重新散发出更强大的活力。

在历史上，崇信一直处于对外交往的西北枢纽地带。从关中出发，无论是向北深入广袤草原，还是向西北抵达河西走廊，这里都是必经之处。直至今天，古道仍然散发出蓬勃的生命力。

今年38岁的夏峰，来自平凉市灵台县。这位黄土高原上长大的汉子，从大学就开始创业。一步步摸爬滚打，经过十多年的努力，建立起了自己的商业帝国。

三个月以来，这已经是他第六次来到崇信考察。他要对自己的创业规划，进行最后一次考量。这几年，他将目光投向文化和旅游，希望打造出一个农耕文化生态苑，给这条古道上来来往往的人们创造出一个休闲的好去处。

优越的地理位置和交通环境，还有独具特色的旅游资源，是夏峰选址的重要依据，也是他最看重的。

甘博和妻子回到崇信后，经过5年的打拼，积累了一些资金。由于天生对树根的喜爱，2015年9月，他创办了这家华夏神韵根雕艺术馆。

作为一个爱好雕刻的人，甘博最大的梦想是用手中的刻刀，把关于童年、关于老家的那些最原汁原味的生活方式分享给更多的人。

他开始大量翻阅资料，为自己的作品——老家记忆系列做准备。那些关于老家记忆里的场景，为甘博带来了更多的创作灵感。很多艺术都是从一张图纸开始的，记忆中的家园逐渐复活。

雕刻，其实非常消耗体力，平均一分钟需要雕琢20多次。一天5小时下来，接近8000次挥动手中的木槌，这对甘博来说，需要付出更多的力气与智慧。

经过三个多月的构图打坯、雕刻、修光等工序，甘博终于完成了老家记忆作品。

透过这些作品，一切变得不再模糊，那些事那些人，变得从未有过的清晰。当靠近这些带有温度的雕刻时，甘博甚至能够感受到它们身上散发出来的气息。

一座投资10亿元的农耕文化生态苑汭龙堡正在汭河北岸崛起，古老的农耕文明又一次在丝路古道上散发出新时代的迷人气息，吸引着来自四面八方的游人。

初冬里的汭河一路向东，汭龙堡商户的叫卖声伴着河水声此起彼伏。当现代的人们努力还原传统，追寻祖先给我们留下的生存智慧时，其实这些东西，并没有真正的离我们远去。夏峰望着眼前的热闹，更坚信了自己当初的选择。

关于这座古城的探寻，就这样结束了。张文生的内心感慨万千，带着收获与感动，他将继续寻找与古树相关的线索。

当人类开始在丝绸之路演绎绚烂夺目的文明时崇信总是以独特的方式将他们联系，一个崇尚创新与分享的崭新时代已经到来。而崇信也将从这里出发，走向高处，走向远方。

在全市改革发展40周年成就新闻发布会上的发布词

张拴会

大家好！非常荣幸有这么个机会能跟大家见面，下面由我来介绍改革开放以来崇信取得的巨大成就，与大家分享崇信的发展变化，借此机会，我代表中共崇信县委、县政府向媒体和各位记者多年来对崇信经济社会发展的关心、关注与支持表示感谢。

1978年，党的十一届三中全会开启了改革开放和社会主义现代化的新纪元。改革开放以来，崇信县委、县政府团结带领全县人民，秉承“尊崇信任”的崇信精神，认真贯彻落实中央和省、市各项决策部署，自力更生，艰苦创业，锐意改革，砥砺奋进，谱写了改革开放和经济社会发展的壮丽篇章，先后荣获全国绿化模范县、全国科技进步先进县、全国义务教育发展基本均衡县、省级园林县城、全省双拥模范县等称号。改革开放以来的发展变化是多领域、全方位的，可以概括为“六个前所未有”。

第一，县域经济有了前所未有的巨大发展。党的十一届三中全会做出了把党和国家工作重心转移到经济建设上来的历史性抉择，崇信全县上下与全国人民一道共同踏着这一时代的主旋律，聚精会神搞建设，一心一意谋发展，县域经济由小变大、由弱变强，综合实力显著提升。全县地区生产总值由1978年的773万元增长到2017年的27.9亿元，平均每5年翻一番，其中，第一产业增加值由448万元增长到7.9亿元，第二产业增加值由156万元增长到10.8亿元，第三产业增加值由169万元增长到9.2亿元，人均地区生产总值由105元提高到26900元；社会消费品零售总额由783万元增长到8.8亿元；公共财政收入由127万元增长到2.9亿元，财政支出由371万元增长到11.96亿元；金融机构存款余额由305万元增加到38亿元，贷款余额由639万元增加到27亿元，人均存款由41元增加到26398元。从这些数字可以看出县域经济有了前所未有的巨大发展。

第二，基础设施得到前所未有的巨大加强。1978年的时候，崇信县没有一公里硬化路、没有一户通自来水，用电的居民不到800户，电话用户只有114户，“晴天一身土、雨天一身泥，饮水靠肩挑、照明靠油灯、生产靠畜力”是当时的真实写照。改革开放以来，全县上下持续加大投入，路、水、电、通讯等基础设施条件发生历史性的巨大变化，宝中铁路穿境而过，并且在我县设立崇信站，公路的通车里程由221公里增加到652公里，现在，林华高速公路和国道312改线工程正在实施。农村电网改造率达到100%，实现了“村村通硬化路、村村通动力电”，自来水入户率达到100%，全县的梯田化水平达到85%，电话用户达到12.6万户，光纤宽带用户达到3万户，4G网络基本实现了全覆盖。

第三，城乡面貌发生前所未有的巨大变化。改革开放以前，崇信县城面积不到1平方千米，当时崇信的老百姓这样描述道：“崇信县城二里半，一支香烟转一圈，一个喇叭响全县。” 改革开放以来，坚持为城镇扩容提质，实施了县城西区扩建、新区开发、棚户区改造等一批重大项目，城市框架全面拉开，污水收集处置和集中供热实现全覆盖，天然气入户工程加快实施。县城面积扩大到6.9平方公里，县城常住人口由1978年的2657人增加到35296人，全县城镇化率提高到49%。农村面貌也发生翻天覆地的变化，新村建设及旧村改如期实施。崇信有好多地方的名字都有一个“洼”字或者一个“窑”字，当时有好多的窑庄，老百姓都住在窑洞里。现在全县建成美丽乡村39个、小康住宅5819户，农民告别了土窑洞，农村全面消除了D级危房。这40年来县上持续加强生态建设和环境保护，全县森林覆盖率达到35.83%，城乡垃圾收集率达到100%、处置率达到90%以上，国家生态文明建设示范县创建正在申请省级验收。

第四，社会事业取得前所未有的巨大进步。改革开放以来，全县新增校舍32.2万平方米，生均校舍由1978年的3.5平方米增加到2017年的13.2平方米，实现了“普九”和“两基”达标，“上学难”的问题彻底解决，“上好学”的目标正在实现，全县累计为高等院校输送学生1万多名，劳动年龄人口平均受教育年限提高到10.3年。持续推进基本公共卫生服务均等化，县乡医疗卫生机构由10所增加到20多所，医务人员由165人增加到657人，床位数由138张增加到632张，公立医院全部实行药品零差率销售，标准化村卫生室实现全覆盖，群众“看病难、看病贵、看病远”的问题得到解决。建成了文化“三馆”和县体育中心，乡镇体育中心、农家书屋、村级文化室实现全覆盖，家家户户通上了电视，极大地丰富了群众精神文化生活。

第五，人民生活实现前所未有的巨大改善。县上始终把保障和改善民生作为一切工作的出发点和落脚点，围绕幼有所育、学有所教、劳有所得、病有所医、老有所养、弱有所扶等民生问题全面发力。持续增进民生福祉，让“忍饥挨饿、缺吃少穿、生活困顿”彻底成为历史，人民生活实现了向全面小康的迈进。2013年以来，全县共有16个村脱贫退出，累计减贫1.87万人，贫困发生率下降到1.42%，达到整县脱贫摘帽标准。群众生活条件不断改善，粮食产量由1978年的2.55万吨增加到5万吨左右，城镇居民人均可支配收入由515元增长到30324元，农村居民人均可支配收入由1978年的68元增长到2017年的7288元，汽车保有量由1978年的34辆增加到2.1万辆，教育、旅游、娱乐、养生、电商等方面的消费逐年上升。社会保险保障机制从无到有，建立了养老保险、医疗保险、社会救助等兜底保障体系，全民参保登记率达到92.3%，城乡低保实现“应保尽保”，劳动就业不断加强，社会治理体系更加完善，群众幸福感、安全感不断提升。

第六，体制机制取得前所未有的巨大突破。坚持以改革促发展。从计划经济到市场经济，我们经历了办乡镇企业、发展民营经济、发展混合所有制经济等阶段。2017年，全县市场主体达到4584户，非公经济占据全县GDP的半壁江山。全面实行家庭联产承包、农村税费改革、土地“三权”分置、农村“三变”改革等一系列影响深远的农村改革措施，极大解放了农村生产力，调动了广大农民的生产积极性，农业产业实现了由单一的粮食种植向以“牛果菜”为主导的现代农业产业体系转变。着眼优化经济结构，大力发展以文化旅游为主的第三产业。我县龙泉寺成功创建为国家4A级旅游景区，华夏古槐王景区、五龙山景区也在加快开发，我县由此被列为第二批省级全域旅游示范区创建单位。全县三次产业比由1978年的57.9：20.2：21.9调整到28.4：38.8：32.8，经济结构更趋优化。政治、文化、社会、生态文明等一系列改革纵深推进，经济社会发展的活力、动力不断迸发，崇信已经成为具有活力和发展潜力的洼地。

改革开放历程启示我们，必须始终坚持党的全面领导，不折不扣执行党的路线方针政策，确保各项工作始终沿着正确的方向前进；必须始终坚持以经济建设为中心，牢记发展这个硬道理，咬定青山不放松，持续增强经济实力；必须始终坚持深化改革扩大开放，坚决破除体制机制障碍，推动实现更高质量、更有效率、更可持续的发展；必须始终坚持“以人民为中心”的发展思想，不断满足人民对美好生活的需要和向往，让人民共享改革发展成果；必须始终坚持人民主体地位，尊重基层和群众的创新创造，凝聚磅礴力量，推动改革和各项建设事业不断发展。

新时代开启新征程。站在新的历史起点上，我们将坚持以习近平新时代中国特色社会主义思想为指引，认真贯彻党的十九大精神，全面落实习近平总书记视察甘肃重要讲话和“八个着力”重要指示精神，树牢“四个意识”，坚定“四个自信”，坚决做到“两个维护”，团结带领全县人民，把握改革节奏，砥砺奋进前行，加快建设活力创新法治美丽幸福新崇信，努力开创新时代县域经济和社会发展新局面。

张栓会，现任中共崇信县委书记，原任崇信县人民政府县长。

壮丽70年·奋斗新时代——中华人民共和国成立70周年崇信县发展成果巡礼新闻发布会发布词

王锦

崇信，是一座以中华民族传统美德“诚信”而命名的城市。这里曾经是中国农耕文明的发祥地、古丝绸之路重要节点城市，积淀了深厚的中华传统优秀文化，这里又是全国产煤大县、全国苹果最佳适生区、全省牛羊大县、平凉红牛核心区，正展现出改革开放加快发展的良好态势。概括起来，崇信有四个特点：崇信是一座文化之城。早在三千多年前，周朝的先祖公刘带领周族部落一路迁徙，最终栖息在芮鞫，也就是崇信这块水草丰茂的地方，创造了当时先进的农耕文明。公元788年，唐代大将李元谅筑崇信城，抗击吐蕃，取“尊崇诚信”之意，崇信之名始见于史册，城内有国家文物保护单位武康王庙。崇信籍进步青年保至善是崇信第一个共产党员，在兰州领导建立了中共兰州特别支部开展农工运动，并将革命火种传进崇信。公刘农耕、唐代军旅、民间民俗、古树名木和红色革命等文化在这片热土绵延不断、鼓荡交融、摇曳生姿，弦子腔、山梁走唱、崇信民歌、点灯背猴等非物质文化遗产推陈出新，形成了独特而鲜明的文化景观。崇信是一座绿色之城。有国家AAAA级旅游景区龙泉寺、省级风景名胜区五龙山、省级森林公园唐帽山，生长着闻名遐迩的华夏古槐王、佛教圣树娑罗树、千年古柏三异柏等众多古树名木，森林覆盖率达到36%，是全国绿化模范县。崇信是一座养生之城。

清澈的汭河、黑河、达溪河穿境而过，水土条件良好，尤以富锶型天然矿泉水闻名，培育了“崇信红牛”“崇信芹菜”“崇信甜瓜”等“三品一标”著名农产品品牌。这里负氧离子高、天蓝云白、物产丰饶。特别是以“红牛宴”为主的美食养生、以“跑步徒步”为主的运动养生、以“针灸理疗”为主的中医养生等产业加快发展，“山水龙泉·养生崇信”的品牌声名远播。崇信是一座诚信之城。这里民风淳朴、社风良好、政风务实，“尊崇诚信”的崇信精神世代传承，已成为崇信文化遗产的金字招牌，成为引领崇信经济社会发展的精神动力。

风雨兼程七十载，不忘初心铸辉煌。回顾1949年以来的发展历程，崇信的变化是巨大的、全方位的，特别是党的十八大以来，在习近平新时代中国特色社会主义思想的指引下，在中央和省、市的坚强领导下，我们团结带领全县人民按照“四化”统筹、“四轮”驱动、“四区”共建、“五城”同创的工作路径，大力实施“五大战略”、壮大提升“五大产业”、加快建设“五个崇信”，全县经济、政治、文化、社会、生态文明和党的建设各项事业取得了历史性成就。

一是经济实力持续增强。20世纪50年代初，崇信经济凋敝、百废待兴，发展基础十分薄弱，全县地方财政收入仅有10多万元。党的十一届三中全会做出了把党和国家工作重心转移到经济建设上来，实行改革开放的历史性抉择，崇信人民与全国人民一道共同踏着这一时代的主旋律，聚精会神搞建设，一心一意谋发展，县域经济实现了由小变大、由弱变强，综合实力显著提升。数据显示，1949年全县地区生产总值仅为52万元，1978年增长到773万元，1994年突破亿元，2018年达到29.7亿元，是1949年的5700多倍；人均地区生产总值1949年仅为12元，1978年为105元，2008年突破万元，2018年达到2.8万元，是1949年的2300多倍；社会消费品零售总额从1950年的108万元增加到2018年的9.34亿元，增长864倍；地方财政收入从1949年的15.3万元增加到2018年的3.16亿元，增长2000多倍。2017年，县域竞争力综合排名在全省76个县市区中居第30位。

二是脱贫攻坚成效显著。2013年2月，习近平总书记视察甘肃时做出了“着力推进扶贫开发，尽快改变贫困地区面貌”“努力到2020年与全国一道全面建成小康社会”的重要指示，为全省上下推进脱贫攻坚指明了方向。近年来，我们认真贯彻落实习近平总书记关于扶贫开发的重要论述，特别是对甘肃脱贫攻坚工作做出的一系列重要讲话和指示精神，始终把脱贫攻坚作为最大的政治和最大的民生，举全县之力、集全民之智，坚定不移打赢脱贫攻坚这场硬仗。坚持从压实责任入手，县级干部带头包抓最贫困的村、户，推动工作力量向一线倾斜、政策在一线落实、问题在一线解决，发扬敢死拼命、善作善成的精神，形成了尽锐出战、攻坚拔寨的浓厚氛围。紧盯“两不愁、三保障”目标，以“一户一策”为抓手，深入推进“九大冲刺行动”和帮扶工作“五项活动”，彻底扫清了脱贫路上的“拦路虎”。大力发展“牛果菜劳”和“五小”产业，积极推进电商扶贫、光伏扶贫、旅游扶贫，贫困群众稳定脱贫的基础更加稳固。2018年底，全县贫困人口由1.97万人减少到1148人，贫困发生率由23.8%下降到1.42%，退出贫困村16个，顺利实现了整县脱贫摘帽目标，正在朝着率先实现全面小康的目标奋进。

三是特色产业不断壮大。以农为主、靠天吃饭是20世纪很长一段时期崇信产业发展的真实写照，现代工业和服务业基本空白。党的十八大以来，我们不断调整优化产业结构，加快新旧动能转换，煤电、旅游、草畜、果菜、木本油料五大主导产业蓬勃发展，三次产业结构由1949年的78.9：3.8：17.3调整为2018年的25.9：42.1：32。坚持煤电产业优化升级与非煤产业同步发展，建成了新安煤矿、大柳煤矿、赤城煤矿、崇信电厂等一批重点工业企业，全县煤炭设计生产能力和火力发电能力分别达到1116万吨和72亿度，形成了以煤炭开采、火力发电、粉煤灰综合利用为主导的煤电循环产业发展模式。大力发展旅游首位产业，加快国家全域旅游示范区创建，实施了汭龙堡农耕文化生态苑、龙泉寺景区提质扩容、五龙山游客接待中心等项目，构建了以龙泉寺、华夏古槐王两大景区为核心，梁坡、西刘、樊洼等乡村旅游示范村为节点的全域旅游发展新格局，华夏古槐王作为平凉城市名片登上央视《魅力中国城》栏目，全县游客接待量和旅游综合收入连续多年均增长20%以上。按照“塬果川菜整县牛”产业全覆盖的目标，设立现代农业发展专项基金，扶持建办伊顺祥牛业、新丰园农业等产业化龙头企业16户，成立专业合作社337个，引领推动了农业产业发展。牛产业以打造平凉红牛核心区为目标，认真落实“1485”红牛产业发展规划，探索推行了“窑洞养牛”新模式，累计建成肉牛规模养殖场（区）40个和平头沟——姚洼、凉水泉——高年2个窑洞生态养牛示范带，全县牛饲养量达到9.5万头；果产业以争创国家级现代农业示范园区为目标，不断加强与海升集团交流合作，大力推广新技术、新品种、新模式，新建高标准矮化密植苹果示范园8500亩，全县果园面积达到7.3万亩；菜产业按照泾汭河川区全覆盖的目标，持续扩量提质创牌增效，全县蔬菜面积达到5.5万亩，“崇信红牛”“崇信苹果”“崇信芹菜”等农产品获得“三品一标”农产品地理标志认证。加快油用牡丹产业发展，成立了牡丹合作社，累计栽植油用牡丹2.13万亩，举办了首届牡丹节，产业发展走上正轨。

四是改革开放日益深化。坚定不移推进改革开放，抢抓“一带一路”建设重大历史机遇，积极推进重大交通基础设施建设，崇大路、崇白路、S203马峪口至千阳公路等重大项目建成通车，S320彬县至华亭、S28灵华高速加快推进，宝中铁路穿境而过，打通了对外开放的通道。坚持“走出去”与“引进来”相结合，先后与酒钢、华煤、徐矿、中电建、陕西海升等领军企业建立了战略合作伙伴关系，对外合作交流逐步向更宽领域、更深层次拓展。深入实施融合创新战略，建立院士、博士专家工作站4个，柔性引进高层次人才22名，科技进步综合水平指数维持在30%左右，荣获“全国科技进步先进县”。扎实推进经济体制改革，针对煤炭企业不景气、财源短缺的问题，县委、县政府审时度势，实施了新窑、新柏煤矿兼并重组和新周、周寨煤矿经营权转让，敲响了全县煤炭资源拍卖第一槌，盘活了资产，激发了企业活力，地方财政由此快速增长。全面深化财税金融体制改革，认真落实减税降费政策，持续加大金融支持力度，市场活力不断增强，全县市场主体达到4684户。加快推进“放管服”和“四办”改革，取消调整行政审批事项154项，行政审批效率大幅提升，打通了服务群众的“最后一公里”，县车管所荣获公安交管“放管服”改革“全国优秀县级车辆管理所”称号。全面落实家庭联产承包责任制、“三变”改革等一系列影响深远的农村改革，广大群众享受到了改革红利。教育教学、医药卫生、司法体制等方面改革稳步推进，经济发展活力不断增强。

五是文化事业繁荣发展。大力实施文化惠民工程，文化“三馆”、保至善烈士纪念馆、体育中心等项目建成投入使用，乡镇体育场、农家书屋、村级文化室实现全覆盖。扎实推进新时代文明实践中心试点工作，搭建了理论宣讲、教育、文化、科技与科普、健身体育五大服务平台和理论政策宣讲、教育、文化、科技科普、健康体育、联保联调六支志愿服务队伍，深入开展进村入户宣理论、农家小院讲故事、田间地头普科技、乡村舞台唱梦想、“民事直说”解民忧、移风易俗树新风“六项活动”，进一步丰富了群众精神文化生活。加快诚信崇信建设，深入推进政务诚信、商务诚信、司法公信、社会诚信建设，举办了诚信文化高峰论坛，探索开展了“小区议事厅——诚信你我谈”等活动，“尊崇诚信”的崇信精神得到广泛传承和践行。围绕创建全国文明城市，深入推进社会主义核心价值观“十大创建”行动，常态化开展文明行业、文明单位和“崇信好人”“最美家庭”等创评活动，全社会文明程度明显提高。持续推进移风易俗，连续两年举办了“古槐之恋”婚俗文化节，引导广大群众自觉抵制高价彩礼、封建迷信等不良风气，讲文明、树新风的良好社会风尚逐步形成。文艺创作日趋兴盛，成立了书画、摄影等协会，设立了重点文艺精品创作和优秀文艺人才奖励专项资金，大型人文纪录片《古道崇信》《书记说文旅》在央视播出，省级非物质文化遗产弦子腔《八仙拜寿》走进了国内外文艺舞台。

六是城乡面貌发生巨变。20世纪初，崇信县地僻境狭，不通周道，不通动力电，没有一条公路，县城区面积仅有0.14平方科千米，当时崇信百姓这样描述道：“崇信县城二里半，一支香烟转一圈，一个喇叭响全县。” 70年来特别是改革开放以来，县上积极谋划实施了县城西区扩建、新区开发、棚户区改造等一批重大城镇化建设项目，新世纪商厦、崇信宾馆等建筑拔地而起，武汉商贸城、汭达购物广场、乐客多购物超市等企业竞相发展，集中供热、天然气利用、污水处理等基础设施项目建成投用，城市建成区面积达到6.9平方千米，城镇常住人口由1978年的2657人增加到4.5万人，现代化城市的气息日益浓厚，城镇化率提高到43.06%。坚持以城带乡、城乡统筹，先后实施了农村危房改造、易地搬迁、城乡供水、农村电网改造等惠民工程，群众住房、行路、吃水等设施条件有了大幅改善，新村建设和旧村改造实现全覆盖，全县公路通车里程增加到652公里，电话用户12.6万户，小汽车拥有量1.7万辆，祖祖辈辈面朝黄土背朝天的农民从土窑洞搬进了小康屋、用上了动力电、喝上了自来水、看上了网络电视，人民生活水平实现了由吃饱穿暖向生活富足、稳步迈入小康的巨大变化。

七是环境质量显著提升。崇信县地处黄土高原丘陵沟壑区，以前植被覆盖率低，降水量少，干旱一年四季均有发生，生态环境比较脆弱。近年来，我们深入贯彻落实习近平生态文明思想，牢固树立“绿水青山就是金山银山”的理念，自觉扛起生态文明建设政治责任，以创建国家生态文明建设示范县和国家森林城市为抓手，积极推进大规模国土绿化行动和海绵城市建设，大力实施“三北”防护林、天然林保护、退耕还林等重点生态工程，全县林地面积达到77.3万亩，城区绿化覆盖率达到36.3%，成功创建“省级园林县城”。积极学习借鉴浙江“千万工程”经验，扎实推进“三大革命”“六大行动”，部署开展了“矿区环境大会战”和“四整治一提升”美丽庭院创建等活动，打造了“三季有花、四季常绿”的绿色之城、美丽之城。始终把污染防治作为底线性任务来抓，扎实整改环境突出问题，实施了崇信电厂超低排放改造、县城污水处理厂提标改造等重大生态项目，铁腕整治非法采砂企业34户，全县空气优良率达到98.7%，地表水、地下水和集中式饮用水源地水质均稳定达标。坚持山水林田湖草综合治理、系统治理、源头治理，深入推进河（湖）长制，持续加大汭河、黑河等重点流域水环境治理，关闭水源覆盖区内自备井40眼，治理水土流失面积616平方千米，全面形成了河畅、水清、岸绿、景美的水生态环境。如今的汭河桥梁纵横、草茂水清，国家一级保护动物黑鹳和濒危物种黑脸琵鹭、红尾水鸲等水鸟现身汭河繁衍生息，呈现出了人与自然和谐相处的美丽画卷。

八是人民生活蒸蒸日上。我们始终坚持“以人民为中心”的发展理念，把保障和改善民生作为加快发展的出发点和落脚点，围绕“幼有所育、学有所教、劳有所得、病有所医、老有所养、住有所居、弱有所扶”，大力实施惠民工程，加快发展社会事业，连续多年财政总支出的80%以上用于民生，2018年全县城乡居民人均可支配收入分别达到32886元和7962元，较1978年分别增长了63.9倍和117倍，农村居民恩格尔系数下降到27.2%，人民群众生活水平不断提高。坚持教育优先发展，先后实施了县一中、县职中、城区一小整体迁建等重大项目，乡镇中心幼儿园和贫困村幼儿园（班）实现全覆盖，全县各类学校达到109所，在校学生1.54万人，义务教育巩固率达到97.9%，幼儿园“日托制”和义务教育阶段学生学杂费减免、营养餐供应等政策全面落实，实现了“普九”和“两基”目标，在全市率先建成全国义务教育发展均衡县，“小班化”教学模式在央视等重要媒体宣传报道。医疗卫生事业快速发展，实施了县医院门诊急救医技综合楼、县中医院迁建、乡镇卫生院改扩建等项目，全县医疗机构与1978年相比翻了一番，每千人拥有床位数达到5.72张，标准化村卫生室实现全覆盖，农村合作医疗、家庭医生签约服务、“一站式”结报和“先诊疗、后付费”等政策全面落实，公立医院实行药品零差率销售，群众看病难、看病贵等问题得到有效解决。社会保障体系逐步完善，老年养护院、残疾人康复中心全面建成，城乡低保、特困供养全面提标，全民参保登记率达到97%，城镇登记失业率控制在4%以内。深入推进法治崇信建设，扎实开展扫黑除恶专项斗争，严厉打击“黄赌毒”“盗抢骗”“村霸”等违法犯罪活动，社会大局长期保持和谐稳定。县工商联连续三年被全国工商联评为“五好”县级工商联，县政府残工委被评为“全国残疾人工作先进单位”，县残联党组书记、理事长信永春被评为“全国残联系统先进工作者”，受到了习近平总书记的亲切会见。

70年栉风沐雨，70载春华秋实。崇信的辉煌成就，根本在于党中央的坚强领导，充分彰显了中国共产党领导的政治优势和中国特色社会主义制度的巨大优势，也更加坚定了全县上下沿着中国特色社会主义道路砥砺前行的决心和信心。

赓续历史，崇信与新中国共命运；展望未来，崇信与新时代共奋进。站在新的历史起点上，我们将更加紧密地团结在以习近平同志为核心的党中央周围，坚持以习近平新时代中国特色社会主义思想为指导，不忘初心、牢记使命，锐意进取、扎实工作，弘扬崇信精神，干出崇信特点，创造崇信速度，加快建设活力创新法治美丽幸福新崇信，以优异成绩庆祝中华人民共和国成立70周年！

农耕记忆

尊崇诚信

——芮鞫文明之魂

闫小杰

崇信建县于北宋建隆四年（963），至今有一千多年的历史。县名沿袭唐贞元四年（788）陇右节度使李元谅抵御吐蕃入侵时所筑的崇信城，取“尊崇诚信”之意。

“诚者，天之道也；诚之者，人之道也”。《说文解字》中解释，“诚，信也”，“信，诚也”。可见，诚信的本义就是要诚实、诚恳、守信、有信，反对隐瞒欺诈、反对假冒伪劣、反对弄虚作假。这也正是武康郡王李元谅良苦用心的初衷吧！

三国·魏·杜恕《体论》论述，“君子修身，莫善于诚信。夫诚信者，君子所以事君上，怀下人也。天不言而人推高焉，地不言而人推厚焉，四时不言而人与期焉，此以诚信为本者也。故诚信者，天地之所守而君子之所贵也”。千百年来，崇信人民，生生不息，代代相传，一脉相承，在生产生活、自然斗争、历史变迁中，一步步诠释着尊崇诚信的思想和历史内涵。尊崇诚信，成为人们为人、做官、处世的座右铭，也因此成为芮鞫文明之魂。

追溯历史长河，张劭赴会、叶公平叛、太宗治贿、相公悔悟等“二十四信”的故事在中国古代传统思想中，不断教化人、鞭策人、鼓舞人，让人们以诚信为本、信义至上。关于“诚信”一词，可以用一个遥远而鲜活的故事来解读，传说在遥远的古代曾经发生过这样的一个故事：有两个商人，一个叫张诚，一个叫王信。他们既是经商的伙伴也是亲密的朋友，在一起共同打拼共同努力，合作得十分融洽。经过几年的奋斗，他们都已成家立业，赚得了万贯家财，为了生意的发展壮大，他们一个留在当地发展，另一个则远下南方。分别前他们约定，三年后的今天重新在这发迹的地方相会。南下的商人收拾好行囊出发了。在外经商的日子十分辛苦，可是他靠原先的基础和经验很快就在南方立足了，经过了两年多的努力已经成为了一方首富。随着时间的流逝，约定的日期越来越近了。从南方赶回约定的地点大约要二十天的路程，他在离约定日期还有一个月的时候就料理好了近期的生意，为了能看看沿途变化和寻找新的商机他就提前上路了，一路走来各地的风光和闹市的繁华让他感叹。一天他走到了一座山脚下，由于天色已晚就在山下留宿，可天有不测风云，就在第二天要上路的时候，突然下起了瓢泼大雨，加之山路难走便只得在此地停留。可雨一直下了几天仍不见停，他开始着急了，不住地向人打探消息看有没有办法提前上路，可过此山只有这一条路，这样的天气根本不能赶路。时间在焦急与等待中过去了。由于着急，他吃不下睡不着，整个人看起来一天比一天憔悴。又过了三天，雨终于停了，可过路的人却带来了不好的消息——路被冲毁了，听说要十天才能修好。可十天后无论他怎么赶都不能按时到达了，这可怎么办？他整夜整夜不能安眠，最后，为了能早日见到自己的朋友，为了能履行自己的承诺，为了不失信于人，他自杀了，因为他听说鬼魂可以日行千里，这样他就可以提前通知自己的朋友并且也履行了自己的承诺。不久后，朋友见他还没有赶到就派人四处打探，当得知这件事以后，他的朋友非常痛心，不知道该怎样来面对这样的事实，为了和他的约定能见到他，他的朋友也自杀了。到这里故事就讲完了，而后人把他俩的名字合起来造了“诚信”这个词。现在的交通和通讯都非常发达了，像故事里讲的那样的事再也不会发生了，也许现在人看来他们都很傻，可他们的精神却为后人树立了榜样。我们不必像他们一样以死来实现承诺，可我们也应该做到正直诚信。

尊崇诚信早已贯穿在崇信的历史长河中，成为当地人做人处世、为官干事的一个永远的理念和宗旨。唐武康郡王李元谅，成为崇信这块热土上开启诚信史册的一盏明灯，成为一座无法被历史烟云和时光长河淹没的丰碑，屹立在这块山清水秀、民风淳朴的土地上，也屹立在崇信人民祖祖辈辈的心中，挥之不去，把崇信这块土地，演绎成尊崇诚信之地。

李元谅(732—793)，本姓安，自幼由宦官骆奉先收养，改姓骆，名元光。唐德宗建中四年(783)发生躬沁之乱，骆元光率军征讨，收复长安，因功加检校尚书左仆射，封武康郡王。贞元三年(787)吐蕃向大唐请和，双方商定会盟于平凉。吐蕃劫盟，骆元光率部接应，救出会盟主帅浑咸，其余随行官员千余人皆被俘，当时如无骆元光的机智果断，即会全军覆设。故此唐德宗嘉奖，并赐姓李氏，改名元谅。贞元四年(788)封李元谅为陇右节度使，驻守良原(今灵台梁原)。不久又扩展防区，收复失地，新筑崇信城，取“推崇诚信，保境为信”之意。李元谅的一生，可以说是金戈铁马、戎马一生。李元谅所处的时代，是安史之乱之后，唐朝由盛而衰的时代，他出身高贵，二十八岁就当上了节度副使。他镇关中、戍陇东，御吐蕃，上保朝廷，下佑黎民，一生驰骋沙场，在历史转折的危难关头，独当一面，为朝廷、为庶民奉献出了自己睿智而英勇的一生。他名载大唐史册，永远留在了崇信这块土地上，在世世代代崇信人民的心中，生根发芽、不断开花。

在驻军崇信的七年时间里，为了给当地老百姓一个休养生息的生活环境，他亲民爱民，在官场里倡导厚德、廉政、减负。他带领崇信人民屯田养马，兴修水利。他重视教育，倡导兴商，为崇信人民群众创造了良好的生活环境和安居乐业的社会氛围。李元谅在崇信屯田筑城，如今的崇信县城，随处可见李元谅留下的历史痕迹。他为人、做官都倡导“信义”二字，他把新修筑的城命名为“崇信”，取“尊崇诚信”之意,显示了一介武将对诚信的推崇和倡扬。如今遍布在崇信大地上的康王墓、康王井、圈马城李元谅寝宫以及随处可见的烽火台等遗址，都在书写着逝去的历史，以及那位永远留在人民心中的李元谅。

崇信古称“芮鞫”，素有“公刘故里”之称。古老的农事桑麻，曾在这块尊崇诚信的土地上，开启了农耕文明的先河。农耕先祖公刘，在这里率领族人风餐露宿、躬耕劳作，播撒下了芮鞫文明的种子，农耕文化的史册中，这里便成为人类稼穑的序言。《诗经·大雅·公刘》中记载，西周时期，公刘率领族人迁居到豳，观察地形，寻找水源，建造宫室，开垦荒地，发展农业。“止旅乃密，芮鞫之即”，记载了公刘在“芮鞫”一带活动、种植庄稼的历史。关于“芮鞫”，朱熹《诗集传》曰：“芮，水名，出吴山西北，东入泾。”《汉书地理志》载：“芮水出西北，东入泾。”芮水是见于历史记载中最古老的河流之一。《周礼·职方》作“芮”通“汭”，水边；“鞫”,溪流的尽处，水外也，芮水即汭水。清代学者考证芮水之源出于弦蒲薮。薮，湖泽的通称，也专指少水的泽地。弦蒲薮是古代著名的大泽。《周礼·职方》载：“正西曰雍州，其泽薮曰弦蒲，其川泾芮，其浸渭洛。”由此可知，弦蒲薮方位就在今崇信、华亭和陕西陇县的结合部之间，这里是汭水的源头。清顺治年间崇信知县武全文在编写《崇信县志》时考证“吴山即陇山”，“华亭有陇山，有汭水……则汭水出华亭”，他在《芮谷记》中描述芮谷在汭水之北，峰回溪绕，流与汭通。汭水明漪绝底，饮之太和，自峡口入境，迤逦六十余里，至九功城，出平凉县界。由此可知，古芮水应该是流经崇信的汭河，芮鞫指的也就是崇信。如今掩映在凤翥山龙泉寺东台的公刘庙，千百年来，香火旺盛、拜谒瞻仰的人络绎不绝。还有县城西区的公刘园、公刘阁，都在纪念和诉说着这位农耕鼻祖，在农事桑麻中，在人们不断奔向美好幸福生活的道路上，生生不息，永远难以忘怀。时光的亘古里，汭河两岸，山塬梁峁，沟壑丘陵，到处散落着那些闪烁着历史光芒的文化碎片。站在高高的凤翥山或锦屏山上，看汭水穿城而过，为两岸的庄稼注入了无尽的生长力量，尊崇信任的历史情怀，也注入了每一个芮鞫人们心中，绵延不绝、代代传唱。庄稼养活着人，人也养活了庄稼，朴素的内心，草木的情怀，显现在芮鞫人的面容和精神境界中，庄稼是我，我也是庄稼中的任何一株，朴素中有大美，乡土中有风雅。

而今的崇信大地上，崇信芹菜，成为闻名全国的最好的空心芹菜。崇信芹菜、崇信红牛、崇信苹果等成为中国著名农产品地理商标。曾因公刘教民稼穑，为我们发展现代农业和倡导生产绿色无公害食品奠定了很好的地域和种植基础，也成为当地非物质文化遗产发展的最大源泉，而且在不断传承、演绎和用现代农业文明的方式进行拓展延伸。

诚信既是一种世界观，又是一种社会价值观和道德观，无论对于社会抑或个人，都具有重要的意义和作用。诚，是先秦儒家提出的一个重要的伦理学和哲学概念，以后成为中国伦理思想的重要范畴。直到孔子时期，“诚”还未形成为理论概念。孟子时其不但已经形成为理论概念，而且地位十分重要。他说：“是故诚者，天之道也；思诚者，人之道也。至诚而不动者，未之有也；不诚，未有能动者也。”在这里，诚不但是天道本体的最高范畴，也是做人的规律和诀窍。荀子发挥了“诚”的思想，指出它为“政事之本”。他说：“天地为大矣，不诚则不能化万物；圣人为知矣，不诚则不能化万民；父子为亲矣，不诚则疏；君上为尊矣，不诚则卑，夫诚者，君子之所守也，而政事之本也。”在《礼记·中庸》里，“诚”成为礼的核心范畴和人生的最高境界：“唯天下至诚，为能尽其性；能尽其性，则能尽人之性；能尽人之性，则能尽物之性；能尽物之性，则可以赞天地之化育；可以赞天地之化育，则可以与天地参矣。”至诚如神，有了诚笃的品德和态度，就可以贯通多种仁义道德，成己成人，甚至能够尽人之性，尽物之性，赞天地元化育而与天地参，达到“天人合一”的境界。《大学》把“诚意”作为八条目之一，格物，致知，诚意，正心，修身，齐家，治国，平天下。“诚”成为圣贤们体察天意，修身养性和治国平天下的重要环节。宋代周敦颐进一步认为“诚”乃“五常之本，百行之源也”，把包括诚实在内的“诚”看作仁、义、礼、智、信这“五常”的基础和各种善行的开端。程颐更为直截了当地说：“吾未见不诚而能为善也。”其见解入木三分。

《吕氏春秋·贵信》对社会生活中的信与不信之后果，做了淋漓尽致的剖析：“君臣不信，则百姓诽谤，社会不宁。处官不信，则少不畏长，贵贱相轻。赏罚不信，则民易犯法，不可使令。交友不信，则离散忧怨，不能相亲。百工不信，则器械苦伪，丹漆不贞。夫可与为始，可与为终，可与尊通，可与卑穷者，其唯信乎！”汉代董仲舒将“信”与仁、义、礼、智并列为“五常”，视为最基本的社会行为规范。并对“信”作了较详尽的论述：“竭遇写情，不饰其过，所以为信也。”他认为“信”要求诚实，表里如一，言行一致。朱熹提出“仁包五常”，把“信”看作是“仁”的作用和表现，主要是交友之道。他说：“以实之谓信。”其说与孔子、孟子基本相同。在儒家那里，诚与信往往是作为一个概念来使用的。“信，诚也”，“诚”与“信”的意思十分接近。由此看来，传统伦理将诚信作为人的一种基本品质，认为诚实是取信于人的良策，是处己立身，成就事业的基石。总之，是一种个人生活的准则。

在如今社会主义核心价值观的引领下，当代二十四信的事迹，也在以现代人的精神导向，诠释着、放大着“诚信”的文化内涵，更加广阔地折射出“尊崇诚信”的历史人文光芒。

“落其实者思其树，饮其流者怀其源”。“尊崇诚信”的历史文化情怀，振奋着一代代崇信人的精神境界。内化于“诚”，外化于“信”，应该成为讲好尊崇诚信故事，传承芮鞫文明的一种深刻的信义之光。作为陇东黄土高原的崇信县，历史文化深受西北农耕文化、关陇民俗文化以及秦文化、西夏文化等的交互影响，闪耀着芮鞫文明之光的齐家文化、飘荡着人间烟火的公刘农耕文化、饱含历史荣光的唐代军旅文化、传承革命气节的红色革命文化以及彰显神奇山水的古树名木和乡村民俗文化，形成了源远流长的崇信历史文化情结。

在历史长河中，尊崇诚信的崇信精神，积淀了丰富的文化遗产。从长期以来的农耕文化中衍生出来的“点灯背猴”、弦子腔、娶“黑媳妇”、跑旗、崇信民歌等民间民俗文化，培育了民族精神、增强了民族凝聚力，维护着这块土地文化的多元性。那些在历史的演绎和变迁中留下的民俗风情、传统饮食、民间礼仪、农耕机具、耕作方式、民歌小调、娱乐方式、生产生活工艺等都可找到历史渊源。徜徉在芮鞫大地之上，可以感受到历史的韵味和文化的熏陶，可以感受到关陇民俗文化的博大广阔。历史的烟尘中，一曲崇信民歌，唱出了人间万种风情，一段山梁走唱，一出弦子腔，教化了一代代人，朝着向善向美的境界前行。民间根雕、剪纸、刺绣、宫灯、布贴画等流传千百年的工艺，更是体现着这块土地上的人们为幸福奋斗的历程中巧夺天工的匠心和风采。踏着公刘的足迹，满怀诚信的精神，走进田野山村，走进街巷小镇，都能够在这里看得见山，望得见水，记得住乡愁，让乡情村韵、浓郁的乡土情结展示出来，芮鞫文明在尊崇诚信的精神指引下，文脉绵延，精神永恒。

尊崇诚信的崇信精神，在社会、经济、文化等各个领域中，不断渗透并彰显着这块土地的文化和精神内涵。尊崇诚信已成为芮鞫大地千百年来的一种精神导向。一句句乡言俚语，衍生的是这块土地无限的生活温度；一棵树、一座山、一条河、甚至一孔窑洞，谱写着的是一个个如诗如画的传奇故事；一个民俗活动场景，寄托着一个美好的梦想；一个小小的农耕技艺或游戏活动，蕴藏着广阔的生活厚望；一个个农事节气或一个节日礼俗，更是饱含着这块土地上生生不息的人们对幸福生活的渴望。这块土地上的人们，在社会实践和思想孕育中，依旧不断培植尊崇诚信的典型，尊崇诚信之花，在人们的精神世界中，代代相传，生生不息，开花结果。

尊崇诚信精神，在历史的长河中，一代代积淀着朴素精神所衍生的文化。随处可见农耕历史文明留下的符号，散落在崇信的山山水水之间，像年年都在发芽开花结果的五谷庄稼一样，让芮鞫大地，闪耀着深厚的精神之光，传递着芮鞫人世世代代都在追求的梦想。

在美丽乡村建设、乡村旅游建设、景区景点建设中，正在不断地注入礼仪元素、信义理念、淳朴民风、民间传统信仰等特色文化。一出出传奇故事、民间神话故事、典故、传说和一个个历史人物，都可找到尊崇诚信的源流。

尊崇诚信的崇信精神，以文化的根脉和精神的高地，不断指引着干部和群众的价值取向，彰显着这块土地上诚信的独特魅力。生活在崇信，是每个人的自豪，是尊崇诚信的精神品牌，更是这块土地上每一个人的骄傲。

一枝一叶总关情。崇信——尊崇诚信，已成为崇信人民追求好德行、高品位和立德立言以及人生观、价值观的精神高地。尊崇诚信的崇信精神，已成为芮鞫大地上的精神之魂，成为这方土地和人民心中向上向善的价值取向，不断融入到山河大地、人间烟火的各个领域，谱写着崇信山清水秀、风景如画、古风悠悠、民风淳朴、风清气正的美好画卷。

公刘文化初探

章国玺

近年来，平凉各县都纷纷打造各自的文化品牌，如泾川的西王母文化、灵台的商周文化、静宁的成纪文化，等等。具有悠久历史的崇信，当然也有属于她的文化，这就是公刘文化。

提起公刘，我们还得从历史说起。史料记载，公刘，后稷之曾孙也。后稷是我国古代农耕的先祖，其幼时已怀种植之志，少长，种植麻麦。成人之后，遂好耕农，尧帝举以为农师，并由此奠定了其作为古代农耕先祖的地位。后稷对中国传统农业的贡献无人能出其右，其名彪炳史册。公刘秉承先祖之志，致力于农耕文化的传播与宣扬，功德和影响仅次于其曾祖。《诗经·大雅》卷中有《公刘》篇，称其宽厚仁慈，温谦恭让，其在西戎，几事亲躬，不敢宁居，不事骄奢，治其田畴，实其仓廪，思以辑和其子民，而光显其国家。公刘作为周族首领，最先生活在西戎一带。而崇信古为西戎故地，公刘之德泽被久矣。公刘迁都豳地之后，相土以居，佩带简约，生活简朴，殚精竭虑，不辞劳苦，常常上下于山塬，广置土地给迁徙而来的子民。耕则通力而作，收则计市而分，定其军赋，与其税法，其在农耕方面的才能得以尽显。发展的结果，国力日趋强盛，地盘日益扩大，影响日见广远。这时的公刘，考虑要有一个长久的安身之所，于是“夹其皇涧，溯其过涧，止旅乃密，芮鞫之即”。公刘始来未定居之时，涉渭取材而制舟来往，采石搬碫，建造宫室。止居之众，日益密集，乃复即芮鞫而居，开垦土地，修治田亩，国民日益繁庶富足，豳地也就越来越广阔了。

公刘定居芮鞫之后，致力于发展农耕，教事稼穑，传习桑麻，尤其是公刘首创的引水灌溉，具有特别重要的意义，说明当时的人们已经认识到水利对农业的重要作用，并在实践中推广应用。人们对公刘崇拜至极，公刘游畋过芮，居者箪壶相迎。公刘去世后，人们修建祠庙于芮谷，以仰其容，以彰其功，以传其德，公刘的历史性贡献便永久留在人们的记忆之中。

古之芮鞫，即今之崇信。关于这一点，史书记载言之凿凿，不但崇信人知晓，研究历史的专家学者著书立说加以确认，就连到此观光览胜的游人也略知一二。1990年，当代书坛巨匠启功先生用如椽巨笔，为崇信手书了“公刘故里”四个楷书大字，勒石于龙泉山下。游人到此见碑驻足，在欣赏书法的同时，自然就要追溯历史，发怀古之感慨。从古至今，芮鞫几乎就是崇信的代名词，以至于很长一段时间，人们在为崇信的文化品牌定位时，也打出一面芮鞫文化的旗帜来。其实，芮鞫文化是人们在对公刘文化把握不准时的一种最初的代称。只要对公刘及其创造的农耕文化做一番仔细的研究，对这块地域上形成的这样一种独特文化现象进行一番认真思考，自然就会得出这样一种结论：公刘文化作为一种文化品牌，可以比较准确地概说崇信的历史和现状。

一个文化品牌，绝不是一个简单的名词或一种时髦的叫法，它必然有自己的历史渊源，必然是这个地方历史、政治、经济、文化等多个方面的综合反映，必然体现出一种既源于传统又随时代共同发展的思想理念。唯其如此，才有宣传、倡扬的必要。

从这个意义上说，公刘文化具备了作为一种文化品牌应该有的诸多要素。公刘生活在芮鞫这块土地上，成为古代农耕的鼻祖，他所创造的农耕文化，从物质和精神的层面，推动了周族以至中华民族的向前发展。人们通过制造劳动工具，开荒拓野，种植食物，解决了吃饭穿衣问题，满足了人们生存最起码的物质需要。而且，随着物质财富的丰富，公刘使人心和谐，周族光大，“于时言言，于时语语”。人们的精神面貌也随之改观，谈笑之声常起，俨然一个政通人和的清明盛世。可以说，这时的周族是一个物质文明与精神文明协调发展的部落。它所体现出来的以农为本的思想，在生存过程中的创造求变精神，以及逐渐形成的道德、价值观念，无疑具有推动历史发展的重要意义。随着时代的进步，公刘创造的这种文化传统进一步发扬光大。人们逐步改进耕作方法，发明劳动工具，减轻劳动强度，逐渐掌握大自然的规律，兴利除弊，总结出了农业生产方面的成套经验，如时令、节气、农谚等与农业生产密切相关的众多知识。所有这些，都可以看作是对农耕文化的继承和发展。当然，这种文化随着国土的扩大和时空的扩展，其意义不仅仅限于一个地区，但追本溯源，崇信无疑有理由树起公刘文化这面旗帜。

不仅如此，在长期的生息繁衍过程中，这里的人们还注重良好习惯及品格的养成。先人们淳朴、敦厚的品质，吃苦耐劳、乐于奉献的精神，诚实守信的立身之本，代代相传，不但大大丰富了公刘文化的内涵，而且成为崇信人的一笔宝贵精神财富。李元谅当初取“尊崇信任”之义为崇信定名，恐怕与此不无关系。崇信两字，看似信手拈来，实则大有深意，我觉得把它当作对公刘文化的一种注解也未尝不可。公刘简朴的作风、守信的人品和宽厚的性格，影响了一代又一代人，而崇信受益尤多。崇信是一个传统的农业县，具有传统农业的显著特点，从沿袭至今的生产方式和生活习惯上，我们也不难看出端倪。人类进步到今天，现代农业发展到机械化、科技化，崇信的传统耕作方式还随处可见，当收割机、拖拉机在田野里轰鸣时，我们依然可以看见二牛抬杠耕地、碾场的场景，吆牛的农夫哼着歌谣，在烈日下悠然自得；当我们看到或老或少用窝杆打水浇灌菜园的时候，当我们看到或男或女用辘轳从深井里汲水等诸如此类的古老文明时，似乎有一种重返远古，享受田园风光的感受。对于足以震撼每个人灵魂的种种原始方式，我们不应当投以鄙夷的目光不屑一顾，而应当用一种宽容理解的心情，把这些看成是生存在这片热土上的人们对传统生产生活方式的一种留恋，抑或是对这种古老文化的一种怀念。在陇东黄土高原上，崇信的这种独特现象是对公刘文化最好的注脚。

说到底，公刘文化就是一种农耕文化，是先哲们创造并经后世逐渐完善，对人们衣食住行各方面都产生重大影响的物质和精神相统一的一种综合文化。鉴于公刘的历史功绩，称之为公刘文化，就有一种对前贤敬重追思的意思。如果有识之士能进行更深入的研究和挖掘，对这种文化赋予更多的内涵，那将是一件非常有意义的工作。

黄土地上的子民和他们的窑洞

张改过

黄土高原上的人，与土地的感情最深厚，生不离土，长不离土，死不离土，生生死死都与土地相亲相依。黄土地上的人，在窑洞里世代繁衍生息，大山是他们的父母，窑洞是他们的襁褓。即使窑洞退出了黄土高原人的生活，他们也忘不了窑洞的养育之情

——题记

一、有关北方的窑洞

窑洞是黄土高原上人栖身、生活的处所。窑洞往往依山修建，在高崖畔，塬边上，选择好的地形，请风水匠看好字头（定方位）。镢头挖，铁锨铲，花费很长时间才修成了窑洞。窑洞里面高约三四米，深约十二三米。

我们人类的祖先最早是穴居的，因为这种居住概念的世代延续，又加上人类早期生产力水平低下和建筑材料缺乏，更是充分利用了北方多山、黄土凝结性好这一地理优势，逐渐就产生了窑洞。如果在平原地带或者土壤结构疏松的地方，是修不成窑洞的。窑洞是大山的特殊产物，窑洞更是早期黄土高原上人标志性的住处。只有在黄土高原上才修得了窑洞，也只有黄土高原

上的人才能住得了窑洞。

北方的窑洞分为三种形式：一是明庄。就是在崖畔上挖下土，在正面子上挖窑洞，侧面挖侧窑洞；二是半明半暗的地坑庄子。一般是修在塬上的，在平整的塬上一直往下挖，把土倒在别处，挖出一个长方形的大坑，再在窑面上挖窑洞。修这种窑洞动土量大，需要费很大的力气，另外排水道一定要修好，否则容易遭水灾。还有一种就是箍窑子。先要打大量的土坯（北方人叫胡基），用土坯垒砌成窑墩，再从顶部箍成窑顶，这种窑洞的修建技术性很强，但没有前面两种窑洞结实，冬天也不太暖和。

这里主要说说明庄的修建过程和特点。修建窑洞只需要投入一定的人力，用少量的木料做门窗，因此北方的人居住窑洞既经济，又实惠。随着时间的变化和历史的延续，人们对窑洞的修建越来越讲究，窑洞的结构和修建方法也越来越科学。窑洞的顶部挖成拱形，上面的压力分解、承载在窑洞两侧的土墩上，这样窑洞顶部就不容易垮塌。这种结构既结实，又经久耐用，住上几辈人也不成问题。窑洞外面的窑面墙先是挖成与地面成近九十度的斜面，初挖成的斜面很粗糙，再接着由那些手艺精巧的土匠一镢头一镢头地修整，在窑面上挖成波浪形或者竖条形的图案。窑洞里面的墙壁也要挖得很光滑很平整，再用黄土、麦衣、水搅拌在一起和成泥，把墙面抹光。窑洞口张大，越进去越小，大体呈喇叭形。这样的设计，一是为了增加透光度，二是为了减轻窑洞顶部的承重力。

窑洞挖好后，用胡基和泥砌垒成一堵墙把窑洞口封住（农村人叫窑肩子，是隔开窑洞里面和外面的一堵墙），在这堵墙上安装门窗，门窗的上面是天窗，天窗和窗户用来透光、通风、换气。紧贴窗户垒了土炕，烟囱朝外，炕眼门大多数在窑洞里面。用来作厨房的窑洞，紧挨着炕修成灶台，灶台和土炕的烟道是相通的。住过多年的窑洞，由于长期烧炕、做饭，窑洞里被烟熏得黑漆漆的，积成烟釉子，窑洞的墙壁便乌黑发亮。

窑洞修好了，在窑洞的前面和两侧用板筑成土院墙，有的编成篱笆墙，这样就围成了一个农家小院。院墙上还要修大门，有些人家是土门楼，这是有钱的人家；贫穷的人家就只能安上篱笆门。

窑洞上面的土层厚，底部与地面紧贴，侧面也是很厚的土。冬天寒冷的时候，厚厚的土层挡住了外面的寒气，窑洞里面与外面完全是两重天，进入窑洞里面热乎乎的；夏天炎热时，外面的温度很高，但太阳晒不透厚土层，外面温度高，里面温度低，只要走进窑洞，睡在土炕上，身上凉爽惬意。由于这样的建造特点，所以在窑洞里面住着冬暖夏凉，特别舒服。

北方人的窑洞，一般是修三孔，也有修三孔以上窑洞的，有的还在侧面修一两孔侧窑洞。住的时候也是有讲究的，按照一家人的辈分、长幼分开居住。一家之主，或是长辈住在中间的一孔里面，晚辈住在两侧的窑洞里，侧面往往是作厨房用，或者喂养牲口的。有些侧面的小窑洞是用来装柴草、养猪、养鸡的。

有些人家窑洞少，家里人口多，一孔窑洞可以有多种功能，在窑洞口睡人，里面安放家具，喂牲口，装粮食。冬天时，窑洞最里面不是很冷，把土豆、萝卜堆放在里面，盖上一层土储存起来，不会冻坏，窑洞里面的水缸也不会结冰。

窑洞产生的年代无从考究，但随着时代的变化，窑洞逐渐退出历史的舞台。随着社会的飞速发展，经济的繁荣，钢筋、水泥、砖头等建筑材料的产生和广泛采用，很多人都修起了砖房，而且房子的修建也越来越现代化，设计和建造更趋于科学、时尚，有些还融合了西方建筑元素。

窑洞渐渐地退出了人们的生活，那些孕育过北方人生命，住过多少代人的窑洞被人们遗弃了。那些曾经热闹、温暖的窑洞，现在变得破败不堪，有些成了断壁残垣，院落也是一片荒凉；有些村子的窑洞院落，经过旧庄基改造，变成了梯田。

虽然窑洞作为北方人的住所渐渐在消失，但是它在北方人的世代繁衍和生息中发挥的作用是不可低估的，可以说，窑洞的发明是人类居住历史上一次伟大的创举。

即使有一天窑洞绝迹了，窑洞文化也永远不会消失。多年后，后人一定会仰望怀念的。

二、窑洞里的男人和女人

窑洞上面是一层厚厚的土，厚有几丈，窑洞的下面也是深深的黄土，深不可测。厚厚的黄土是北方人生命的襁褓，窑洞是黄土高原人生命的摇篮。

一个生命在土窑里诞生了，这个生命在厚厚的窑洞里成长，成长。成长在黄土深处的生命吸着黄土的气息，皮肤染上了黄土的颜色，生活染上了黄土的性情。

在黄土窑洞里长大的男人像黄土地一样憨厚，像黄土地一样结实，像黄土地一样能经受起岁月的风吹雨打。

在黄土窑洞里长大的女人像黄土地一样实在，像黄土地一样朴素，像黄土地一样泼辣，能经得起酷暑严寒，也能趟过生活的磕磕绊绊。

黄土地上的男人和女人迎着呼啦啦的西北风，迎着在狂风里漫卷的黄土。黄土高原的雄浑、粗犷濡染着这里的男人和女人，他们的身体锻炼得强健，他们的意志也磨砺得坚忍。

黄土地上的男人娶了黄土地上的女人，黄土地上的女人嫁给了黄土地上的男人。在黄土窑洞里，男人抱着自己的女人进入了新婚的洞房，点燃了他们的新婚花烛，羞羞答答的女人，风风火火的男人，在窑洞的土炕上滚滚烫烫地度过了甜甜蜜蜜的洞房花烛夜，从此开始了他们白头偕老、相濡以沫的人生。他们的爱情藏在窑洞里，他们生命的光阴流失在窑洞里，他们的生活在窑洞里一天天酝酿得有滋有味。

住在窑洞里的男人和女人日出而作，日落而息。男人和女人从窑洞里赶出了老黄牛，男人在后面吆着牛唱着秦腔喊着乱弹，女人在前面牵着牛缰绳听着男人的声音揣着快乐的心情。春天，春暖花开，泥土苏醒，男人和女人耕着新鲜的黄土，男人扶着犁把，女人在犁沟里点种子。一行行犁沟，就是男人和女人为黄土地填写的韵脚，一行行犁沟里长出的幼苗就是男人和女人种出的希望。夏天，山野金黄，麦浪滚滚，男人拉着架子车，女人在后面用手掀车子，麦田里的男人和女人一镰刀一镰刀地把麦子割倒捆住，男人和女人的手里舞动起胃的欲望，镰刀的大口吞吃着麦田的甜香。割累了，男人躺在麦趟里抽旱烟睡大觉，女人枕着麦捆小寐歇憩，头顶白云飘飘，崖边鸟儿鸣唱。满山遍野的小麦装进了男人和女人镰刀的大口里，装在黄土地的窑洞里。

窑洞里长大的男人和女人，对黄土地有着深深的眷恋，他们干农活的时候，习惯在黄土地里光着脚丫子深一脚浅一脚地行走，就像眷恋母亲的儿女紧紧地偎贴在母亲的怀抱。他们对黄土地爱得深沉爱得炽烈，他们一年四季都要奔跑在黄土地里，在土地上耕种、锄草、收割。他们在田间的劳作就是为土地换装，经过每一道工序，土地就变化一种肤色，每一个季节的劳作，就是为黄土地换上了一套漂亮的时装。

他们对黄土地爱得执着，爱得深沉。黄土地时时记着回报那些勤劳的男人和女人。黄土地无畏地慈祥地大度地奉献着自己，给那些男人和女人长出了鲜嫩的蔬菜和甜甜的水果，长出了醇香的米面和散发着乳香的牛奶，长出了肥美的肉食和甘美清爽的泉水，长出了烂漫的希望和美好的梦想。黄土地喂养着爱她的男人和女人的身体，也喂养着爱她的男人和女人的精神。

黄土地上的男人和女人们，为了深爱养育他们的土地累弯了腰累白了头累老了身体。老了的男人和女人，有一个先死去了，活着的流着泪扶着棺材烧着纸钱，把另一个从黄土窑洞里送出来，送到了他们一起奔跑过的土地上。土地上的坟墓又是黄土地上男人和女人的另一种窑洞。先死了的住进了坟墓的窑洞里，活着的泪眼婆娑地看着老伴住了进去。从此阴阳两不知，这是人世间多么痛心的生离死别啊！活着的一个继续在黄土地上奔跑劳作。直到有一天，活着的也死了，死了之后被子孙又送进了另一种黄土窑洞里，死了的男人和女人也埋在一起。这是生死相许，也是一种生死相随。

黄土地上的男人和女人一辈子都离不开黄土地，即使死了，也要睡在黄土里。他们一辈子都染着黄土地的颜色，一辈子都有着黄土地的性格和气质。

三、窑洞里的那些事

黄土地上，窑洞的烟囱里冒出了青烟，就连天窗和门口，白烟也肆无忌惮地往外跑，让人感觉这农家小院里的烟火气很旺盛。顺着烟雾寻找来源，不是男人在烧炕，就是女人在做饭。不大一会儿，整个院子里都弥漫着一层烟雾，满院子都是柴火燃烧的气味。随着一股清风，缕缕青烟，袅袅地从窑背上升腾起来，和低低的白云拉拉扯扯，让人分不清哪些是烟，哪些是云。

黄土地上的子民早期没有煤炭，他们烧火做饭和烧炕用的是柴火。柴火燃烧后烟很大，窑洞里常常是烟熏火燎，灶台旁的墙壁、炕眼门就被熏得黑乎乎的。就在这样的浓烟里，他们一天天过着周而复始的日子。饭做好了，在炕头摆上菜碟，老人坐在中间，晚辈和孩子坐在炕沿上，或者端一把长条凳挨着炕头坐在地上。那时候生活紧张，没有闲余的时间，就连吃饭也是急匆匆的，尤其不准说闲话。只听得呼噜呼噜的一阵猛刨，一碗饭就见底了。吃完饭各自散去，女人洗碗洗锅，男人喂牲口垫牛圈，或者到外面干活。

黄土地上，最舒服的地方在窑洞的土炕上。温暖的土炕睡着舒服，人与黄土相亲相依，往往在炕上铺一张苇席，情况好一些的家庭还会铺一张羊毛毡，这样睡在土炕上嗓子不干燥，身子骨软活不僵硬。遇到阴雨连绵的日子，或者大雪封山的时间，土炕热腾腾的，孩子趴在土炕上，倚着窗台看院子里的景色，大人则用被子包了身子呼呼地睡大觉。厚厚的黄土窑洞里响起了鼾声，窑洞里氤氲着他们的梦境。任凭外面如何风吹雨打，可是窑洞里很安然，暖和的土炕，让睡在土炕上的人忘记了时间，忘记了劳累和疲惫，忘记了窑洞外面的一切。经年劳累的人们，难得一天休憩，在这样的天气里在热腾腾的土炕上沉沉地睡上一大觉，那是真正悠长的幸福和彻底的放松。

农闲时间，家里来了串门的邻居，男人们坐在土炕上抽烟聊天，话农事，说荤话谝闲传；女人们做着针线活，说着张家的媳妇，王家的儿子，李家的闺女，赵家的男人，孙家的女人……窑洞里成了农闲时间人们亲密聚会的场所。

早期住在黄土窑洞里的人照明没有电灯，最初用碟子或买来的陶瓷清油灯盛一点清油，用棉花搓灯捻子，点亮照明。后来有了煤油、柴油，在小瓶子里装满了煤油或柴油，用铁皮卷一个细细的灯芯，穿上灯捻子，点着照明。不管是清油灯，还是煤油灯，在偌大的窑洞里只能亮起一片微弱的光。生产队时期，妇女白天忙着干农活，晚上照着清油灯或煤油灯做针线活。有学生的家庭，孩子在油灯下看书写字。想读书成才做一个有文化的人，就要在油灯下苦熬。就在这样的条件下，黄土窑洞里走出了一批有文化的人，昏暗的窑洞里燃起过知识的光芒，闪烁过思想的亮光。一代代学子在昏暗的黄土窑洞里实现了他们的人生梦想，可以说窑洞很简陋，但却孕育了无数知识巨匠，养育了许多政界名流。

早期住在黄土窑洞里的人没有火炉子，冬天烤火用火盆。火盆是陶制的，下小上大，上面是个圆盘，样子像个草帽。有些人家没有火盆，就用废旧的洋瓷脸盆装上草木灰代替。平常时期，只在熬中药时才生火盆里的火。还有些人有喝罐罐茶的习惯，早晨起来，生起火，边熬罐罐茶边烤馍馍，在柴火烟的熏燎中，茶瘾过足了，馍馍吃饱了，才出去下地干活。到了冬天，窑洞里冷了，就在火盆里生着火，火盆放在炕沿或者地上，驱走窑洞里的寒气。

黄土窑洞里的人就像黄土地一样憨厚、朴实。他们没有钟表，早晨听鸡鸣叫的声音起床，看窑洞里透进的亮光安排耕作时间。中午看窑洞崖面在院子里的倒影，判断时间的早晚。黄土窑洞里的人根据候鸟飞来的时间，根据自然界里的鸟鸣、花开、草木生长安排农事，他们凭着积累的经验，看天上的云，看自然界的变化安排出行。

黄土地上的子民在窑洞里计划着他们的衣食住行，在窑洞里安排着他们的柴米油盐酱醋茶，在窑洞里度过了美好的时光，窑洞里有黄土地人的喜怒哀乐和酸甜苦辣。一代又一代爱着黄土地的人们，他们在窑洞里经历了社会的动荡，目睹了战争的残酷，看着窑洞外面的世事变迁。黄土窑洞里煎熬过他们的痛苦，装满了他们的幸福。随着时间的推移和时代的进步，黄土地上的人从贫穷中走出来，也就走出了窑洞，走进了新生活。

窑洞不仅住人，而且还要拴牲口。有的人家牲口单独喂在一孔窑洞里。有些人家在窑洞里既住人又喂牲口，窑洞最里面喂牲口，在窑洞紧靠门口处盘了土炕睡人。人睡在炕上，夜静的时候，能听得见牲口嚼草、踢腾蹄子、啃槽边的声音，窑洞里满是牲口粪尿的味道。时间久了适应了，也就习以为常。耕地的人，听着公鸡叫头遍就给牲口喂第一顿草料，叫第二遍时就喂第二顿草料，叫三遍四遍时，就赶着牲口出了窑洞去耕地。在他们看来，牛是人的朋友，不存在看不起牛的事情，和牛同处一孔窑洞心里也安然着。

除了养牛，窑洞里的人家喂着鸡，养着猪，拴着狗。晚上，鸡卧在窝里，早晨从窝里放出来。公鸡领着母鸡满院子跑，尤其喜欢在粪堆上、在院墙跟前、门前树下用爪子刨土啄虫子吃。而猪是懒惰的动物，吃饱了就躺在圈里睡觉，饿了就吭哧吭哧地叫唤，用笨拙的嘴拱食槽，拱墙根。狗是机敏的动物，蹲在门边睡大觉，有时候跟在主人后面跑前跑后，来了陌生人就会不顾一切地狂叫、撕咬。尤其是夜深人静的时候，狗的听觉极其灵敏，稍微听到一丝动静也会叫个不停。寂静的村夜里狗的声音很有感染性，狗叫声会从村子的一头传递到另一头，村东头狗叫了，村子里的狗几乎都要跟着叫。狗很忠实，黄土窑洞里的人下地干活，吆着牲口耕地时，狗就尾随而去，走走停停，甚至跑到前面，又折回来。黄土窑洞人家院子里的这些鸡呀，狗呀，猪呀，给农家院落里增添了许多乡土气和农家特色。

燕子也飞入了黄土窑洞里。春暖花开，燕子归来，春燕啄新泥，在窑洞里飞出飞进。燕子到了自己家里，给家里带来了吉祥的预兆，窑洞的主人自然不驱赶燕子，小心翼翼地呵护燕子，兴高采烈地欢迎燕子。燕子也不顾忌窑洞主人的活动，好像知道人不干扰和伤害它们。巢筑好了，产卵孵幼燕。小燕子孵出来了，大燕子来来回回，在田野里给幼雏找虫子，忙得不可开交。不几天，小燕子在窑洞里练习飞行，燕子鸣声阵阵，人的说笑声与燕子的鸣叫声交织在黄土窑洞里，这是农家一种特有的情趣。

麻雀也很喜欢凑热闹。麻雀住在黄土窑洞外面的墙缝里，或在院子附近的洞穴中。早晨天刚一亮，麻雀在院子外面的枣树、杨树上叽叽喳喳地叫个不停，有时候在院子里蹦蹦跳跳，走一阵停一阵。住在黄土窑洞外面的麻雀产卵后，孩子们就搭着梯子掏麻雀蛋，这是孩子们喜欢的一种游戏。喜鹊们从远远的田野里也赶来了，在黄土窑洞外面的树上鸣叫报喜。黄土窑洞里的人是憨厚的、宽容的，他们不欺生，他们默许了燕子、麻雀、喜鹊在院子里栖息、出入。

黄土窑洞人家院子里、院墙外边都栽着树。院子里是桃树、杏树、柿子树、苹果树；院墙外面是白杨树、梧桐树、枣树。春天桃花鲜红，杏花粉红带白，苹果花雪白……果树花开得娇媚、鲜艳、灿烂，惹得蜜蜂和蝴蝶在院子里嗡嗡飞鸣，燕子和麻雀在枝头翻飞鸣叫。真是鸟语花香，春景怡人。到了夏天，院子里一片片浓荫，院墙外面绿树环绕，空气清新，阴凉爽快。午间树木的浓荫下，劳动归来的人，谈天说地，他们有道不尽的家长里短。枝头鸟儿啾啾，树下人声哗然，好一个欢快的农家小院。

黄土窑洞里的人就是这么实在，既爱惜自己又爱护生灵。一年四季，农家小院里牛羊马驴、鸡鸭猪狗追逐鸣叫，燕子鸟雀飞旋盘桓，鸟声和人语交织，树木葱郁茂盛，这一切使农家的院落生活气息特别浓郁。

如今，人都搬到新农村里去了，那些窑洞废弃了，满院荒草，昔日的黄土窑洞像无神张望的眼睛一样，世事沧桑，黄土窑洞的繁华不在，黄土窑洞已经埋进了历史的烟尘之中。

娘家热炕头

琴 儿

一

朋友电话里欢天喜地递来雪花纷纷的消息时，我正顶着毛毛细雨走在上班路上。四周云山雾罩的，心头却清爽敞亮。

“毛毛雨，雪扬扬，坐在娘家热炕上。”这是每逢飘雪母亲都会念叨的一句话。我们姊妹尚懵懂时，母亲倚着门框看天，说这话时略略无奈，她该是想起了她早逝的娘亲了吧。两个姐姐出嫁后，母亲望着冷雨薄雪，一句旧话说得无限惆怅。若大姐二姐逢雨雪天气恰巧回了娘家，母亲则会把炕煨得热热的，话还是这一句，却说得笑逐颜开。

二

是谁发明的土炕呢?那可真是个智慧的人!

土炕，取之于土，煨暖的是人的身子。

家乡人把做炕叫盘炕，一个盘字，有居家过日子的深意。一米见方两三寸厚的大土坯是早就在模具里用湿土捶瓷实后干醒了的，小块土坯一尺见方，厚度是大块土坯的一半。制作土炕有三个步骤，一是扎一米高的炕墙，二要在土炕中间做圆形的粗壮结实的炕柱，三是组合，把四块大小一致的大土坯合力搁到炕墙和炕柱子上，对接成一个方形炕面。土炕倚房屋的墙壁和木格子窗户而建，采光性好。炕墙上留有一尺见方的炕眼，沿房屋墙壁凿有通向外面的烟囱。土坯的接缝处、炕墙上，泥瓦匠用泥笔挑着泥，墁得严丝缝合、光光堂堂，泥渐渐回硬，又自然风干，然后煨火轻轻烤，等湿气散尽，土炕才可用来住人。

我小时候村子里家家有土炕，却又各不相同。炕墙、炕沿泥得粗糙的那一家人，必定粗枝大叶马马虎虎，谁在他家炕沿上坐一回，准沾一屁股土。精细的人家则用半尺宽的杏木、核桃木板做炕沿，木板用砂纸打得光滑明亮，上面木纹楚楚。粗糙的人家，炕上乱糟糟的居多，炕面冰凉凉的也多。细致的人家，铺土炕的席子是白净的，铺席子的羊毛毡是白净的，苫盖羊毛毡的床单是洁净的，棉被叠得跟豆腐块似的规整，还在土炕两壁用碎花布做了万朵花开的墙裙。白天，炕面上只留家里小孩儿带着清新奶味儿的小被子平平地焐着一团热炕，再凉的手伸到小被被里，一会儿就给暖热乎了呢。

现在，土炕也与时俱进，炕眼门改在房子外面了，烧炕时屋子内没有灰尘不见烟雾，炕壁和炕沿贴着光洁漂亮的瓷砖，又实用又美观。

三

最初的土炕是锅头连炕的那种。连锅的土炕上必有一个结实耐看的围栏。做饭时，木柴灶火舔着大黑锅、小黑锅一路儿过去，土炕也被余焰煨得热热的。年轻的妈妈哄着娃炒着菜，猫儿在身边蹭着，小鸡也偶尔凑热闹挤进来抢娃碗里的食吃，真是手忙脚乱呵。土炕暖烘烘的，饭菜香喷喷的，孩子闹腾腾的，厨屋里满是人间烟火味儿。

傍晚烧炕是我们孩子必干的活儿。姐姐用大笼提回树叶啊柴草啊，塞进炕洞里，“哧溜”擦燃一根火柴扔在柴草堆上，火苗跳跃着，火焰舔着炕身，明亮而温暖，让人心头蓄积满希望与无穷的幻想。“星星之火可以燎原”，我在烧炕时才真正理解了这句话的深意。烧炕的用具我们叫灰耙，是一根长木把安在凿了木孔的一尺长的圆木段上做成的，可耙柴拨火，等柴草燃得差不多时，又用它压灭火焰，好让柴火温度持续的时间长一些，这样土炕就会多暖一会儿。塞上炕塞，再收拾干净炕门前的卫生，烧炕的任务就算彻底完成了。

土炕里的草木灰累积多了，就掏出一些来，做肥料正好。若菜苗上有虫儿为非作歹，撒一些上去，再恶的虫子也会望风而逃。

到了冬季，得用煤煨炕了。母亲是煨炕的高手，她看一眼偏西的太阳，就顶上头帕，端着一铁锨煤小心地煨到炕洞里。她给我们睡的土炕煨，也给哥嫂睡的土炕煨，煤火一天一天续下去，一家人的土炕会连续暖差不多整个冬季。

人们依赖土炕时大都到了深秋。那时候粮食归囤，农活闲下来，男人们凑一块儿打牌去了，女人们把孩子们撵出门外玩去，两三个约好热炕上坐，吁遛吁遛纳鞋底子的，咪呜咪呜转拧车子拧细麻绳的，绣花针飞上飞下扎鞋垫的，扯肠子倒肚子缝棉袄棉裤套子的，各忙各的活，又相互说着体己话，到做饭时间便各自散了。若男人们恰好不在家，干脆两家合一家了，你拉风箱我擀面条，各显各的手艺，两家的孩子凑一起吃饭，人多饭香，真温馨呵。

四

素日子里，赖土炕的还有家猫，简直完全没有自尊心，赶也赶不走，团在人脚丫子边眯着眼睛成天睡大觉，咕噜咕噜念着经，腔调委婉安闲。睡醒了就玩，娃儿的衣服，母亲做针线活的线蛋蛋，都成了它的玩具，淘气个没完没了。猫亦讲卫生，白雪一样的爪子蘸一口自己的唾沫，一下一下，在自己的俊脸上漫。猫儿深得媚之精髓，极其粘人，很会讨人欢心。据说，当下就有不少女子模仿猫儿练魅惑男人之大法呢。

母鸡亦在炕角孵过鸡娃。那时候，用鸡蛋换针头线脑油盐酱醋，鸡们因为照拂着一家人的生活而金贵无比。孵鸡娃的鸡妈妈脸红得美艳，脾气却空前坏，我们兄妹刚伸手想摸摸它身下暖着的鸡蛋，就被它狠狠地啄了一口。母亲是尘世里最尽职的一类人，鸡妈妈也不例外，二十一天卧在麦草垫底搁了鸡蛋种苗的筛子上，除过出去小解，连进食都寸步不离。鸡娃子啄壳了，鸡娃子肉乎乎地从蛋壳里挤出来了，鸡娃子毛茸茸成一团，鸡娃子明亮的圆眼睛巴眨巴眨的，鸡娃子唧唧唧唧叫个不停……生命的诞生是多么神奇而又伟大的事啊!鸡宝宝的身子骨刚硬朗到能站立，鸡妈妈便率团跳下火炕，四处踱步张望，也笼着翅膀罩着鸡宝宝们六亲不认，连平日里最凶的大黄狗都成了它的手下败将。

猫和鸡都是讲卫生的活物，小解时必离炕而去。猫更精怪，即使在没人处解手，也觉得羞，必用爪子刨土掩盖了才离开。

牛是农家的宝贝，父亲在牛圈里亦盘了土炕。牛吃着槽里的草，咕咚一声卧下来，反刍呀反刍。父亲枕头垫腹趴在炕上，吧嗒吧嗒抽旱烟锅，日子充实而悠闲。

土炕暖和，天寒地冻时，一家人守在一起，父亲呼噜连天，母亲盘腿窗台前做针线活，我们姐妹闹，闹得天翻地覆，挨打了，熄火了，一会儿又接着闹。死不改悔。

窝窝是棉布鞋的别称。因为鞋帮子上缝入了一层棉花，鞋子便比单鞋大些丑些，像鸟窝一样。现在想来，给棉鞋起名窝窝，是把孩儿的脚丫子当鸟儿了呢。棉窝窝常常被雪水给浸湿了。临睡前母亲把我们兄妹的棉窝窝一双一双放在炕洞里烤，半夜再取出来。把脚丫子塞进烤热的棉窝窝里，是会舒服死人的呀。记得有一次母亲因为犯困没有及时把烤干的鞋子取出来，我右脚的一只棉窝窝被烧掉半边。当时，我那个哭呀，是九曲回肠的那一种——凭什么我的烧了他们的都在?凭什么当妈的就可以睡那么实忘了半夜给我取鞋子?凭什么……越想越委屈，越委屈越哭，母亲起先是狗狗牛牛哄了又哄、许愿了又许愿，却仍旧哭，哭得惊天动地，终于争取来一顿打，灰溜溜地收了眼泪去院子里玩耍了。

小时候我常常因为衣服冰凉早晨哭闹着不肯起床，母亲早上起来后便把我的棉袄棉裤藏在被子下焐热乎。窗外飘雪落雨，我热袄热裤上身，钻进雨里雪中，一点都觉不到冷。

我家土炕上总有一把小笤帚，床单被它扫得干干净净平平整整的。若母亲恰好有活要干我又睡着了，小笤帚就被母亲放在我的枕头边替她陪护我。母亲一遍遍告诉我，醒来后不要哭，她说所有的妖魔鬼怪都害怕守护我的小笤帚。我还是一醒就哭，一哭，母亲就急急赶过来，把我揽在怀里。我是母亲最小的女儿，是母亲心尖尖上的宝贝。

长大些，我也坐在土炕上看书，身子后面偎一床母亲团好塞我背后的棉被，软绵绵的，觉得分外满足。

五

老婆孩子热炕头，亦是男人们的幸福。

村里还有个习俗。娶儿媳妇那天，新娘子的土炕得老公公来烧，据说老公公把儿媳妇的土炕烧得越热，越会很快抱上大胖孙子，其中自然不无调侃之意。其实，作为一家之长的公公肯屈尊为儿媳妇烧炕，是把儿媳妇当女儿往家迎呢。

新娘子被迎进家门后，婆婆会给煨一段时间的土炕，一则用实际行动彰显母爱，二是言传身教。之后，给公公婆婆煨炕，就是儿媳妇长期孝敬公公婆婆的一种方式了。

土炕煨得热热的，人心煨得暖暖的，进了一家门就是一家人，多么亲和温暖啊。

现在，日子好过了，村子里，楼房已经不少见了，冰箱空调富裕的人家也有，各种时新的木床早已入驻家家户户。只是农村人，总还愿意保留着一方热炕，天寒时，刚把你迎进门，又把你迎到热乎乎的土炕上，也是朴拙地表情达意的一种方式。

六

母亲说，毛毛雨，雪扬扬，坐在娘家热炕上。

毛毛雨，雪扬扬，娘住我家暖气房。现在，我将其篡改后在心里一遍遍这样默念。

彼时，窗外雨丝飘飘，室内暖如春天。

只是娘……娘啊……我吃苦受累一生的娘，你在哪里呀，我咋就遍寻不见？

伴着长大的歌谣

于忠明

老村，在那个时代，最热闹的要数学校，最快乐的要数孩子们。

有了学校，老村好像有了文化味。有了学校，老村才有了生机。 而有了孩子们，老村才好像有了希望。

老村人最喜欢听的，是老学校房檐下吊的那个破犁铧发出的上下课声，还有孩子们的笑声。而孩子们，一天除了将头背到脊背里，仰天歇斯底里地读书外，就是传唱千奇百怪的童谣了。

最惹人眼球朗朗上口的是女孩子跳皮筋和翻花绳时念的口诀。她们欢快地跳跃着，也欢快地说唱着。“一二三四五六七，马兰开花二十一。二五六，二五七，二八二九三十一……” “打花花手，卖凉酒。凉酒高，闪闪腰。腰里别了个黄连刀。割黄草，喂黄马。把黄马喂得壮壮的，老娘骑上告状去。告的啥状，告的扁担状。扁担不会担水，一担一个鸡嘴。鸡嘴不会掏辣辣，一掏一个瞎妈妈。瞎妈妈不会养娃娃，一养一个瞎大大。瞎大大不会耕地，一耕一个大冷屁。”

“燕叽叽燕，双扩叉，提个笼笼坐娘家。娘家门，一坑水。叫大姐，挡狗来。叫二姐，擀面来。脸洗得白唰唰，面擀得长啦啦。下到锅里莲花转，捞着碗里一根线。”

而围观的男孩子，则手作抠脸状，一起大声地反复吆喝，在一边嘲笑女孩子。“羞，羞，把脸抠，抠个渠渠种豌豆。种下豌豆不搭架，过来过去叫人骂。种下豌豆开花花，坏种脸上掉荚荚。”

而女孩子是不管的，依旧玩得疯狂。就有个别调皮的男生，一看人家不理，又变个调调带头起哄。“儿子娃，大丈夫；女子娃，臭豆腐。”其他的孩子就应声反复跟上吆喝：“女子娃，臭豆腐！女子娃，臭豆腐！”女孩子这下也不示弱，一起唱道：“来呀来呀我不怕，我到北京找我大（父亲）。我大扛了个机关枪，把你这些我儿打三枪。”

男孩子们一看，还是镇不住这帮女子娃，又有新词了。“猴女子上椒树，跌哈来绊了个死老鼠。猫掂起，狗断哈，我用十个蒸馍才换哈！”

小女娃子一看，这帮小子太讨厌，就一挤眼睛，收起玩具，边跑边回骂：“我儿我儿不要急，等我闲了熟你的皮。”一溜烟跑得有远没近的，气得男娃娃干瞪眼。

在那个时代，好像随口都有歌谣说出来一样，也不知道是谁的杰作。譬如，看见哪个孩子头大，就欺负：“大头娃，吹喇叭，吹得眼睛红哇哇。”还有一种版本：“大头宝，炸油糕。炸下油糕生着哩，大头宝怎着哩（有“厉害着哩”的意思）。”

对一个孩子，管他胖不，为了欺负他，一样地喊叫：“王胖子怂样子，清鼻吊了两行子，生了个娃一样子。”对于小偷小摸的孩子，说词还很有趣：“贼娃子，遛娃子，偷了你舅家狗娃子。你舅家狗娃没在，偷了一个烂锅盖。”见到爱哭的孩子，说的是：“叽泪罐，爱叫唤，烧剩饭，烧不煎，怪叫唤！”

还有孩子之间相互调侃的：“咱两个好，上山买皮袄。我冬里穿，你夏里穿，把你沟子（屁股）焐得冒黑烟。”即使对于当时新式的拖拉机，孩子们也有嘲笑的词句：“拖拉机，滴滴滴，揭了一地大胡基（大土块）。”

还有欺负老汉的话句："老汉老，拔白蒿。拔下白蒿喂羊羔，喂下羊羔铰毛毛。"过家家的时候，说词是最多的。"切切菜，擀擀面，捏捏饺子，捣捣蒜。""拍手手，盖房房，里面坐了个花娘娘。不扫地，不挖灰，挖个坑坑光放屁。""七姑姑，八姨姨，锅上啥事少不了你。剥葱的，捣蒜的，锅头低哈（下面）胡转的，门背后给娃喂饭的，还有把裤带吃断的。""老鼠擀面，猫烧火。格狸猫，踏调和。盖娃子（蛤蟆）起来要馍馍。"

当然，学大人们哄孩子，也是孩子们玩得最多的。"噢，噢，哄娃乖，睡觉觉。睡着醒来要馍馍，馍馍哪？猫叼去，猫哪？钻了老鼠窟窿了，老鼠窟窿哪？谷草塞了，谷草哪？牛吃了，牛哪？耕了地了，地哪？和了泥了，泥哪？墁了墙了，墙哪？猪毁了，猪哪？两刀杀了，刀哪？扔过墙了，墙哪？塌了，变成土了……"还有一种版本的，大概差不多。"娃娃乖，睡觉觉。睡着醒来要馍馍，馍馍哪，猫吃了。猫哪，上山了。山哪，雪盖了。雪哪，消水了。水哪，和泥了。泥哪，墁墙了。墙哪，猪毁了。猪哪，刀杀了。刀哪，铁匠拿去打了铁了。铁匠哪，吃了燕面疙瘩噎死了。"

孩子们有一个游戏叫"石头剪刀布"，老村的孩子叫"猜么猜"，几个孩子一起出手，喊着号子一样："手心手背，狼心狗肺，最后一遍倒霉。"当到最后一遍的时候，谁的手形是与众不同的，就被挑选出来。

在我的记忆里，那个时代唯一吃的干果就是炒毛豆。虽然孩子们很少有葵花子，但是毛豆子还是在当时成了孩子们解馋的好东西。但是吃了炒毛豆，会多屁的。在那个时代，上课时常常可以听见身不由己的放屁声，惹得孩子们哄堂大笑。有时候，老师也会在不经意间放出一个很响的屁来。所以孩子们围绕放屁，就有了很多的歌谣。

"大屁大屁腾——腾，小屁小屁嗡——嗡"，这是形容屁的大小程度的。还有因为放屁闹纠纷的："老大撂了个（放了个）屁，老二不同意，老三告到公安局，老四来枪毙，老五抬老六埋，老七哭得稀嗨嗨，老八拐了个烂红鞋，老九来了一齐埋。”

还有，像“一盆辣子一盆蒜，谁个撂屁（放屁）沟子（屁股）烂”这样的歌谣，自然是阻止别人放屁的骂词了。

那个时代反对美帝国主义，就有歌谣出来，不知谁人所创。“美国大鼻子，跑到中国吃酿皮子。辣子呛了一鼻子，跑到河里洗鼻子。河马弹了一蹄子，跑到铁匠跟前焊鼻子，铁匠叮咣两锤子。跑到木匠跟前修鼻子，木匠安了个木鼻子。跑到医院看鼻子，医生说：割掉他的这个大鼻子！”还有，诸如像：“豆芽芽菜，生拐拐，你爷娶了个花奶奶。脚又碎脸又白，你爷爱得格围围。”“麻野条，尾巴长，娶哈媳妇不爱娘。把媳妇背到热炕上，把老娘背在沟畔上。把媳妇热得气刚刚，把老娘冻得硬邦邦。”这些孩子们嘴里吆喝的歌谣，丰富了孩子们的内心世界。虽然有的不太文明，但是在那个文化落后的时代，话丑理端，不能不说是当时流行在孩子之间的说唱艺术。

时至今日，这些貌似春蛙秋蝉的歌谣，依然让人耳熟能详。

老村就这样，在孩子们的歌谣声里，越发成熟，越发内涵丰富了。忘不了，这些充满童趣的歌谣，就如，忘不了自己的童年一样。

每个人的心里，都有自己歌谣的版本。就如每个人都有自己的童年一样。而心目中的老村，也是各有风采的。我相信，留给每个人的，都是留恋、难忘的情怀。老村虽然会老，可是，儿时的记忆一定不会老去。

童年的记忆，一定那么的年轻、鲜活！

老村里的接生婆

于忠明

那时老村的女人生孩子，就如牛下牛犊子一样简单。没有什么医生或说上医院的事情，只要一个接生婆就可以了。而接生婆也只是准备一条毛巾一盆水，一把剪刀剪脐带。在土炕上，让产妇半躺在一堆细末黄土上，流出的血就渗入黄土。大多数接生，都很简单。接生婆洗手后，用双手帮助产妇把孩子拉出来，最后一把剪刀剪掉脐带就算完事。只有个别的难产，需要接生婆奋力而为。个别难产大人小孩不保的事情也有，但也没有一个人追究接生婆的责任。遇上一些难产的，生不下来孩子，急得一家人在外乱转，只听得里边歇斯底里的嚎叫，这才懂得"人生人，吓死人"的说法一点也不夸张。

最传奇的说法，说是一个女人，难产生不下孩子的时候，就歇斯底里地骂自己的男人，说你个嫖客日下的哪达走了，受活的时候是你，受罪的时候怎么不见你改（那个的意思）我儿了……后来终于生下，见到孩子后满脸的幸福感，男人端来米汤的时候，却一句也没有再骂。后来就有人传讲此话，成为笑柄。当然我无从考证其是否真实，只是为了让大家知道老村时代生孩子的艰苦卓绝。

就这样，随着婴儿的一声啼哭，所有的人这才松一口气。村里，一个新生命便就降临了。

当村里的接生婆从窑洞里出来的时候，在屋外焦急等候的人才知道生的是男是女。

这下，主家赶紧把接生婆迎进当中窑（主窑）里，接生婆麻利地上炕盘腿坐下。老公公递给接生婆自己的旱烟锅，很是巴结地点上烟。接着端来一罐头瓶子酽茶，说麻烦你老人家了。接生婆说没有啥，平安着就好。接着就安排，叫赶紧熬小米米汤给产妇喝。老公公说早就准备好了，老婆子这不是正在忙乎嘛。接着，从窗台取下一包旧报纸包裹的东西递给接生婆。“他姨，这点旱烟可都是叶子，好着哩，你抽去吧。”一番假意的推辞后，接生婆把旱烟包包塞进了撩起的大襟子衣襟下面。不一会儿，听得风箱响半天后，老婆婆端着细长面碗进来了。

当接生婆走的时候，还不忘到窑里看看新生的婴儿。出门的时候，由于肚子吃得滚圆，再加上怀里揣了一包旱烟，这个小脚的老太婆居然像怀娃婆娘一样，挺着个大肚子袅袅而去了。

看到这样的场面，外人这才就知道这家生的准是男孩。

如果是女孩的话，接生婆出来一说，看到公公婆婆阴沉的脸色，支吾几句就走了，仿佛是接生婆生了女孩一般。

其实，绝非村人蛮不讲理，许多事实让人们不得不盼望生娃都生男娃。男娃是劳力，男娃可以上坟前印纸、烧纸，男娃可以在过年的时候拜年磕头，甚至熬服中药都要男娃下药……

什么样的社会风气，就会造就什么样的人伦观念。

但是不管怎么样，孩子总是无罪的，还是要拉扯的。所以，不管男孩女孩，一旦生下后，第一件事情就是给产妇熬米汤。

那时窑洞里的土炕，就在进门的右手边。为了防风，炕边用破席片或布片遮挡起来。炕上黑乎乎的，只有产妇和婴儿。一样的光着席子，婴儿也是很简单地包裹着。而丈夫要赶快把孩子的“衣包”（胎盘）拿到外面用黄土深埋，坚决不能让野物以后刨出来。

土炕早已经烧好，烫得让人坐下挪屁股。而产妇依旧要坐在土炕的细末黄土堆上，胯下骑着一块瓦片吸收生孩子后的“害水”，直到三天后下身干燥了才挪下土堆，这才可以下炕了，只是头上多了一块包头的方巾而已。做饭、在家里洗衣，只是不常到外面院里，其他一切如常。满月后就上工，期间在队长的应允下回家喂孩子吃一次奶，也算是队上的人文关怀。

晚间儿子记工分回家，听得脚步响，母亲就大声叫儿子先来自己窑洞待会，怕给新生的婴儿“带冲气”。而来客也一样，不能直接走进“坐月子”的屋里，要在其他住处休息一会才能进去看婴孩的。

家里有了婴孩，看家护院的黄狗可忙了。听得孩子啼哭，有人说孩子把屎了，扯起声音叫道“羔嗷羔嗷……”狗就狂奔进窑洞，一跃上了炕上。等舔舐净孩子屙在炕席上的大便，还要舔干净孩子的屁股后，狗也就自觉地跳下炕，摇摇尾巴，满足地出去了。孩子大一些后，擦屁股就开始用土疙瘩了，炕边就准备点土疙瘩。老村人一生，都是用土疙瘩擦屁股的，黄土干燥杀菌，所以老村人一辈子都不得痔疮。也如老村人鞋壳里永远倒不完的黄土末子一样，老村人永远没有脚气病。

等婴儿长大一些后，公婆就该给儿子分家了。而一旦分家，就必须请来自己的娘舅家做主分，或请自家家门人来参与。所以在老村有“再大，大不过娘舅家”一说。

分家后，小两口要上工劳作，孩子没有人带。炕脑的墙角钉一个木橛，一根绳子一头拴在孩子腰上，另外一头拴在木橛上。早上出工时喂一下后，孩子一个人在炕上绕着绳子活动，挖屎挖尿，不见大人，哭哑了小嗓门也没有人管。可以说，那个时代的孩子，大多是在自己的啼哭声中，一个人挖自己的屎尿长大成人的。

有几个孩子的人家，大孩子就是小孩子的哥哥姐姐，更重要的是像他的保姆一样，以大带小。村里的孩子，都在这样艰苦的环境和条件下长大成人的。

说起这些，现在的孩子一定不会相信。是啊，没有亲身经历，谁也不会相信。就狗吃屎这事情来说，现在谁见过狗吃屎？

但是，这段艰苦的岁月，毕竟是过去的事情了。历史，却是不会忘记的。

一个记工员记忆里的“工分”

赵全保

20世纪60年代末，作为“知青”的我，从省城兰州来到陇东山区光荣插队，成了崇信县赤城公社周寨生产队的一名社员。从此，参加集体生产劳动、挣工分养家糊口成了我的天职。

当时，对于社员们的劳动报酬怎么计算，工分是怎么回事，我是稀里糊涂的。后来我当上了记工员，才彻底搞清楚了工分的事情。

这个小小的记工员，社员们是看得很重的。他们不是想在记工员那儿得到什么好处，只希望记工员记工时不要漏记了他们一天的辛苦。那时周寨生产队配备了两名记工员，由于大部分时间社员们不在一处干活，因而两个记工员也就分别在两个劳动工地干活。

记工员每天都要对每个社员的劳动工时做出准确的记录，劳动工时以“成”或“分”为单位。社员们一般每天都是出早中晚三次工，记工员每日要对社员们的劳动进行三次记录。吃早饭前，大约劳动2个小时，记2成；早饭后至吃晌午饭，大约劳动4小时左右，记4成；下午大约劳动4小时左右，记4成。这个“成”，是社员出勤的工时记录，还不是工分。10成为一个出勤日。

由于每个社员的劳动能力不同，因而每个出勤日所得的工分也有高有低。那时，按照按劳分配的社会主义分配原则，周寨生产队采取三三制的工分制。即把社员按劳动能力分为三等，每一等又按劳动时的实际表现分为三个级。一般来说，身强力壮、劳动技能又好的壮年汉子，属于一等劳力；身体较弱、劳动技能一般的男劳力、身体健壮劳动技能较好的中青年妇女，都属于二等劳力；老弱病残者和未成年的男女社员，属于三等劳力。一等标兵（这是最高级别的劳力）一个出勤日是11分工；一等二级是10分工；一等三级是9分工。二等标兵，一个出勤日是9分工；二等二级是8分工；二等三级是7分工。每个等差是2分，每个级差是1分，以此类推。

还有一些劳作是加分，如看场是个比较特殊的工作，就是晚上睡在场房里，社员们轮流值班，每晚两个人。那时队里的粮库也建在场里，因此看场主要就是看守粮库。一般冬春季节看场担负的责任较轻，除了粮库，场里仅有些草垛，每晚记1成；在夏收秋收季节，场里往往还有没有打碾的粮垛等，看场责任相对重大，因而每晚记2成。

到了玉米快成熟的季节，由于山里野猪经常在夜晚出来吃玉米棒棒，对庄稼祸害很严重。因而，在这个季节里，每块玉米地里晚上要派两个人守护，叫作“看玉米”，看玉米一晚上记2成。周寨有一块玉米地“很硬”（按迷信的说法是经常闹鬼），人们都不愿意到那块地里看玉米。有个叫朱进财的壮年汉子胆子很大，自告奋勇去那块地里看玉米。我是不信神鬼的，于是也自愿与朱进财同去。队长决定给我们俩每晚记3成。

每隔一段时间（大约半月左右），记工员把社员们的出勤记录进行整理汇总，交给会计，会计正式登记到社员分户的工分花名册上。

对于每个社员的劳力等级，是通过社员大会确定的，大约每半年进行一次。这天全体社员都集中在队部里开会，先是“自报工役”，就是每个社员对自己这一段的劳动情况，做一个自我评价，说说自己够上几等几级。然后由社员民主评议做出最后确定。会计按照每个社员的等级，按人把出勤日换算为工分。

到了年终决算分配时，会计把每户社员全年所得的工分总额算出来，作为决算分配的最基本的依据。那时生产队决算时，公社要派工作人员进行审核。生产队全年的全部农副产品，按照规定价格折算成现金。然后扣过公粮（国家农业税）、储备粮（生产队自留储存用于备战备荒）、公积金（用于发展生产）、公益金（用于社员福利事业），剩余的资金再加上副业收入，就是社员可分配的劳动报酬。给社员的可分配资金除以全体社员的总劳动日（10分工为一个劳动日），所得数据就是劳动日值。根据每家每户的工分总数计算出其应得的报酬总额，再把每户社员全年所分得的口粮以及瓜果蔬菜等实物照价计算，社员劳动应得的报酬总金额扣除分配的实物总价金额，多余部分用现金发给社员，叫作“找补工资”。也有少数社员因劳力少人口多等原因，应得的劳动报酬抵不过已分配的实物折价，就成了“超支户”。周寨生产队是个比较富裕的队，有一年大丰收，劳动日值是八毛二分钱，年终兑现时，最多的一户社员竟分得了五百多元现金，在当时是非常富裕的家户了。队里的口粮分配标准，基本口粮是按人头分配的；还有一部分是工分粮，即按照出勤日分配的，这部分口粮决算时才能确定，因此年终决算分配时，还要分一部分粮食，叫作“找补粮”。劳力多的富裕家庭往往是钱多粮也多；而劳力少人口多的那些家户，往往是没钱又缺粮。按照“按劳分配加照顾”的原则，队里每年都经过社员大会讨论，对个别特别贫困的家户，发放救济款（救济款从生产队的公益金里列支）。救济款有高有低，我记得最高的是15元，最低的是5元。

那时，生产队与生产队之间差别很大，与周寨生产队同属一个大队，并和周寨生产队毗邻的狼窝坝生产队，是一个穷队，有一年劳动日值才是一毛一分钱，社员们辛苦劳动一年，分得的口粮远远不够吃不说，而且全队的社员都是超支户，倒欠队里的钱。

每年旧历腊月，各生产队的决算分配方案，经公社工作组审查通过后，就开始给社员兑现发工资。这时当地银行信用社的工作人员背着现金，服务上门，奔赴各个生产队给社员发工资。这样，在发工资过程中，一方面可以收回一些贷款，同时还可以吸收大量的存款。

那时，周寨生产队的社员中，还有几个比较特殊的人。一个是周礼荣，他是队里的兽医，因而不参加一般的生产劳动。队里所有牲口的一般病，都由他治疗。他有时也去其他社队给牲口看病，所挣的钱要交给本生产队，作为队里的副业收入，队里给他记工分。还有一个叫朱敏璋的是民请教师，在公社所在地的小学教学，每月可领到十几元的民教补贴，本人除了留极少的零花钱外，其余的全部交给生产队，他的工分是参照和他年龄相仿的社员所挣的工分来计酬的。

随着改革开放，农村实行包产到户，生产队的那种生产方式便退出了历史，与其相适应的社员劳动工分制也已成为历史的记忆。

饲养站的故事

孙有文

饲养站是农业合作社时期，生产队集中喂养牲畜的地方，每个生产队都有。有窑洞圈养，有专人喂管。衡量一个队与一个队的穷富，除了看这个村的土地面积有多少外，再就是看这个村的牲畜数量。

饲养站喂养的牲畜有牛、马、驴、骡子，大部分是牛、驴。牛的耐力强，耕地役使时间长，而且也好使唤，耕地大部分靠牛。驴就弱一些，一般用驴往地里驮粪，或从地里驮回收割的粮草。马的力量大，耕地步子快，速度也快，只有精壮小伙子才能按住马拉的犁。骡子也力大，但性子烈，较难喂养与役使。

我村生产队饲养站最早建在半山上。那时候村里绝大多数人住在山上窑洞里，粮田也以山地为主。饲养站有七八孔窑洞，有一孔专装草料的窑洞，有一孔堆放垫圈土及耕地农具的窑洞，其余的窑洞拴牲畜。拴牲畜的窑洞有大有小，大的能拴八九头牛，小的拴四五头。拴牲口窑洞刚进门靠窗子是一个土炕，专供喂养牲口的人睡觉用。再往里顺墙就有一长溜用泥土砌成的槽子，槽上方间隔钉着一排拴牲口用的木橛。草料倒在槽里，牲口低头吃，吃饱里就卧在地上打响鼻，有的牛就回草。槽的旁边砌有低一点的小槽，供小牛娃子、驴驹子、马驹子吃草。

饲养站有很大的院子，靠着院边栽有几棵大核桃树，树下边砌有几长溜土槽，靠槽间隔栽着木桩。夏天天气晴好的时候，饲养员就解开缰绳，搭在牲口背或盘在脖子上，把牲口从窑洞里赶出来，拴到凉槽上，让牲口乘凉。冬天呢，又在靠墙向阳的地面上钉上木橛，将牲口拴在那晒暖。从窑洞里往出赶的时候，有些不听话的牲口从圈里出来到处乱跑，有时也跑出院边，撒蹦子，尤其是小牛娃子，在山洼里乱跑，饲养员就得撵，往回赶。常常是几个人左堵右截，往回拦。被拦截回来的牛少不了挨鞭杆。

饲养员也很辛苦。农忙季节，每天早晨鸡叫头遍时，饲养员就得起来给牲口拌草料，让牲口吃饱吃好。天快亮时，就有队长安排的社员来赶牲口，扛犁耱等去地里劳作。健壮的牲口走了，剩下怀牛娃的、有病的、小牛崽等，还得喂，看管。饲养员还要垫圈，草长莺飞的季节得出去割苜蓿等青草，割回来，四五个饲养员铡草，一人拄草，一人压铡刀，一人在旁边往来推青草，一人把铡下的细草往远里推，互相协作，边劳作边谝闲传。如果是冬天，则在场里铡麦草，然后用背篼运回来。垫圈土从不远处的山坡上取，一人在高处用镢头挖，挖下的土顺洼溜下，其余人在下边用车子拉，干土就直接送到圈里或土窑里，湿土则晾晒在院子里。挖土时，有小孩就跟着玩乐，一伙孩子跑上高处，坐在土溜过的光滑的地方往下溜着玩，一个拉一个，笑闹声，饲养员的呵斥声，夹杂一起。有的娃娃溜时没坐好，从洼里滚下，还有的落进刚挖的土里，满头的土，也不在乎。

饲养站上最热闹的是牲口耕地回来及挖粪时。牲口在地里役使了多半天，到晌午才被放回来，牛哞马嘶驴叫，呼朋引伴，抢吃草料，小牛或小驴或小马驹子在母亲身边偎来偎去，急得吃奶，咂个不停，常常是叫驴尖而长的叫声响彻整个村庄。饲养员赶紧喂草料，社员放农具，拍身上的土，倒鞋窟窿里的土，互相叫骂，互开玩笑，劳作的疲劳一扫而空。

挖粪是很费劲的活。一窑厚达一尺多的粪要一镢头一镢头地挖，人用铁锨铲到架子车上，再推出去倒在饲养站边。牛粪最难挖，牛蹄子一直在圈里踩来踩去，把土粪踏得很干硬，镢头抡起使劲挖下去，才能挖一点。挖粪大多是身体不好的男人和女人的活，精壮男人都在地里忙。大家边挖边说家长里短，相互取笑，在忙碌与劳累中进行交流，交换新闻，增进乡情，靠笑声解除疲劳与生活的艰涩。

寒冬腊月，夜长。傍晚，村里好多人就到饲养站来，围坐在用干牛粪与草节子煨的烙炕上，点着昏黄的煤油灯，咬着旱烟锅，聊天，打牌，打发这漫漫长夜，直到半夜才散去，打着呵欠，咳着痰，骂天骂地回家，惹得村里狗吠声此起彼伏。有些人要到夜深了，就干脆不回家，顺便一躺进入梦乡。

生活就这么不紧不慢地进行，随着大部分人迁移到川道里居住，饲养站也搬到川里，修建了几间土木结构的大瓦房，当作牲口圈。院子很大，围有土墙，院子也有凉槽，有木桩，有堆土堆粪的地方。再后来，随着土地承包制的实行，饲养站的牲口通过抓阄的方式分到各户，饲养站彻底消失了。

饲养站没有了，但饲养站这个名称却成了一个地段的代名词，一直叫到现在。如果有人上山干活，有人问你到哪了，或在哪出现什么情况，恰好是原饲养站那地方，他就回答饲养站。我经常回家，每次上山经过饲养站，必定要停下看看那几孔塌陷的窑洞及长满荒草的院子，童年、少年生活的情景浮上心头，父辈们的身影及在某一处做过什么的细节就会出现在脑海。物非人也非，饲养站不存在了，但饲养站有很多的故事永远存在我的心中。

父亲与土地打了一辈子交道，是农业行道里经验丰富的种田能手，也是喂养牲口的模范，曾当过一段时间的农业社饲养员。饲养员也不是人人都能当的，饲养员的选拔主要看你对喂养牲口有没有责任心，工作是否细心，能否吃得了苦，还有就是不怕脏。

饲养员的工作十分辛苦，起早贪黑，工作也单调乏味，天天干的就是重复上一天的活儿。给牲口倒草，半夜起来添草，饮水，挖土，垫圈，割草，铡草，把牲口拉出拉进的，在牲口屎尿摊里过一天忙碌的日子，穿不了干净衣服，手上脚上常带有泥土。

早晨天不亮，鸡叫一遍时，父亲就得起床，为牲口搅拌草料。搅拌草料也是一件细心活，得用筛子将麦草或者麦衣筛干净，十几头牲口吃得很多，得筛好多，然后倒进槽里，拌上些用豆子粉成的料面，再掺些水，用搅棍来回搅拌，长长的一槽草料，搅起来也吃力，往往是给牲口拌好料，就会出一身汗。牲口拌草快吃完时，父亲又用笤帚将吃剩不多的、牲口拱到旁边的草料往一块扫扫，用搅棍再搅拌，让牲口吃干净。

天暖和时，父亲就又将牲口牵到院里晾槽上，再添上草料；如若是冬天，就把牲口拴在向阳的地方晒太阳。安顿好这些，父亲就着手垫圈。垫圈也是一件技术活，先将牛粪抹平或者铲掉，在湿处铺上一层干土，将圈填平，用专用的农具将土块打碎，用锨抹平，使牲口卧下来舒服。有些不会垫圈的人或者不负责任的人垫的圈不平整，有些地方高，有些地方又是坑坑洼洼，牲口尿的尿都流到这个坑里，变成水坑，牲口蹄子踩来踩去，圈烂得人往槽里添草都无处下脚。父亲是个细心人，这些活都做得十分认真，垫过的圈很平整干净，这也是他对牲口关心爱护的表现。

铡草是每天必干的活，得几个人通力合作，父亲的差事就是往铡口里递草。父亲递的草匀称，很短，这样铡出的草柔和，细短，为的是能吃好。冬天的麦草光滑，很难用手捏住，但父亲却能一边用腿压住，一边用手紧紧捏住，快速地在铡刀抬起时往铡口里放。见有比较长的没有铡上，已经到铡子的另一面，父亲很麻利地用手挑拣回来，放在手里将要铡的草里重新铡。常常是配合的人就嚷：到底细心得很哪。父亲是村里有名气的细心人，这个称号就是从喂牲口得来的。

父亲手脚一直不闲，一有时间就拿着笤帚扫牲口身上的土、草芥蒂，或者用长梳子，有时也用手理顺牲口毛。经父亲梳理过的牲口毛发格外有光泽，太阳一照，亮亮的，耐看，村里干不动活的老人来饲养站游逛，看见就会赞叹父亲把牲口喂得好。

由于父亲的细心，喂牲口从不偷懒，喂养的牲口健壮，耕地拉耱力气大，同时繁殖也快。在他喂养的那几年，生产队里的牲口数量上升很快，为集体也算立了功。也由于父亲对牲口的热爱，还有积累的经验，所以实行土地承包后，我家年年养牛，养的牛也在村里数一数二，每年出产小牛，年年卖一头牛，为家庭也增加了经济收入。如今回家，看到墙上挂着那些多少年再没用过的拴牛用的绳索或者笼头笼嘴等，就想到了父亲喂牲口的举动，回想起小时候跟在父亲身边喂牲口的光景。

罐罐茶

边安书

父亲不辍劳作，积劳成疾。晚年咳喘不止，服药时间长了， 身子骨更孱弱，说是药三分毒，药不能再吃了。慢慢地品出茶的奥妙，清早起来熬罐罐茶成了父亲劳作前必不可少的事。

父亲喝的茶叶都是极廉价的，“坠子头”“砖块”“钢沫子”“春尖”“春蕊”而已。几片树叶，一把枯枝木屑燃于小炉之中，父亲便坐在小炉之前，往茶罐里下茶、 倒水、煮沸、回茶、滤出，馍烤在炉盘上。馍烤热了，先吃几口馍垫底，然后便端起茶杯啜一口，长长地吐一口气，茶缓缓地流入体内，火红红地映照胸前，身子暖和了，五脏六腑都熨帖了，便装一锅老旱烟，在小炉中燎着，深吸一口，再喝一口茶，浓浓的烟雾从鼻孔徐徐喷出，茶和烟交替着。此时的父亲不就是罗立中那幅油画中的父亲：古铜色的脸照进双手紧捧的茶盅里，那汗渍的面孔，却让人更加清晰地理解或者看成是一片枯干燥烈的土地。从父亲温和慈祥的面孔上，我隐隐感觉到茶的高妙。

父亲常喝廉价的茶，我觉得心里过意不去，趁出差学习时买一点能凑合的茶叶给父亲。父亲如获至宝，总舍不得喝，只有来了和他很对劲的友人，才拿出来给他们下一罐罐。友人欣赏着精美的包装，闻一闻，嚼一嚼，捧一番“好茶”， 品茶的时候，赞叹不已。父亲总是半张着嘴，捏一撮，用纸包住送给他们。

邻友串门，有喜欢张扬的，脚未曾踏进家门，便先嚷着“儿子干事着哩么，好烟好酒好招呼么，有啥说的哩。”父亲便让座，递烟，生火，汲水，熬茶。长辈们围火而坐，相对把盏，清清淡淡，平平和和，古也交谈，今也交谈，说地里的倒茬施肥，粮食收成，叙儿女亲事婚姻嫁娶，尽数一家家一年胜似一年的光景，甚至追脉溯源，论及善善恶恶。

不忍心看父亲喝茶时被烟熏火燎，费力地俯下身子吹火，我买过煤油炉，父亲说：“不美，烤的馍臭烘烘的能吃吗？”也买过电热炉，父亲说：“费电，才用了几天，一月电费就扛了十几块。火小，搭了罐罐就捂光了，一烤馍烧焦了，白花钱。”也曾买过大铁炉子，父亲又说废柴火，咱干原上缺烧的，能养活得起吗？烧炭，炭着旺了，茶却喝毕了，瞎子点灯——白费油蜡。依旧守在小泥炉前，日复一日地循环着岁月。

我的宝宝出生了，先是女儿，后是儿子，能挪动脚步的时候，便爱屋及乌，连老祖的茶道也捷足先登了。清晨，一听见爷爷在院子里咳嗽，走动，便嚷着穿衣服，穿好之后，蹒跚而去，钻在爷爷怀里，盯着茶杯，爷爷喝一口，小眼睛便随着茶杯转一圈，有滋有味地咂一下嘴，怪响的。爷爷把茶吹凉，一双胖胖的白嫩小手掰着一双瘦骨嶙峋的大手，美美实实地喝着。嘴里“嗯”“啊”着，爷爷也“嗯”“啊”着，说着只有爷孙俩能听懂的话。后来，儿子三岁了随母亲来到学校，一天中午啼哭不止，呵欠不断，其母又拍又哄，无济于事。无奈了，呵斥一番，儿更哭号，母怒打儿，儿抠母脸，闹得难分难解。我抱起儿子，好言相劝，待止了哭声，问儿子要什么？儿子木讷了一会，垂着眼泪说：“要喝茶！”我忙活着沏茶，用两只杯子倒换着弄凉，儿子急不可待地喝了，喝完之后，一脸的温润，惬意地玩去了。之后，我每天须给三岁的儿子沏一杯茶，至今儿子十九岁了，茶却是每天都要喝的，即使夏天熬了稀饭，也只是象征性地尝一下，然后自己冲茶去了，女儿也隔三岔五要过过茶瘾。奶奶戏称："出嫁时陪个茶罐罐。"女儿回敬："好么，就怕你不陪哩！"

我患胃病的时候，很消瘦。父亲每天早上喝茶时给我烤一个干馍，倒一杯清茶，嘱我细嚼慢咽。慢慢地，我的胃病居然好了。从此，我也不知不觉地恋上了罐罐茶。罐罐是20世纪70年代的产物，很厚实，先是给孩子煮奶。孩子长大了，我便用来熬茶。清晨，一伙茶友围炉而坐，纵论天下，氛围比炉火还热，情谊比茶还香。几次挪窝，朋友要"惜别纪念"，我都婉言谢绝了，任其内有茶垢，外有烟渍，依旧带在身边。

有幸去城里，遇见已成了气候的幼年伙伴，喝茶时，他拿出几种标有"极品"字样的茶叶，征询我的意见，光那包装就让我大开眼界，我说不来个子丑寅卯。伙伴便说喝"工夫茶"，又邀一福建籍同僚表演茶道，那同僚很娴熟地动作着，说一口闽南话，我看得眼花缭乱，听得云里雾里，喝得不知所以，便打哈哈，言不由衷地说"好茶""好茶"，心里却想着："啥嘛，还不如我的罐罐茶。"伙伴是极聪明的人，见我如堕雾里，叹我简陋，又说我罐罐茶喝得中了毒。

偶尔去餐馆，热情的服务小姐先让点茶，乌龙，佛手，铁观音，茶是名贵的，也是诱人的，我却喝不出味儿。我知道再好的茶也不如罐罐茶，烟火万代，却茶香四溢。

我们村的老队长

田会莲

以前的生产队是集体所有制，队长是通过社员自己选举产生的。队长负责监管和督促本队的农业生产，分配劳动所得，调配安排工作，组织政治思想学习。总之，队上的大事小事基本都是他说了算，是一位不脱产边缘化的基层干部。

在电影里我们经常看到，一个错落有致的村子中心位置有一棵大树，上面挂一口大钟，村上有急事需要通知，队长就使劲地敲几下钟，村民立即会从四面八方蜂拥而来。生活中其实是这样的："喂、喂，各大队请注意了，广播毕了接电话。"那个年代的这个声音，人人耳熟能详，个个司空见惯。每天早上安排活路，队长早早就站在门前喊话："春梅她大，你今天去公社把剩下的那两袋化肥拉回来。""好，知道了。"听到响亮的应承声后，他才肯离去。再朝前走两步又望着东生家院子高喊："东生，今天你去把西湾那块地耕了。"就这样从东头到西头，挨家挨户喊话（口头传达文件精神，也是安排当天的工作）。因为我们村子是"S"形状，住户比较零散，即使你把大钟敲烂，有些村民还是难以听到的，所以，只能用这样的方式派活。

也有个别队的队长以权谋私、欺上瞒下，群众敢怒不敢言。不过我们村却有一个为民办实事、办好事的"父母官"，他的做事为人，群众心服口服，所以年年连任。他采纳意见、建议，制定出人性化、合理化的制度，而且因人因事临时调整。比如：哺乳期的妇女允许迟上早下，中途可以给孩子喂奶；隔壁大叔干活时不小心弄伤了手，就安排他干跑腿的事，帮饲养员放牛羊，一来可以养伤，二来不耽搁挣工分。常常说做事不求十全十美，只求心安理得，人和人只是身份地位不同，但做人的道理是一样的。只因他为人老实厚道、做事公平公正，村民遇到困难、发生口角时，听到最多的是：走，找队长让他给我们评评理。其实他们之间的矛盾，都是些鸡毛蒜皮子的小事，而德高望重的队长，三言两语就给摆平了。有时也会遇到出力不讨好的尴尬事，个别不知轻重的难缠人说三道四，偏这个向那个了，真是众口难调。不过群众的眼睛是雪亮的，只要你坦坦荡荡，心中有一杆良心的天平，管他的闲言碎语呢，这就是队长豁达的做人心态。

一提起过去，人们就会和阴云密布、苦大仇深联系在一起。其实那个年代人们生活简单、思想单纯、容易满足。所以靠天吃饭，靠地养人的庄稼人，祖祖辈辈深爱着赖以生存的土地，把每一寸都看得很金贵。一年四季大半时间在田地里，精心细致地侍弄，重复着同样的动作，深耕、敲打、刨治平整后，播撒下希望的籽种，除草施肥，祈盼风调雨顺，祈盼一个收获的季节，这种等待也是一个幸福的过程。集体劳动时，年轻人无忧无虑、自娱自乐，好像有使不完的劲。往地里送粪时，来去不空，去时装粪，来时坐人。午休时闲不住的他们更能折腾，个个精气神十足，永不服输，三言两语就拉开架势，起来比试比试，一场摔跤比赛立即现场直播，老老少少顿时围拢过来，摔打声、加油声、欢呼声、嬉闹声乐成一片。这种有情有趣的精神娱乐，既释放了压力，也活跃了气氛，同时给每个人带来了一天的好心情，何乐而不为呢。

别看队长平时有说有笑，可干工作却有条不紊。利用天阴下雨召集大家进行政治思想教育，讲起话来一套一套的："抓革命、促生产是我们的职责。”紧接着，副队长也不甘落后地上前说上几句：“回顾过去，展望未来……”虽然正副队长轮流上阵，高谈阔论，但对每天顾不上做针线活的妇女来说，这才是纳鞋底、补衣裤的好机会；男人们也不例外，装上一锅老旱烟，找个合适的地方蹲下来，享受着久违的悠闲自得、享受着腾云驾雾的惬意，吧嗒、吧嗒着。

春耕是繁忙的，但最热闹、劳动强度最大的还是每年秋收后，雷打不动的改土工程。全村父老乡亲在队长的带领下，把一座座秃山峁，修建成一道道缠腰田，虽然收尾工程由于天气影响有点不尽人意，但在大家加班加点、齐心协力的努力下还是按期圆满完成任务。在这期间队长是最忙的，他不但要陪同公社干部搞规划、丈量、检查和验收，还要利用午休时间现场组织一个临时会议，对工作不积极、小偷小摸、思想落后的群众进行“再教育”。虽然改土工程让农民吃了不少苦头，但这也是上级领导为了旱涝保收、增产增效推出的一个新举措，他们还想方设法引进新技术、做试验田，还安排优秀的队长到大寨学习，吸取致富经验。

尽管队长带领大家每天早出晚归，辛勤劳作，但因种植面积较大，春播秋收仍然滞后。我隐隐记得，满场金黄金黄的麦子垛，由于得不到及时打碾，遇到连绵的秋雨，几天工夫个个冒出新芽头顶绿毯；玉米也逃不脱劫难，一尺长的棒棒压在了早来的秋霜之下。看着到手的粮食这样白白糟蹋浪费，大批成熟的庄稼归不了仓，真叫人痛惜不已，因此家家年终分到的口粮在精打细算下，还是要吃回销粮。造成这种事与愿违的原因诸多，有劳动力的欠缺、观念的保守、生产技术的落后等方方面面的因素。可见这种原始的生产经营模式，已经不利于农业生产的发展，满足不了人们的需求，终归要被另一种更加科学化、合理化的形式所替代。

20世纪六七十年代，队长这一角色在我国农业发展史上起到了很大的作用，直到80年代初，在十一届三中全会精神的引领下，提倡大搞联产承包，牲口和耕地实行责任到人，自主分配各干各的。随着农业社的解体，队长统一支配劳力的光辉使命才算彻底结束。

如今，我们村老队长的孙子都当上了爷爷，他站在新农村的休闲广场上感叹道："以前当了大半辈子队长的爷爷，每天带领大家逢山开路、遇水搭桥，为人民谋幸福，却不知道幸福是这个样子，足不出户就能发家致富，更能了解世界。"是啊！他们的确是"艰辛"二字的体验者，这种不怕千难万险的工作态度值得我们传承和发扬，这种战天斗地的实干精神是我们学习的榜样。

缴公粮

于金玉

公粮是国家对一切从事农业生产、有农业收入的单位和个人征收的一种税，旧社会叫“皇粮”，1949年后叫农业税。说起缴公粮，我思绪万千。1981年8月学校放暑假期间，我在家帮父亲干杂活，每天上山下坡，不是放牛就是割草。

一天，乡政府干部到我们村上召集会议安排缴公粮工作，并入户宣传缴粮的政策，全村群众积极自觉地投入到缴纳爱国粮行动中。

我家6口人，包产到户后种有20亩山塬地，因肥料缺乏，广种薄收，每年除过秋地，夏季收的麦子不到2000公斤。那年乡政府给我家查田定产共算了170公斤公粮。当时由于种种原因，缴公粮的担子压在了我这个正上五年级的13岁学生身上。

全乡缴公粮都在什字粮站，距我们村有7公里，都是土路和砂石路。当时因交通不便，缴公粮十分困难，有的用架子车拉，有的用独轮车（当时叫粮车）推，条件好的用手扶拖拉机运。我和邻居双喜用架子车拉了五袋晒干后的小麦前去交粮。母亲用土布手巾包了五个“金裹银”馍馍拴在车缘上，以备路上充饥。

我们走了4公里路，太阳就出来了，我们休息、吃馍，然后又使劲往前拉。8月的太阳，直射头顶，十分炎热，我大汗淋漓，脚沉腿酸，实在拉不动了。邻居叔父们见状，让我们停下休息。我脱下衫子一边擦汗，一边躺在路边的树荫地上。太累了，我一言不发。叔父边擦汗边说，我们交的是爱国粮，要建设社会主义奔向共产主义了，说得大家高兴起来，又打起精神，推上车子直奔粮站。到了粮站门口，过磅开票的地方排起长队，满院子晒着小麦。一问才知道有的户小麦检测没有达到干的程度，需重新晾晒。他们晒干了还得重新排队，那就不知道啥时候才能交完粮。路途远的人和粮不达标的要在粮库场院过夜，第二天再验。验粮人员拿着金属的管状器具，在口袋上一扎，抽出小麦，通过目测、手捏，评定小麦级别和干燥程度。那天晴空万里，气温很高，粮站院里连棵树也没有，我们只能在阳光下暴晒。当验粮人员检验我们的小麦时，已到中午。我心里七上八下，直嘀咕千万要验过关，如不过关那就惨了。我们围着验粮人员说着客气话，赔着笑脸，看着被抽查的小麦，心脏跳得扑通扑通。验粮人员把小麦放在手心反复看，拿几粒放在嘴里嚼。经过大约一分多钟的检验，基本达标过关，我们长出了一口气。那时候工作人员非常认真负责，十分严肃，让人敬而畏之。

验粮结束后，要将小麦送到过风车的地方。过风车后将籽粒饱满的麦子装袋送到后院又大又高的粮库。库房前排着入库的队伍，排到我们时已是农村吃晌午饭时间。我们两人把粮袋扛到肩上，背进粮库，然后沿着20多米长的架板上到8米多高的粮堆上，把粮食倒下，回来再扛下一袋。如此反复，把粮食全部送完，太阳已西斜。当时正值三伏天，室外30多度，室内超过40度，送麦子的人又多，倒麦子时尘土飞扬，呼吸困难，浑身衣服都湿透了。土和汗混在一起，成了泥人。扛麦包还不能光膀子，否则会把肩膀磨掉皮。脚上也不能穿鞋，麦粒进到鞋里会扎脚，扛着包在板上晃来晃去容易摔倒。我们把粮食送完后，已经筋疲力尽，全身像散了架，又饿又渴，一句话都不想说了。

为了提高农民种田的积极性，2005年12月29日，第十届全国人大常委会第十九次会议经表决决定，农业税自2006年1月1日起废止。同日，时任国家主席胡锦涛签署第46号主席令，宣布全面取消农业税。农村不缴公粮了，很多农民一收完粮食就直接卖到粮库。现在的农民种地不但不缴公粮，种粮国家还给补贴，一些人还把以前租出去的地收回来耕种。缴公粮已成为一个永远的回忆了。

摇曳在岁月深处的煤油灯

闫小杰

一盏昏暗的煤油灯，伴随我走过了童年和少年的每一个漆黑的夜晚。摇曳在岁月深处，那一星光亮，终把山村的前程照亮。

20世纪80年代，山村大都没有通电，照明只有靠一盏煤油灯了。夜幕降临，牛羊归圈，劳作一天的人们，回到了山村的院子里，点亮一盏煤油灯，整个院落便有了温暖的气息。

在陇东黄土高坡的农家，那时基本都住着窑洞，一盏煤油灯，把一孔黑沉沉的窑洞全然照亮。父亲在灯下修理着第二天耕作要用的农具，母亲在煤油灯下，纳鞋底、补衣服，或者做着其他的家务，我们便在煤油灯下做着属于我们自己的玩耍游戏。等稍微大一点，到了上学年龄，入了小学，我们便在煤油灯下写字、看书、做作业。一盏煤油灯，让全家各执其事。小小的火苗，在山村每一个院子里闪烁摇曳，伴随农人度过了春夏秋冬，度过了每一个艰苦贫穷却充满浓浓的生活气息的日子。现在想想，那个年代，因为有了一盏煤油灯，我们的童年和少年，才不致落寞和空虚。

煤油灯，其实就是用煤油作为燃料，燃烧起一点豆大的火苗照明。煤油灯都是自己就地取材做成。用一只用过的墨水瓶或糨糊瓶，在瓶盖中间钻一个细细的小孔，用一片软些的铁皮或牙膏皮，卷成和瓶盖小孔一样粗的小管子，穿入瓶盖小孔，用棉花捻成细细的灯芯，穿入管子，在瓶子里加入煤油，划一根火柴，点燃灯芯上端，一星火苗，就燃亮了整个屋子。在那个年代，一两煤油就一角钱，而一灯煤油，会用上四五个晚上。成本低，实用性强，把山村的黑夜点亮，在昏暗的煤油灯下，我们感受着生活的美好。

昏暗的煤油灯，带给我们无尽的快乐。睡在窑洞温暖的土炕上，煤油灯的火苗忽闪忽闪的，淡淡的油味，淡淡的黑烟，熏黑了窑洞的墙壁，却点亮了年月里的快乐。母亲在煤油灯下纳着鞋底，给我们这些睡意全无的孩子们讲着“古今”，童年的心灵，童年的想象，在那盏煤油灯下，被放大成一个五彩斑斓的世界，山村里的童年，被镀上了快乐的色彩。

如今日光灯、荧光灯、太阳能灯等现代化的照明工具越来越多，我们的夜色好像从未体会过漆黑夜晚的那种感觉，而生活似乎变得空虚和无聊了。那盏摇曳在岁月深处的灯火，逐渐被岁月尘封了。在城里，偶尔晚上停电，我都不想去点亮为停电所准备的蜡烛，只想在漆黑里感受一种久远的生活况味，回忆山村里那个年月昏暗的煤油灯曾经带给我的快乐和无尽的遐想。

一盏煤油灯，整整伴随我十六年时光，摇曳了十六年的灯火，在一生里都挥之不去。童年在家中，在父母亲的身边，每一个夜晚都有一盏煤油灯，在昏暗里，听着鸟鸣山风和天籁之音入眠。到了中学，那时一切条件都很落后，晚自习只供一个小时的电，且冬天常常停电，一停就是五六天时间，所以我们每个同学，都有一盏煤油灯。夜幕下，简陋的教室里，每人一盏煤油灯，一个教室，五十多个学生，五十多盏油灯，五十多个星星一样的火苗，让一幢幢教室，成为一片山乡独特而亮丽的风景。山乡的夜，是如此的美好，每一个少年学子的前程，似乎已被一盏盏煤油灯照亮。昏暗的煤油灯下，我们做着走出大山、走向美好世界的青春梦想！

那盏久违的煤油灯，是我山村的眼睛，是我童年的星星，是我少年求学路上，相依相伴的光明使者，给了我们希望、快乐和无尽的思绪。

在山村那盏昏暗的煤油灯下，我懵懵懂懂地看了许多小人书，如今记忆犹新，那些《铁道游击队》《西游记》《大闹天宫》漫画，以及上了小学之后所阅读的《水浒传》《三国演义》等，都是在那盏煤油灯下快乐地去享受书中的故事，认识书中的人物。如豆一样的火苗里，想象力丰富的我，会看到一个个书中的人，从昏暗的油灯下走来……如今翻看那些书籍，尚能感受那些书籍里的人物，依旧飘着淡淡的煤油味，思绪会回到一盏煤油灯下，回到那个小山村，回到那孔老窑洞，重新回味那些贫穷而快乐的美好时光。

如今已很少有人记起那盏摇曳在岁月深处的煤油灯了，那盏燃烧着小小火苗的煤油灯，曾经把我的鼻孔熏黑，把我的头发烧焦，被煤油灯照亮的日子已一去不再复返。当我在被各种电光所照亮的日子里，一天天虚度岁月之时，偶尔，我还会回到山村，那个被煤油灯照亮过年华的老窑洞、老房子里，都已人去屋空。新的生活、现代化提供的一切，把过去的一切代替，我在那一眼眼老窑洞或几近坍塌的老屋子里，去寻找那一星灯火，那一盏昏暗的煤油灯，那里只有蜘蛛结绳记事，而墙壁上被煤油灯熏黑的印记，依然作为岁月的见证，留在了时光的深处。我依旧能闻到那芬芳的煤油味，能看到昏暗的煤油灯下，那些亲人的影子，还有我少年时不谙世事的影子……昏暗的火苗，把过尽千帆之后的生活无限放大。

岁月在回望里渐行渐远，历史在一页页地翻过昨天，迎来新的美好。美好的日子里，永远难以忘记那盏照亮我人生美好时光的煤油灯，那飘着温暖、飘着山村幸福生活气息的煤油灯，是我人生里一盏最初的心灯，在思想深处，在岁月深处，依旧摇曳着美好的光亮，温暖着朴素的人生情怀。

种麻子的日子里

杜旭元

当我还是小孩子的时候，生产队年年都种麻子，几乎所有的秋地里都带着麻子。每当深秋，玉米芟了，高粱砍倒，地里剩下的全是麻子，一大朵一大朵地站着，满川满塬子都是。庄上人把结麻子的叫籽麻，把光开花不结麻子的叫花麻。籽麻是用来收麻子的，一般都带在秋地里，长得蓬松肥大，七股八柯叉；花麻是用来剥麻的，种得很稠密，麻秆长得很高很端正，光溜溜一根秆儿上顶着一束"谎"花，光开花，不结籽。

麻子成熟的时候，霜也来了，庄稼都上场了。这时，人们的手里都揉着麻子，嘴里都嗑着麻子。顽皮的我也不时地跑到地里去括（扒麻子朵）麻子，每当我从塬子上窜进麻子地的时候，藏在麻朵里的麻雀就"呼"地一下飞出，漫天都是。一会儿工夫，我就扛着一捆儿麻朵往家跑。队长五叔好几次看见，一捆麻朵儿"哗哗"地往我家跑着，却不见人，只见麻朵底下有两条小腿在飞奔着，他就跺着脚咋呼着，却不真追。

收完粮食，就到了芟麻子的时节。队上的牲口便排着一条长队往麦场里驮麻柬儿。山川的麻子要驮好几天才能驮完。拌麻子的时候，队长把娃娃们赶得远远的。十几亩大的麦场里立满了一旋一旋的麻柬儿，二十几个"奶娃婆娘"三五成堆地围坐在场心里拌麻子。我们这些精尻子娃娃也像一群赶不散的麻雀，趁队长不注意之际，你钻进去逮一把，他跑过去抢一捧。队长撵出去不见人，撵进来还不见人，就骂道："这些碎坏猕！"

这年月，除了麻子，其他的粮食生产队也抓得很紧，分一颗儿都要报请公社批准，谁也别想逮一把半把的。唯独麻子是粮食地里代种的，不算产量，不定任务。而且麻子是"张口货"，人吃雀儿吃，你吃他吃大伙儿都吃，自己揉自己嗑，谁对谁也没意见，最后收多少算多少。

所以，每年秋冬交际，人们都有一段嗑麻子的日子，也是最欢乐、最富有的日子。那时，我五六岁的样子，虽然穿着一件烂布衫，光着屁股赤着脚，但襟儿上却缝着两个大兜儿，像队里毛驴的两个大驮筐，那就是在队里拌麻子的时候，装麻子用的。小孩子去场里装麻子，不引人注意，被人抓住也不会怎么样。我把第一次偷回去的麻子倒给哥哥，把第二次偷回的倒给姐姐，第三次偷的才给自己藏起来。其实，他们都知道我把麻子藏在那儿。哥哥把我拉到一边说：你去吧，我给你看着。姐姐也把我拉到一边说：你去吧，我给你看着。等我走了后，他们都想乘机抓我的麻子，哥哥抓了几颗儿，姐姐也要抓几颗儿的。

拌完麻子，庄上的雀儿也少了，娃娃们也没了往日的欢乐。当然，麻子给人们带来的喜悦还没有完，真正的麻还没有出来呢。这时候，堆积了一场的麻秆儿被运到沟口的麻池里去沤麻，沤麻把式就有了用武之地。因为麻子有许多的用途，就产生了许多与麻工艺有关的把式。如沤麻把式、合麻绳把式、熬麻油把式、打纳麻鞋底绳儿把式、纳麻绳鞋底儿把式，孩子里面也有打麻茬儿的把式，老汉里面也有打麻鞋把式、搓麻鞭把式，老奶奶里面也有打麻褙儿把式、打麻线把式……把式也有几类，有大把式，还有小把式。

沤麻把式们，把麻秆捆成束儿压在麻池里，放进清水，沤上六七天后再捞出来，旋在沟边晾晒，满川便飘散着一股腐烂的鱼腥味儿。大把式沤下的麻不但剥起来干净利落，还坯匀、色白、柔韧、颀长，纳出的鞋底也是一流的，头梢儿多。头梢儿，也叫梢麻，深得妇女们的喜爱，拿出去也能卖个好价钱。

剥麻也是一件极其惬意的事。麻秆儿沤好晾干后，码在队部房里，等下雨天开会的时候，社员们坐在一起学文件，剥麻挣工分，一举两得。有的老年人不能出工，也领上些麻秆儿放在家里剥，或者不是为了挣工分，只是作为一种乐趣，显示一下自己剥麻的手艺，因为他们剥下的麻，年轻人剥不到。会剥麻的人，能剥出麻匹的等级，就像烟叶和茶叶的等级一样。哪些是搓麻线、打纳鞋底绳儿的，哪些是合缰绳、合长绳的，哪些是打褙儿的。所以，剥麻手艺好的，剥下的麻坯儿一样匀称，而且梢长，不分岔。不会剥的人，剥下的麻，又短又粗，还不干净，把麻也浪费了。麻匹就分别被叫作梢麻、青麻、糙麻、乱麻等。

麻剥完了，队上就把光麻秆儿当作柴火按人分了。麻秆是女人们最喜欢的引火柴，用它引火点灯、炸油饼、烧暖锅、去邻家引火种。就连沤麻池里的渍泥，也没有浪费。沤毕麻后，队上派了两个老汉将渍泥清出来，拉到地里作肥料。

冬天来了，与麻有关的游戏和技艺就更多了。首先是放了寒假的孩子们，三五成伙地去拖拉机翻过的地里掸麻茬。那阵儿，做饭烧炕的柴火主要以玉米茬、高粱茬、麻茬为主。大人们没工夫拾柴草，掸茬儿的任务就交给孩子们。一吃过饭，我们这些半大不小的孩子就背上背篼、担上笼担、拿上镰刀或镢头，去秋地里掸茬茬。尤其是一到后晌放学后，满川都是掸茬茬的孩子。等茬茬掸得差不多了，就开始做打麻茬的游戏。

麻茬，就是麻子长在地里的根，是所有秋作物根茬里面最坚硬、最光堂、最好掸、最耐烧的。也因为麻子是玉米地里带种的，没有其他的茬儿多，也就物以稀为贵了。大伙儿每人拿出一个或两个麻茬，摞在一起搭本，做赢麻茬的游戏。四五个或十几个人拿出的麻茬摞在一起，就是一小堆，中间插上一个玉米秆作靶子，在二十步之外画一条界线。然后轮番用镰刀打靶，谁打中了，这堆茬儿归谁。当然大一些的孩子赢的机会就多。然后继续搭本轮流，如果地里已经没有麻茬了，拿玉米茬打也是一样的。

最后，队里把麻子作为油料也分了，有的人家一把一把地嗑了，有的人家却留着熬油。那时，我们几个要好的伙伴，放学回来最喜欢去大虎家，大虎的父亲是生产队保管，他家的麦囤背后有满满一羊毛口袋的麻子。我们去时，大虎总是偷偷地给我们每人抓一把。时间久了，口袋就下去了半截。保管发现后，又将口袋搭在桴梁上。大虎就在院里找了一根杆子，杆头削了个尖儿，下面接了个木斗子，用杆子在口袋上捣了一个眼儿，麻子就顺着眼儿刷刷地淌下来。可接了半斗儿麻子了，口袋上的窟窿还在往下淌，情急之下，大虎把帽子挑在杆头塞了上去。又一段时间过去，口袋里的麻子一面多一面少，有一天终于从桴梁上掉了下来。等保管记起时，一口袋麻子已不足一碗了。

生产队种麻子的日子里，大人娃娃都是兴高采烈的，麻子给人们带来的欢乐和满足是不言而喻的。女人们农闲的时候，坐在一起比纳鞋底，比打麻绳儿。投得来的，也你送她一把麻，她送你一根纳鞋底的绳子。走娘家的时候，也忘不了装一碗麻子，或掖一把梢麻。总之，在那时做麻活儿，也是一种娱乐和比赛。每当冬闲的时候，老人们忽然来了兴致，搬出他们视若珍宝的合绳绞子合麻绳。男人们都积极参与，伺机拿出自己收拾的背柴捆草的绳索。

每当这时候，合绳把式们就显摆起来，就像有什么祖传绝技似的。凑热闹的人也都想乘机来两下子，一试身手。他们有的纺绳坯，有的摇绞子。那些有辈分的老把式便理所当然地按滑子，不要年轻人乱动，显得神秘兮兮的。他们把头剃得白光光的，穿得干干净净，很气派地要唠叨唠叨：绳合的粗细、松紧、匀称与否，关键在于滑子走的快慢。其实，滑子走得快慢并没有那么重要，倒在于绳坯子合的松紧和匀称否。年轻人当然不以为然，他们早就看在眼里，记在了心上。有的也不屑一顾。当然，这都是自发行为，都在给自己或别人尽义务，没有谁给他管饭，也没谁给他记工分，但他们依然郑重其事。这也不知是从什么时候传下来的老习惯，或是一种乡俗，一种乐趣，一种闲情逸致。但多年来，他们都乐此不疲，全庄人要围在那里，闹腾好些天，甚至是一整个腊月。

还有些走不动的老汉，坐在暖烘烘的墙根下搓着麻绳打麻鞋、搓梢鞭，挽年轻人不会挽的“核桃疙瘩”，也在显摆他们的手艺，打发他们的寂寞。也有个别老奶奶们用泡好的破绳头、乱麻丝，在石板上打麻褙儿。麻褙儿做的鞋底既轻巧，又结实，穿上冬暖夏凉，脚不臭。当然，一些媳妇姑娘们也坐在一起，用小拧车打纳鞋底绳儿，比赛纳鞋底的针脚花样。这样，整个腊月，人们都在围着麻转。

我的母亲除了打出的纳鞋底绳儿好，还会熬麻子油。最令人难忘的是用老办法熬的麻子油炸的油饼儿，香酥可口，绿里透黄。每当队里分了麻子，过年前，母亲都用锅把麻子炒了，用石磨子推了，在一锅开水里一层一层地漂出几碗麻子油。然后炼好装在罐子里，珍宝似的藏着。据说麻子油润肺止咳，炒鸡蛋吃了还能治小儿尿床。说起来，我最难忘的还是麻子油。每当炸油饼的时候，我们都严肃得不敢说话，一个瞅着一个，偶然的咳嗽也不敢有，而且把门顶得实实的，谁叫都不应。母亲说，一出声油就害怕了，就不翼而飞了。

虽然那时麻子年年都有，可队里给每个人才分两三斤麻子，一斤麻子才榨二两多油。所以，母亲经常不炒菜，炒菜的时候也非常仔细，把油一滴一滴地往锅里滴，或者拿油抹布在锅底擦一下即可。每回炒菜，我们都要趴在锅边看滴了几滴油。有一回，母亲把一滴麻子油滴在锅台上，她用手指蘸了几下。姐姐见了也要蘸，我也要蘸，母亲就让我先蘸，我一连用手指蘸了六七下唆进嘴里，姐姐当下就气哭了……

转眼好多年过去，一想起这件事，我就不由得咯咯直笑。但我至今还觉得，小时候的麻子油是多么的香，吃一回叫人念念不忘。

后来生产队不景气了，队上也不再种麻子了。不种麻子的日子，就像缺失了什么，一到冬天，老年人们就显得无精打采起来，连墙根下坐着的人也似乎少了，没有了合麻绳时候的欢乐场面。生产责任制落实后，父亲第一个想起的就是种麻子。可我们兄弟都嫌麻子产量低，又不肯黄，糟蹋大，都不赞成。父亲不管我们同意不同意，总要执拗地在玉米地里带上些麻子。到了深秋，玉米收了，别人家的地都秋杀了，可我们家的麻子还长在地里。最后被人括、雀吃、牲口踏，也收不下几斤麻子。但父亲还是喜滋滋地把麻秆芟了、沤了，剥些青麻，冬天给牛合几根缰绳，给我们一人几根。

再后来，我们兄弟分家了，自己做主。可每逢种玉米的时候，父亲都要叫带上些麻子。父亲说："娃娃，不种啥不见啥！"我们嘴上答应着，却没人去种。父亲就给我们弟兄三个的地里都扬上了麻子。父亲年纪大了，我们只好顺着他。可在锄地的时候，我们的媳妇又都不约而同地把麻子锄掉。有一年，父亲忽然跑到地里来，他四处张望着，我们都知道他在寻什么。老大问他，他没吱声。老大媳妇问，他也没吱声。我问他，他照样没吱声。父亲失落地站了好一会儿，转身去了。

从此，他再没到地里去过，也再没提种麻子的事，也再不管我们种庄稼的事了。是我们伤了他老人家的心。儿女们大了，不再听他的话了，不再种麻子了。还是时代变了，不需要再种麻子了！但我知道，父亲和麻子有着深厚的感情。那些年，麻子曾经给他们那代人带来了多少幸福和欢乐，是那段生活给他留下了不可磨灭的记忆。每看到父亲，我就想起了种麻子的日子。

荞麦的记忆

高军奎

小时候，要想吃上一碗色香味俱全的荞面饸饹，对那时候的我而言基本就是奢望。荞面是不会缺的，因为那是我家乡的特产，缺的是制作它的饸饹床子，一个村庄也就只有一两个，为了不亏欠自家孩子的嘴皮子，母亲总是拿出自己的看家本领给我们擀荞面面条，羼荞面搅团吃。荞面，在我的脑海中留下了难以磨灭的记忆。

每年盛夏，当小麦还没有收完，父亲就和母亲开始商量，在那块地里回茬荞麦。回茬荞麦，一则是因为连续几年种植小麦地气过热，要将地气凉一凉；二则就是以秋补夏，增加家庭收入。

酷暑刚过，父母就开始忙种荞麦的事宜了。为了让荞麦苗壮根实，母亲就用家中常用来卷馍馍的稠油将荞麦籽拌上一遍。等待一场雷雨，天晴地潮之后，我便随父亲牵着牛拉着车，扛着犁背着耱向田地进发。

荞麦籽种的播撒与众不同，它不同种小麦时的播，也不同种玉米时的点，需要父亲根据田地的大小和籽种的多少，一把一把地将籽种撒落在田地中，手劲的大小，步伐的缓急，扬起的弧度，都决定着荞麦苗的稠稀和均匀。看着父亲悠闲自在胸有成竹的神情，站在地头的我好生羡慕，心想，长大后我一定要像父亲一样成为一位撒荞麦籽的好手。

人喊牛走，犁动土翻，黑色的荞麦籽就这样播种到了黄色的土地中，生命又开始周而复始地轮回了。

一场大雨之后，荞麦芽像害羞的小姑娘偷偷地露出了稚嫩的脸庞。处暑的高温，充沛的雨水，让荞麦快速成长，十多天后，白里透红的枝干，绿中泛墨的荞叶完全掩盖了黄色的土地。接着，五颜六色的荞麦花争相绽放。此时的黄土高原，已进入草枯叶黄的时节，而漫山遍野的荞麦花把黄土高原装扮成花的世界，在晨雾晚霞的映衬之中，在蓝天白云的烘托之下，被荞麦花装饰的黄土高原成为一道亮丽的风景。

一个月后，花谢果生，一颗颗饱满的颗粒挂满了枝头，像一粒粒晶莹明亮的三棱宝石惹人喜爱。等到宝石由白变红，再由红变黑时，丰收的季节终于来到了农人们的身边。

父亲早就磨好了镰刀，母亲也准备好了干粮，火辣辣的太阳照射在父母的身上，但大片的荞麦在镰刀的翻飞中捆扎成堆，又在父母的汗水中运回了打谷场。

暴晒几日，柔嫩的枝干开始变得干裂，质软的荞麦壳逐渐变得坚硬，套起二牛抬杠，挂上石头碌碡，一颗颗饱满新鲜的荞麦在秋高气爽的午后终于装进了粮仓。

多年以后，我已离开了家乡，离开了那片种植过荞麦的田地，离开了那块曾经传唱“三页子瓦，盖了间房，里面坐了个白姑娘”的地方。这支童谣唱的就是荞麦。

如今的荞面已当俏走红名扬天下，成为人们养生保健的最好粗粮，而荞面饸饹也成了大众餐桌上的家常便饭，只是我怎么也吃不出当年那诱人的味道，而有关荞麦的记忆却深深地印在了我的心上，因为那是家的味道，故乡的味道，也是我青春的味道。

蔬果五题

关静梅

葱香味里过生活

葱是西北普遍种植的一种蔬菜，味辛辣，叶绿茎白，通常是烹饪之时作提味用的引子菜。十几年前，我家种着半亩大的菜园子，里面有各种各样的蔬菜，红红的西红柿、翠绿的芹菜、绿油油的菠菜，肥白的白菜……其中肯定少不了香飘十里的大葱了。

葱一般在秋天撒籽播种，土地封冻之前就能长出幼苗，绿茵茵的一片，给萧瑟的秋天增添了一抹生命的绿色。冬天来临后，绿叶枯萎，给人凄凉之感，但葱的根系非常发达，它已深深地扎进土里，保证了开春之后重新发芽。因为拔出葱根，根须细而长，形如胡须，所以农村人习惯把葱根叫作“葱胡子”。第二年春天，草绿花开，葱也和麦苗一样起身了，随着阳光的日趋温暖，葱苗就像有人往上拔一样疯长，不几天，就长成一尺多高的小葱了。小葱颜色青翠，水嫩嫩的，辣中还带有一丝甜味儿，既可直接生吃，又可与其他蔬菜凉拌，味道很好，所以上市价也比较高。那些年，父亲常常剜了地里的葱拿到集市上去卖，对于一个经济尚显拮据的农家来说，那可算得上一笔可观的收入。小孩子还喜欢用葱叶做笛，吹起来可响亮了，至今回想起那嘹亮的葱笛声，依然能感受到它带给我们童年的欢乐。

到了夏初，小葱已长得很高了，如果任凭其自然生长，就会开花结籽。父亲除留几株结籽外，其余全部挖出，然后在另一块地里整畦壅葱。壅葱之前先要起垄，然后在垄上用镢头刨一道渠，施上粪肥，将葱的根茎埋进去，最后培土、浇水，以保证葱苗成活。经过十几天的缓苗，葱就会重新长起来。这时的葱苗会往粗里长，长成真正的大葱。葱长到秋末，就被全部挖出风干成干葱，整个冬天就可用干葱炒菜了。

葱是厨师炒菜做汤必不可少的作料。无论哪种菜肴，尤其是热菜，只要里面配上葱花，立刻就散发出一股清香，菜也就变得美味可口了。

葱还是一味治病良药。感冒初期，用葱白加生姜和红糖熬煮成汤，服下可治愈感冒。

生活艰难的年代里，即使没有其他的菜，只要有一根大葱也是美味佳肴。葱与人们的生活的确有着难以割舍的情缘。

童年记忆里的蒜香

提起蒜，有人每餐必吃，有人则一闻即要掩鼻避之。后者可能是因为吃了大蒜张嘴必闻浓烈的蒜臭味，所以拒绝吃蒜。其实据科学研究，大蒜既能防癌，也有排毒清肠、强力杀菌等功效，实在是蔬菜家族里的一大宝。

记得我小时候有一次吃坏了肚子，又拉又吐，且肚子疼得厉害，但天已黑，离医院又远，慌乱之中母亲便剥了一骨朵大蒜，放在炭火上烧熟，让我吃下，一俟下肚，肚疼顿时减轻了许多。后来再拉肚子，母亲就常常用蒜泥拌干面，或用红糖水冲蒜泥让我吃，都非常灵验。小时候，家里穷，卫生条件也不好，母亲就是用这样的办法为自己的孩子治病的。

那些年，我家种菜园时，年年种蒜。其实大蒜和小麦一样，也分冬蒜和春蒜。种蒜说来很简单，深秋季节，把土地耙好后，用手把大蒜瓣按照半尺的株距插入土壤中，用土壅好，初冬就发芽长根了。等寒冬来临后，秧苗应时进入冬眠，可到了开春，大蒜就会再次发芽，旧历四月前后就可收获了。而春蒜，是在春末季节栽种，夏天收获的。春蒜的生长周期短，缺少了寒冬的历练，所以蒜味不是很好。大蒜收获之后，除了留点零散的自家食用之外，其余的都要辫成蒜辫，然后拿到集市上去卖。大蒜既可鲜食，也可做成油泼蒜泥，或泡制糖醋蒜。母亲通常将个大完整的蒜骨朵挑出来，剥掉外面的浮皮，稍微晾晒，去除水分，然后用一个瓦坛盛装，倒入适量的食醋，配上适量的调料做成醋蒜，以备冬天食用。醋蒜处理得当，待到食用时就没了蒜的那种辛辣味和酸臭味，吃起来酸丝丝、脆生生的，就着馍吃，或吃面食时作为一道可口的小菜，都是非常受欢迎的。

小时候，用蒜育蒜苗也是一件有趣的事。立春以后，气温开始回升，植物根芽开始萌动，大蒜也开始从蒜瓣头上长出绿芽。我和妹妹便找一个烂脸盆，装上土，专挑这些长芽的蒜栽得整整齐齐，然后浇点水，放在窗台上，每天观察它们的生长情况。看着蒜苗每天都长高一点，就好像我们每天都在长大一样，心里甭提有多高兴了。十几天过去了，蒜苗长到五六寸高了，我们就把它掐了、吃了，过几天，它又长高了……也正因为我们亲自见证了蒜苗生长的过程，感受了生命的奇迹，所以在我幼小的心灵里就对自然界充满好奇，更激发了我努力学习文化知识的积极性。

从此，大蒜给我的生活留下了深深的烙印，到现在我也一直喜欢吃蒜。从养生的角度讲，大蒜给了我一个健康的身体，这就是最直观的实惠。

有关辣椒的点滴往事

在农村里长大的人，对各种农活、农具、庄稼、蔬菜，没有不熟悉的。每个人的记忆深处，都对土地有着无限的眷恋之情，无论走到哪里，浓浓的乡土情总会牵动你的乡思。今天我要说说有关辣椒的故事。

农村有句俗语："厉害人爱吃辣椒，顿顿离不了"。有的人吃饭时油泼辣子把饭都染红了，吃得满头大汗，嘴里却不住地喊着："真香——真过瘾——"事实确实如此，就我本人和我的父亲来说，性情都比较温和，脾气柔软，就吃不了辣子。而我的爷爷、公公，他们非常喜欢吃辣子，所以他们的性格也像那红红的辣椒一样辛辣，暴烈。

仲春时节，人们先将秧好的辣子苗栽到地垄上，培好土，浇上水，再盖上土，然后进行控苗。因为辣子苗通常长得较慢，还不好侍弄，水浇得少了会干死，浇得太多又会泡烂根系，所以父亲总是小心翼翼的，不敢用大渠的水去灌溉，只能提一桶水，一瓢一瓢地去浇。辣子苗长到一个多月后就开出白色的小花，不久就结出小小的辣椒了。这时，给它上点肥，加上阳光充足，辣椒就长得更快了。到了夏末季节，青辣椒就可以采摘上市了。

一般大棚里种的大青椒、柿椒都没有太大的辣味，通常是宴席上一道可口的菜肴，既可凉拌，也可配肉丝、木耳或其他蔬菜做出系列大菜。农村野地种植的辣椒，那才叫辣呢。在经过夏季炎阳的烤晒之后，青椒就逐渐变红了，这时菜膘厚实，辣味醇厚，采摘下来后既可做泡椒，也可用针线把一个个红辣椒串起来，挂在房檐下晾晒干，粉成辣面，做熟油辣子或炼臊子时用。秋季，农村小院那一串串红辣椒挂满房檐，和那一柱柱金黄的玉米棒相映衬，是一道异常靓丽的风景。

小时候，我一直帮母亲串辣子，有时辣子味刺激得我直流眼泪，但那种浓浓的家庭生活氛围让我至今怀念。

"豆角丝"里的年味

豆角是人们都喜欢吃的一种蔬菜，或炒或焯，都是美味可口，齿颊留香。

豆角容易成活，不管把籽点在哪里，只要土地湿润、阳光充足，就能发芽。发芽后的豆角苗，攀爬能力特别强，只要有依靠，就能顺势迅速向上爬，然后在爬的过程中，开花结果。种在园子里的豆角要搭架，通常用粗壮的树枝一根一根插在豆苗跟前，豆苗就顺着枝条攀爬上去了。种在玉米行里的豆角则不需要搭架，它们会顺着玉米秆爬上去。豆角的花蕾犹如一个小小的蚕豆，绽开后的花瓣白中带紫，虽不贵气，却很诱人。每年三四月份点豆籽，五六月份就长出豆角了，一串一串挂满支架，绿茵茵的像翡翠条一样。豆角分春秋两季点种。夏末，春豆角采摘完了，于是再重新点种，就成为秋豆角，秋豆角一直能结到秋收时节，待一切秋粮收割完毕，豆角逐渐败落，就该提蔓整地了。

豆角可以凉拌，蒜泥豆角是人们最喜欢吃的菜之一。每天劳动回来，焯一把豆角，断成小节盛盘，然后拌上蒜泥，调上油熟辣子和适量的盐醋，吃起来酸酸辣辣的，特有味。我小时候最爱吃蒜泥豆角，每次都是吃得盘底朝天。除此之外，清炒豆角、干煸豆角都是豆角的不同做法。

如果豆角长得好，一时吃不了，还可以用剪刀剪成丝，趁炎热天气晒成干豆角丝，贮存起来。冬天吃暖锅的时候，焯了以后，下进锅里煮熟，吃在嘴里甜甜的，依然不失豆角的原汁原味。而今，我还是非常怀念当年一家人过年时一边吃着热腾腾的暖锅，一边喝酒猜拳的热闹情景。

十岁那年，父亲被生产队分派看菜园，我经常到菜园子里去玩，有时还替父亲照看一会儿菜园。菜园里什么菜都有，绿茵茵的韭菜，红彤彤的西红柿，绿油油的青菜、菠菜，最显眼就是那一串串的豆角。根根翠绿饱满的豆荚挂在藤蔓上，随风摆动，像绿色的风铃。到采摘的时候，全队的女人们一起上阵，不一会儿，豆角、黄瓜、西红柿等蔬菜就被采摘完了，除了分给各家各户以外，剩下的都被拉到菜市场出售了。那年队里卖菜的收入很高，父亲还被评为劳动模范。合作社时期那种热烈的劳动场面，人们干劲冲天的奉献精神让我至今难忘。

洋芋使我与教育结缘

洋芋学名马铃薯，据说是从外国引进的蔬菜品种，但落户在中国的山野乡村，它就被叫作洋芋、土豆、山药蛋。它性喜阴，较耐旱，很适于西北的气候和地域环境。

洋芋和西北汉子一样朴实，禁得住艰苦环境的磨炼。因为它普遍在山里种植，而且山里人家一年四季大多以洋芋作为主打蔬菜，甚至是主食，所以，人们戏谑地称山里人为“洋芋头”。这不是一个贬义的称呼，而是一种善意的调侃。实际上是对山里人憨厚、老实、勤劳品格的一种褒扬。

洋芋多在春季种植，它的种子就是洋芋上长出的孢芽。立春以后，天气转暖，洋芋开始长芽，这样的洋芋含有致癌物质，不能吃，所以只能作种子。播种前，先把长了芽的洋芋切成多个小块，然后用草木灰滚一滚就可以下种了。种下去大约一个月，就长出苗来，随着苗的长大还要壅土，让洋芋的块茎有发展的空间。洋芋也开花，但不结果，它的果实是它的块茎。秋季收获时和红萝卜一样要用锄头挖。

多年前就常听老人们说，静宁、庄浪盛产洋芋，而且善于用洋芋加工粉条，或以洋芋为主料，变着花样做各种食品。庄、静两县的洋芋水分少，淀粉多，味道也香。尤其是用洋芋淀粉做的粉条质量上乘，过年时常常是最畅销的年货。那年去庄浪、静宁监考，车过之处，只见田野里到处都是大片大片的洋芋，长得非常茂盛，也非常壮观，真不愧是洋芋之乡。每到秋末，经常能见到庄、静两县的农民用车装载着洋芋，走州过县沿街叫卖，听说近几年还远销国外赚取外汇，成为当地经济发展的支柱产业。

我们县的山塬地区以前也曾大面积种植洋芋。刚毕业那年，我被分配在新窑中学任教，因为离家较远，所以有时周末就留宿学校。好客的学生觉得我一个年轻女老师待在学校里比较孤独，还要自己做饭，就邀请我去他们家做客。我们相伴着一路爬山过沟，翻山越岭，终于到了一个学生的家里。家长敬我是孩子的老师，就非常热情地招呼我吃，招呼我喝，恨不得把山里特产的核桃、大枣、洋芋都让我吃个够，我深为山里人的朴实厚道而感动。

在学生家里，我好多次吃到用洋芋做的菜团子、洋芋柔柔、洋芋搅团等美食，以及酸酸的醋溜洋芋丝，都让我爱不释口。而最让我记忆犹新的还是那烤洋芋。热情的家长事先把又大又圆的洋芋埋在炙热的灰堆里，然后大家边吃饭边等洋芋烤熟。不一会儿，一股香喷喷的味道直扑鼻孔，刨开灰，取出烧熟的洋芋，顾不得烫，就往嘴里放，那种香甜酥软的口感让我至今都难以忘怀。新窑，就在吃洋芋的过程中与我结缘，以至于我曾立志扎根大山，倾情教育。

由于我对洋芋的情有独钟，所以就经常在家里想方设法做各种洋芋饭菜。女儿最爱吃我做的洋芋粑粑和洋芋煎饼，老公最爱吃洋芋搅团，而洋芋更是我们家饭桌上的主打蔬菜。欢迎大家来我家做客，我就用洋芋美食大菜招待你们，只是大家可别说我是“洋芋头”啊。

瓜果飘香

孙有文

那年脆瓜香

又到瓜果飘香的季节，看着市面上颜色不同、形状各异的香瓜，我想起了早年农村里的脆瓜。

其实我们当地人所说的脆瓜不是多数人口中也叫脆瓜的菜瓜，而是香瓜，是我们北方农村常见的、适宜于干旱沙地生长的一种水果。每当清明节前后，种瓜的人就老早选好地，施好肥，然后种上瓜籽，几天后，种苗长出，随着节气与气温渐渐长大，扯蔓，开花，结果，再过几天，瓜就成熟。务瓜十分辛苦，每当天最热的时候，主人得蹲在地里，掐尖，在瓜蔓上培土，精心经营。脆瓜要甜，最好是用榨油过滤后的油渣来当肥料。这几年市场上卖的瓜之所以不甜，没有味道，就是靠化肥当肥料的，所以找不出小时候那种瓜的味道。

脆瓜有的吊如葫芦，有的圆如馒头；有的瓜味道很脆甜，有的瓜味道比较绵甜。特别是有一种“灯笼红”品种的脆瓜，形状、颜色、味道都给我留下很深的印象。

我小时候与农村淘气的娃娃一样，是在什么季节吃什么水果的情况下度过的。什么果子成熟就与村里的小孩一起吃什么，沟里洼里、树上树下都有我们的足迹。到脆瓜成熟时其自然又是我们偷吃的目标。常常为偷吃脆瓜而发生了许多记忆深刻的事。

村里集体种瓜，派有专人看管。可我们这些放学归来或者假期放假的学生娃常会光顾瓜地。为了吃瓜解馋，就得去偷。乘着看管的人在窝棚里睡觉或者歇凉，我们往往从种有其他作物的邻地地畔，借着长势比较高的蒿草或者其他物体的掩护爬进脆瓜地里偷摘。成功了就能偷几个，然后溜出来，藏到别人看不到的地方一饱口福。一旦被看管人发现，往往是被追得到处乱跑躲藏。

父亲是种脆瓜的能手。生产队里每年种的瓜，都会派父亲与另外一个人连看管带经营。父亲就成天吃住在搭好的窝棚里，天天蹲在地里侍弄瓜苗、瓜蔓，不停地给瓜培土、施肥、浇水、掐瓜蔓，认真地做着该做的活计，而我呢，也就自然有条件能比别人多吃了些脆瓜，常常吃得肚子圆鼓鼓的。

记忆中的脆瓜因时间的流逝而渐渐消失，随着农村产业结构的调整、经济结构的变化，有时别人为了增加收入也还在种瓜，瓜的形状、颜色、品种也在变换。每当瓜果上市时，买回来的脆瓜，就是尝不出记忆中的味道，但记忆中发生在瓜地里的趣事及农村的生活场景却往往被勾起，让人回想好一阵。

记忆中的核桃树

核桃树是陇原大地常见的树种之一，树干粗壮，树冠硕大，既是风景树，也是营养价值很高的果树。它耐旱，山洼、川区、房前屋后，哪里都可以栽植。

“麦子进场，核桃满瓤”。小麦收割进场后，核桃也渐渐能吃，这正是学生刚放暑假的时机。这样，核桃树就成了小娃娃们欺负的对象。常常见到娃娃们在山洼里跑动的身影，或者在川区有核桃树的庄稼地里钻来钻去，趁主人不在，就用石块、胡基，或者长一点的木棒打树上的核桃。核桃打下来了，树叶也落一层，树下的庄稼也被踩踏得不成样子。打下来的核桃，被娃娃们用帽子或者衣襟卷起装上，跑到老远的地方，坐成一堆，用粗壮的铁丝打压成扁形的剜核桃的小刀剜起来。巧手自制的其他刀具，也能将核桃仁完整地剜出来，用手剥去核仁上包裹的一层薄皮，才吃。心急嘴馋的，皮都不剥就吃了。那些刀具不太好用，手也不灵巧的娃娃，就会将核桃仁剜成一包渣。由于核桃油气比较大，所以有大人在远处看见，就会叫骂道："把你们这些坏怂娃，嘴馋得很，小心吃得屁眼里漏油了……"而娃娃们则一窝蜂似的散开了，嘻嘻哈哈。吃核桃，核桃外的黄皮渗出的水就会把手染得黑黄黑黄的，脏兮兮的，几天都洗不下来，但娃娃们却全然不顾。

白露前后，是核桃完全成熟的时期。主人在天气晴好的时候，就手拿长杆，爬上树去打核桃。树形大、结的核桃多的，往往打起来很费劲，得一个枝杈一个枝杈地去打。树下有人配合，看着哪里没有敲打上，或者有漏打的就会给树上的人说。树上的人就瞅准盯稳，一竿子打下去，准确地打下来。打核桃的人，既要有力气，还得有技巧，同时也得注意安全。核桃打落到地上，主人又捡拾回去，堆到一起，割一些青草覆盖在上面焐几天，等里面发烧了，又揭去草皮开始剥皮。剥了皮的核桃，为了抢好价钱，就赶紧拿到集市上去卖，卖来的钱供娃娃上学交学费。那时，我家山上有一棵百年老核桃树，我每年上学交的学费就是核桃换来的钱，所以说其功劳很大。有的人把核桃放在太阳底下晾晒，如果天气不好，就放到烧热的烙炕上去烙干，放到腊月里，除留一点自家吃、送亲戚外，其余的都拿到集市上卖掉，用卖来的钱办年货。

核桃树也是夏天人们纳凉的好去处。它的树冠很大，叶子很密，能在地面上罩出很大一块阴凉地。天气炎热时，就有人在树下随便铺一点垫的，或者拿张小木凳，坐在树下乘凉。大人拉家常，小孩在人堆里钻来钻去，有小猫、小狗也过来趴在主人跟前摇尾巴、吐舌头，好不悠闲。

庄户人家房前屋后栽种的核桃树成为家的标志，树上的故事，树下的故事，传承着芮鞫大地上一代又一代人们的生活，演绎着一个又一个生活片断，见证着一家又一家的繁衍变迁及兴衰。

山村弥漫小蒜香

麻 彬

原始农耕时代的芮鞫农家，吃粮都成困难，更不要说蔬菜了。所以，一根辛辣芳香的大葱，在大铁锅里丢几枚桃杏核子的细末当食用油，就着食醋或浆水，都可以炒出一锅香飘村庄的酸醋汤来。

而这现在看来很普通的一根大葱，在那段艰苦的岁月里，都是奢侈品。所有，一些时令的野菜，就堂而皇之地登上了芮鞫农家的饭桌。野小蒜由于具备了葱的味道，甚至在香味上超过了大葱，所以，更成了农人争相采集的上佳野菜。

野小蒜说是蒜，其实不是蒜类，它的学名叫薤白，是百合科葱属。由于和葱属于同一属，所以，可以说，野小蒜其实就是野小葱，但它其实不是野葱。芮鞫大地，山川结合，气候适中，适于野小蒜生存，却极少有野葱。

苜蓿、荠荠菜、五爪子等野菜都有很强的时令性，而野小蒜则不同，一是它的生长期很长，春季生的野小蒜，秋季采集来照样可以吃。另外，野小蒜一旦遇上适宜的生长条件，在春夏秋三季都可新生。比如初秋新翻过的麦茬地，就最适宜生长野小蒜。

野小蒜在当地也不是随处可见的。一些酥软的土地上，或者是上方罩有藤蔓的阴影下，一旦发现野小蒜，绝对不是一两棵，而是一簇一簇的一大片。或用手刨，或用铁锨镢头挖出来，抖掉泥土，雪白的茎干和翠绿的细叶搭配在一起，一个个圆圆的茎头上，几缕粉丝粗细的根毛，一切是那么的小巧纤细。吃一口，让人食欲大开。记得那些年，母亲每每挖到野小蒜，总是撩在衣襟上带回家，拣择干净后，炒一锅野小蒜酸醋汤，把黄面搅团或老面节节捞在碗里，舀上汤，碗里野小蒜的茎白、叶绿，和着那鲜红的油泼辣子，再漂着一汪清油，那色，那香，那味啊，至今想起都让人垂涎三尺。当然，除了炒酸醋汤外，野小蒜还可以与其他菜蔬一起，包包子，捏饺子，烙菜饼等。

总之，只要一根野小蒜，平时寡淡的饭食，就有了起味的主心骨。那独有的香味，仿佛会传染一样。尤其是洋芋、萝卜等和它在一起做出的菜，那洋芋、萝卜也都好像有了野小蒜的芳香味。所以，一根野小蒜，就是一家厨房里的香精；一根野小蒜，就可以香溢一碗饭；一根野小蒜，可以香溢整张饭桌；一根野小蒜，还可以香溢一孔窑洞、一个个芮鞫人家的小院。那缕缕草香味，伴着袅袅炊烟，弥漫在芮鞫人家的小山村，醉了的，不只是孩子们的小嘴，还有芮鞫人家朴实却充满激情的日子。

有关树木的记忆

张改过

又是一年杏黄时

又是一年杏黄时，此时我想起小时候嘴馋爱吃杏，母亲怕我吃多了伤身体，就用当地一句俗语来唬我：桃饱人杏伤人，李子树下埋死人。听到此话，我只得控制住自己的馋嘴少吃一些。但是每当杏子成熟的时候，又会把这句话置于脑后，只顾饱了口福再说。

那时候我们村里有杏树的人家不少，有的人家有小杏，有的人家除了小杏还有接杏。小杏果实小，成熟迟，大多数小杏的杏仁都是苦的，也有杏仁甜的，我们管甜仁的叫甜核杏，管苦仁的叫苦核杏。接杏果实大，果肉肥厚，吃起来水分多，而且接杏的杏仁都是甜的。

每当麦收季节，村子里的杏树上挂满了金灿灿的杏子，大人小孩吃杏子不分你家我家的，走到谁家树下，用手摘一些，或者抱住杏树的树枝使劲一摇，地上就落好多，即使被主人看见了也不会责骂，只是笑笑，还问道自家的杏子可好吃?吃了人家的杏子还好意思说难吃么，自然说好吃好吃，主人堆起一脸笑容，笑眯眯地说好吃就多吃一些吧。那时，人与人之间没有生分，显得很和气，很大方。村庄的温情就这样在言语之间淡淡地传递着，我现在想起都会深深地怀念和留恋。

杏子多吃不完，就用手捏掉杏皮放在炎夏的阳光下晒成杏干，或者把捏下来的杏皮用细线串起来挂在窑洞口和房檐下，等到冬天没有水果的季节，用杏干哄孩子解馋。

我们吃了杏子，又要吃甜杏仁，杏仁嚼在嘴里一股甜香，油噜噜的，吃过之后很长时间都回味无穷。

不能吃的苦杏核也有很大的用途。孩子们有一种游戏，就是弹杏核。两个人聚在一起，抓起一把杏核朝空中抛起，弯曲了手指头，然后突然伸开用力一弹，所弹的一个杏核奔过去撞动了另一个杏核，那么所撞动的杏核就属于自己了。一方第一轮结束，又到另一方去弹，如此反复。这种简单的游戏我们当年玩起来兴致盎然，乐此不疲，撅起屁股眼睁睁地盯着地上的杏核，想方设法地要弹动另一个杏核，争取把对方的杏核赢过来，泥土混着汗水把脸抹花了自己却全然不知。

杏核还有一个非常好的用途，就是熬杏仁茶，严格地说那不是什么茶，只能叫作杏仁汤，只是村里人世代都这样叫习惯了，后来人们便 “人云亦云”地叫杏仁茶了。杏仁茶相当于现在的油茶，但我感觉杏仁茶比油茶好喝多了。

熬杏仁茶比较费时间，先把杏仁放在案板上用擀面杖碾碎。老人说不能等水开了再下进杏仁，而是直接在锅里面倒入冷水，接着把杏仁撒进锅里搅匀，用冷水慢慢地熬。水开了，继续用文火熬。为了使杏仁茶黏糊，在汤水里撒进少许的面粉，直到熬得杏仁嚼在嘴里没有了苦味才可以食用。杏仁茶才叫好喝呢，喝在嘴里甜丝丝的，香味十足，口感极好，边喝边嚼着杏仁粒，那个香叫人久久回味，永远难忘，现在想起还让人口舌生香，余味不绝。

老人说喝过杏仁茶的当天不能喝冷水，否则会闹肚子，会中毒。这其中是否包含着食物相克的道理我至今也不明白，不过在那时，喝了杏仁茶，因为杏仁茶油腻，容易口渴，母亲就早早烧了开水凉着，供我们喝。

除过吃杏子解馋饱口福之外，我们还在杏子成熟的时候走山背杏来创收。我家山后有一个叫大山梁的地方，那里是村里的林场，有桃树、杏树、洋槐树等。杏子成熟了，我们一伙孩子去大山梁背杏。有些杏熟得早落在地上，我们只管捡拾，不太成熟的杏要用棍子敲打，拾上一天装在袋子里背回家，褪了杏皮，杏核晒干，有来村里收购杏核的人就卖给他们，换来一些收入，心里自然喜滋滋的。

我们不但在大山梁背杏，还在南山里背杏。南山路远，而且林子大，一天跑下来真是筋疲力尽，浑身酸疼。那时还年轻，睡了一夜，精力又恢复了，第二天继续走山背杏，一个夏天有十几天就在山里跑。

杏核可以卖钱创收，杏仁也可以榨油。将晒好的杏核打破挑出杏仁，榨出的杏仁油是上等的食用油，用来调油拌面真是好吃。

杏核壳也有用处。有些田地里长的野刺蓋多，这种植物根系发达，锄地的人锄不尽，农人没有办法，就把杏核壳撒在地里，第二年地里的刺蓋就少了。我们村里的好多人都用这种办法除掉地里的刺蓋。至于其中的道理我至今也不明白。据有的人说杏核壳里面含有一种特殊的物质，可以抑制野刺蓋的生长，还有人说刺蓋会被杏核壳像茶壶盖一样扣住长不出来。

年年麦黄时节杏子也就成熟了，不管是金色的麦浪，还是金灿灿的杏子都带给人丰收的喜悦。

花香甜美的洋槐树

洋槐树好种易活，在北方随处可见，是北方绿化的主要树种之一。

洋槐树即刺槐，洋槐树为落叶乔木，树皮灰黑褐色，纵裂，木质坚硬。

北方洋槐树多，不仅仅因人们大量的栽植，也有它们自身繁殖力强的原因，更主要的是它们对生长环境不挑剔，能够随遇而安。只要在一块土地上撒下种子，就能发芽，长出幼苗，抗拒狂风暴雨，在土地上顽强地生长。

洋槐树守住脚下的土地，不管土壤是贫瘠的，还是肥沃的，不论是坚硬的红板岩，还是干涸的沙土地，它们都会安下心来，无怨无悔地春天吐绿，夏天繁盛，秋天落叶。

农历四月初，洋槐树叶已经长圆，颜色绿得青翠。洋槐树的树冠在风中轻轻地摇晃，把村庄、山峦装点得清新、美丽。

不久，洋槐花开放了，一条洁白的花穗上缀着一排排豌豆大小的花朵，花瓣合拢，轻轻地裹住了花蕊，拢在一起的花瓣中间是空的，每一朵花就像一个小小的铃铛。花穗一串紧挨着一串，拥挤着，怒放着。花穗太多，花儿开得太密，没有长圆的树叶也被洁白的花儿淹没了，整棵树是一袭的白色。

从树下走过，一股股甜滋滋的香气扑面而来，沁人心脾，让人沉醉，使人流连忘返。一只只蜜蜂一头扎进小小的花舱里忘我地采集花粉。它们忙忙碌碌地穿梭在洋槐树和蜂箱之间，洋槐花蜂蜜就是在这个季节酿的，它是最好的蜜。

小时候，每当槐花盛开的五月，我们一群疯娃娃就像猴子一样攀上槐树摘槐花，有时候用长长的竿子敲打槐花，一串串槐花拿到手里，闻着阵阵甜香，我迫不及待地将槐花塞进嘴里咀嚼，槐花甜津津的，满嘴都是甜味。我们拿着一篮子槐花回家了，母亲会用槐花做饭。母亲做槐花食品的手艺很好，她总是变着花样，或炒菜，炒的菜吃起来柔中带甜，很是好吃。或把面和槐花掺和在一起，蒸出槐花馍馍，馍馍不但颜色好看，而且味道极好。母亲还会做槐花菜团子，把洋槐花淘湿拌上干面，在蒸笼里蒸熟……母亲之所以乐此不疲，一是为了讨好我们的馋嘴，想让我们多吃点；二是在那些年月生活紧张，蔬菜和食品单一、紧缺，母亲这样做无非是要填饱我们的肚子。因此，每年槐花开放的时间我就想到过去的岁月，想到苦涩童年里槐花那淡淡的甜香。可以说槐花与我的生命相伴，它融进了我童年的记忆里。

槐树在我的童年里，曾经给我带来过经济收入，虽然收入微薄，但是接济了我的急需。

每年秋末冬初，槐树叶子落尽了，槐树枝上只留下一串串黑褐色的槐籽荚，槐籽荚窄而长，但很饱满。我和伙伴拿上袋子，扛着长杆子，在槐树上敲打槐籽荚。因为我们都有在饥贫中滋长的对金钱的渴望，丝毫不怕槐树上的尖刺划疼了手。

满含着我的汗水和辛劳的槐树籽最终换来了一笔不菲的收入，我真是情不自禁。可是母亲只留给我极小的部分，大多数充为“公用”。这对我来说虽然是不公平的，我也是不情愿的，但毕竟我有了一笔钱，花自己挣来的钱感觉异常爽快。母亲用我卖槐树籽的钱买棉花、棉布，给我们做过冬的棉衣、棉鞋。

因为我的劳动让家人在冬天不再那么寒冷，我也有一种很满足的愉悦感。

榆钱纷飞的榆树

温暖的春风吹过，气温开始回升，春天的气象渐次出现。到了农历三月中旬，榆树的叶子还没有长出，榆树的花儿就已经纷纷繁繁地开满枝头。

榆树的花极小，很不起眼，没有桃花、杏花那么耀眼，那么光彩照人，那么香气浓郁。榆树的花是近似扇形的小花瓣，薄薄的，就像蝴蝶的翅膀，嫩黄中带着极浅的绿。榆树的花儿一片一片地长在枝上，人们习惯叫其榆钱，榆树花不像其他的花由几片花瓣围成一圈的一朵花，而是一条柔软的枝条上串着无数榆钱。榆钱芳香中带有淡淡的甜味。

小时候，每当榆树开花时，我和伙伴们满怀着好奇，爬上树枝，用手顺着细软的枝条一捋，手中立即捧满浅黄的榆钱。把榆钱放进嘴里咀嚼，顿感清爽、脆嫩、香甜，吃过后嘴里还留有甜味。几十年后想起，那一丝丝甜甜的味道还久久地飘在心里。

榆树花开一段时间后，花儿由鲜嫩、黄中带绿变得枯萎、浅白，花瓣中间生出蚕豆般大小的籽。枯萎的榆树花随风片片飞扬，就会散落一地的花瓣，黄中带白，无声无息地贴着地面。有些花还要经过一次短途的漂泊之旅，随着风飞到远一点的地方，离别了它生长过的树枝，但每一片小小的花瓣中仍然裹着一个小小的生命。

假若说榆树只开花不结果，那就错了。榆树就是靠那些小小的花瓣带着的籽种繁殖的。在花瓣飘落的地方，过几个月，或者到了第二年就会长出一棵棵小小的榆树苗，刚长出来的榆树苗的枝干就像丝线一样纤细，如果不是顶端长出的几片榆树叶，很难辨清它究竟是何种植物。假如温度、湿度适宜，有榆树籽飞落的地方定会长成一片榆树林的。

到了农历三月下旬，榆树叶子才能长圆。它的叶子很小，有指甲盖般大，但树叶长得稠密，能抵御风沙，遮挡炎阳。榆树耐干旱，成活率高，生命力极强。

榆树被称作救命树。在多年前的粮食关口，饥饿就像恶魔一样在村子里转悠，困扰着面黄肌瘦的人们，村子里的祖辈们除过挖苜蓿根、野菜充饥外，拿起镰刀、菜刀削榆树皮，把削下的榆树皮晒干磨成面熬成粥喝。榆树就这样慷慨地把自己的树皮贡献给了饥饿的人们，让那些垂危的生命重新获得了力量。在那个饥贫的年代里，榆树是一种亲切的陪伴，它是人们的救命树。

榆树的枝条很柔韧，人们把它割下来编笼、编背篓、拧耱，在生产生活中起到了很大的作用。

榆树是普通的，它默默地长在我们的身边，给人们带来了很多便利。

院子里一棵柿子树

深秋了，天气一天凉似一天。不几天，白杨树、柳树、槐树就伸着光秃秃的枝丫，站成了深秋的一树树孤寂。

我们家院子里的那棵柿子树虽然也失去了金色的叶子，但却愈加风姿绰约。枝头挂着一个个硕大、鲜黄的柿子，那一颗颗柿子金灿灿的，黄得鲜亮而耀眼，在秋阳下泛着明亮的光泽。每一颗柿子就像一个金黄的小太阳，又像一个个金黄圆润、玲珑剔透的小灯笼，实在惹人爱怜。一树金色的柿子使深秋的院落里多了一份灿烂和温馨。

母亲说，柿子树是小妹栽下的。在二十年前，小妹还是一个小姑娘，家里穷，小妹没有上学，可怜的小妹不但失去了上学读书的机会，还要用她娇小的身躯挣一些零钱来添补家用。小妹跟着村子里一个会做纸货的人学会了做纸货的手艺。这种手艺不需要费多少力气，但要细心，做起来极其烦琐。小妹做好纸货，每逢有集的日子就挑到街道上卖。小妹的辛苦换来了一些零用钱，买回了家里的生活用品。母亲说这棵柿子树苗就是小妹用卖纸货的钱买的。

小妹拿回了柿子树苗，和母亲商量后，就栽到了院子的中央。柿子树在小妹的照顾下一天天地长大，开始结果实了。小妹也一天天长大了，后来小妹出嫁了。小妹走出了她成长的这个院落，而柿子树仍然在院落里经历着时光的淘洗。人的经历和树的成长何其相似，都是在别人的毫不留意中就有了变化。院子里这棵柿子树恍惚之间已经走过了二十几个春秋，如今已经枝繁叶茂了。

我们家院子里这棵柿子树春荣冬枯，冬眠夏长。夏日里它像一把大伞，遮下了一片浓荫，家人在柿子树下享受着这一份清凉，多少闲淡的日子就在柿子树的阴凉中渐去渐远了。不觉间，柿子树已经能结果实了，近几年更是硕果累累，每到深秋柿子长大了的时候，沉甸甸的果实压弯了枝头，母亲拿来了木棒撑住弯下的枝头，嘴里念叨着："看这柿子繁吗，快要把树枝压断了么。"

柿子树是发芽较迟的，初夏时才开始发芽，小小的芽儿毛茸茸的，不几天叶芽儿就长成了浅绿的薄薄叶片，不知不觉中叶子越来越圆，叶片由薄嫩而厚实，颜色由浅绿而深绿。柿子树的叶子是厚而有韧性的，能遮挡住炎阳的炙晒，无论阳光如何暴烈，叶子都不会翻卷、皱褶，而是一直平平地舒展着，在强烈的阳光下，油光墨绿。

柿子树是极不娇艳的一种树。柿子树开花也悄无声息，在你没有觉察的时候，一个个绿色的花蕾就缀满了枝头。花蕾绽开了，花朵也是极其微小的黄色花朵。因为开花的时候满树的叶子已经长大长圆了，所以那一朵朵极小的花被绿色掩盖着，几乎看不见花色。与其他的树木相比，柿子树的花没有繁花似锦的艳丽，没有喧喧嚷嚷的热闹，而是平静地绽放，内敛地凋落，在静默中孕育果实。

花儿还没有被人察觉，枝叶间就缀满了晶莹透亮的绿色珍珠似的果实。这些娇小可爱的果实要经历一个漫长的生长过程。在这个生长过程中，还要进行一次自然的减员。随着果实的一天天长大，枝头的一些柿子就自己掉落了，只有这样剩下的柿子才能长大。一部分果实为了让另一部分果实长大，就要主动地离开枝头，做出可贵的牺牲。

直到深秋时节，长大了的柿子渐渐由深绿而变成了浅黄，最后变成了金黄，显出成熟的颜色。

而恰恰就在这个时候，母亲还要承担起另一种活儿，就是看柿子，自然不是怕人偷吃，而是防鸟。有一种叫麻喜鹊的鸟儿，长长的尾巴，灰色的身子，尖尖的长喙。这种鸟很胆大，每天就在院子四周的白杨树上盘桓着，乘人不备，一个俯冲，箭一样地飞向柿子树头，用长长的尖喙啄破一个柿子。

人若不及时赶去，它便三两下子吞食掉一颗硕大的柿子。所以，为了驱赶这种凶猛的鸟，母亲在深秋的寒冷中就要坚持守望柿子。一天出出进进地喊叫着，惊扰着那些贪婪的麻喜鹊。倘若没有母亲的看护，一树金色的果实就会被这种鸟儿大快朵颐，成为它们饕餮的美食。

今天当我站在柿子树下张望的时候，心里想如果没有母亲，这个院落和这座老屋该是多么的荒凉和破败，院子里肯定就被荒草淹没了。如果没有母亲在这个院子里每天走动守护，这一树的柿子还能挂在枝头吗？

有母亲在，我就有了回家的理由和念头，每次回去才能真正享受家的感觉，找到内心的温暖和踏实。在院落里转悠着，看着院落周围的树木、山崖，听屋后的流水，那些陈年旧事就会在脑海里回放。

最近十几年不常在老家住，每次回去总是小住一两天，便匆匆离开，院子里的那棵柿子树已经成为一种深情饱满的意象了，其中融入了万千滋味和诸多情感。

远去的记忆

高军奎

花椒的记忆

花椒，这种世界上最古老的调味料，据史书记载，已在华夏大地上有几千年的历史。全国最优质的花椒皆产于甘肃，素有“秦椒产于天水，蜀椒出自武都”的美称，地处陇东的家乡也是盛产花椒的地方。

小时候，家中的椒树多达十几棵，而且棵棵树大枝茂，形成了一个不大不小的椒园，花椒的收入也成了家中最重要的经济来源之一。为了保持椒树旺盛的生命，每年秋季，父亲都会给椒树施上充足的农家肥，甚至将村中病死的家畜从别人家要来埋在我家的椒树之下，于是我家逐渐成了村中为数不多的产椒大户。

早春时节，椒树就透出了嫩嫩的新芽，形似干枯的树枝上绿意点点，犹如枯木逢春。据说，在那饥饿的年代里，在青黄不接的岁月里，人们以采食椒叶为生，所以在庄户人家的眼里，椒树是救命之树、神圣之树，人们也从来不拿椒树当柴火烧。

暮春将至，椒树枝叶之上就会开出朵朵细碎白花，麻香飘散，蜂飞蝶舞。母亲常说，椒花是否繁疏是来年小麦是否丰收的征兆，还说十年九灵。

一月左右，白花开始凋落，而原来开花的地方生出了无数颗针尖大小的椒粒。

经风吹雨打，吸日月之光，小小的椒粒逐渐由小变大，颜色由绿变青，再由青变黄，最后由青黄变成淡红。

盛夏已过，夏粮归仓，但酷暑仍然难挡，生长了大半年的花椒终于成熟，一颗颗鲜红的椒粒站立枝头，如珍珠，如玛瑙，在茂盛绿叶的映衬之下，鲜艳之极。

父亲扛着粗笨的梯子，母亲提上大小不等的板凳，我和姐姐挎着竹篮，一家四口向椒园走去。

烈日炎炎，麻味更加的逼人，满树的椒刺更是让人望而生畏。为避免我们被刺伤，父母从不让我们姐弟二人上树，只在树的四周进行采摘，而他们则借助梯子和板凳，忍着钻心的刺痛，攀到树的中央。为了不让柔嫩的树枝折断，父母总是用小锄头将最高或最远的枝头小心翼翼地拽拉过来，摘完后又缓缓地放回，几乎每根枝上的花椒都被采摘得干干净净，并嘱咐我们不许净捡最大的摘，避免形成“乱椒”，影响来年的收成。

摘下的花椒被均匀地铺洒在废旧的席子或塑料纸上，在如火骄阳下暴晒，一粒粒鲜红的椒粒不久便全都炸开了口，露出雪白的内壁和黑色的椒籽，红白相映，黑白相间，惹人喜爱。为了保证花椒色彩鲜红，母亲催促我及时用细小的竹竿对裂开的花椒进行轻弹，让外壳和椒籽快速分离。傍晚回家前，父母再用刺痕累累的双手将弹过的花椒用劲地搓揉，让椒梗和椒粒分离，形成粒粒可数的上等花椒。

遇到天阴下雨，父母就会把土炕烧得烫手，将摘下的新鲜花椒铺洒到炕上，以保证花椒的质量。

由于父母对花椒的采摘和制作坚持着较高的要求，我家的花椒几乎年年丰收，而且都会卖上一个很好的价格。每年花椒出售之后，父母留够我们二人的学费，买好化肥，都会为我们姐弟置办一身过年的新衣。

岁月蹉跎，一晃我已离开家乡二十余年。前年清明回乡祭祖，偶然路过家中椒园，草长树枯，一片萧条凌乱之象。站在树下，曾经欢乐的摘椒情景在脑海中浮现，让人顿生物是人非、世事变迁之感念。

记忆中的毛驴

生活在千沟万壑黄土高原上的人们，几乎家家户户都饲养着骡马或毛驴，山大沟深的地理条件逼迫着人们不得不依靠它们才能完成拉粪、犁地、驮水、运粮等工作。

三十年前，面对家中举步维艰的窘境，父亲用家中一头正在生长增值的牛犊从邻家换回了一头还不到一岁的黑色小毛驴。

初来乍到的小毛驴面对新家陌生的环境一点都不怯场，吃饱喝足后到处胡冲乱撞，一袭浓黑的驴毛在阳光下油光可鉴，再配上那白色的眼圈犹如一只可爱的大熊猫惹人喜爱。为避免其生事捣乱，父亲用几条废旧的皮带给小毛驴套上了笼头，突然间被约束起来的它显得闷闷不乐，闲来无事的我总是喜欢拿着青草树枝逗它玩耍。

一年之后，小毛驴长成了一只筋骨强健的半大叫驴，旺盛的精力使它总在人们牵拉它时肆无忌惮地撒欢逞能。按照祖辈传下的旧俗，必须对这个年龄的毛驴进行骟割，以免日后难以驯服。自行车上插着红布条的骟匠终于走乡串户来了，手术进行得很顺利，但毛驴的痛苦可想而知。为了不让毛驴器官粘连，忙碌的父亲特意叮嘱我坚决不能让毛驴卧地休息，年幼的我只好牵着驮着半袋小麦的毛驴在村中转悠了半月之久。

据村中的老辈人说，骟割了的毛驴如果能有一次不同寻常的大补，日后定会更加的肥硕健壮，父亲对此深信不疑。一次偶然的机会，父亲将村中几只刚出生就夭折的小狗用药锅煮熟对小毛驴进行了大补，作为食草动物的它竟然第一次也是最后一次被强迫成了食肉动物，而这次大补的结果完全出乎了我们所有人的意料。

日子一天一天过去了，小毛驴并没有朝着我们所有人期待的那样成长。或许是传言不可信，或许是补得过量，自从那次大补之后，小毛驴食欲大减，精神也萎靡不振，整天耷拉着脑袋无精打采。后来经过医治，小毛驴逐渐恢复了健康。

俗话说："人善被人欺，马善被人骑"。性格变得温顺的小毛驴成了我取乐的对象。每次放牛往返，小毛驴便成了我的坐骑，令小伙伴们羡慕不已，但有时遇到下坡，小毛驴也会兴奋使坏，让洋洋得意的我猝不及防地来个"狗吃屎"，惹得小伙伴们哈哈大笑。

小毛驴渐渐长大了，也到了犁地拉车的年龄。或许是力量单薄，或许是父亲训练有方，开始异常艰难，但进展却非常的迅速，半年之后，毛驴对各种劳作已经轻车熟路了。

从此之后，家中的各种农活因为有了毛驴的鼎力相助，全家人都感到轻松了许多。每天清晨，毛驴在我的牵引下都会为家中驮回满满一大铁桶清凉的泉水；春冬两季，我都会牵着毛驴和父亲将一车车农家肥送到田地，日子久了，毛驴可以不需要我的牵引，只要在父亲的驱赶下就准确无误地来到自家的田地；盛夏麦黄，毛驴也会帮人们将麦捆一次次地驮回，而每次完成这些农活，体弱力小的毛驴都会磕磕绊绊显得力不从心，尤其是春播秋犁和黄牛并驾齐驱时，筋疲力尽的毛驴都会满身汗水，犹如从水池捞出一般。每见此景，我都会满山遍野地找来散落田间的麦穗豌豆去心疼地喂它，可每次它都低头沉思毫不理会，眼神中似乎充满了委屈哀怨之情。

几年过去，曾经憨态可掬的驴娃子逐渐变成了一头老成稳重的老驴，但粪便中的粮食颗粒却逐日增多。父亲无奈地说，毛驴老了。

隆冬的一个午后，辛勤耕作了大半生的毛驴在驴贩子的牵引下离开了我家。离开前，母亲毫不吝啬地喂给毛驴一个白面馍馍为它送行。按照习俗，主人一定要拿回卖掉毛驴身上的笼头，以保证自家日后六畜兴旺，可父亲却毫不理会，阴沉着脸没有拿回。

从此，我家再也没有养过毛驴，而那只毛驴也成了我永远的记忆。

记忆中的那只狗

于金玉

狗，有着不同的外形，不同的性格，可以说它们是可爱、善良、忠诚的化身。

记得小时候，我家养了一只大黑狗，取名乐乐。乐乐身上的毛是黑色的，身体胖胖的，两只耳朵高高耸起，一双明亮的黑眼睛滴溜溜地转动着。它一张口就露出两排整齐的牙齿。一条尾巴不停地左右摇摆。

父亲为了让它住得舒服，特意在院子大门外面盖了间3平方米的小房子，我们都叫它狗窝。每过一段时间，我都给狗窝里换上柴草让它取暖、乘凉。冬天铺上干麦草，夏天铺上干糜草。狗窝外面专门放置一个大瓷盆，用于狗吃食。那时间，由于生活困难，喂狗的食物主要是玉米面、麦麸等粗粮。每天饭前，我都负责喂狗。放一小碗狗粮，倒半碗凉水。只见它伸出长长的红舌头一会儿就将食物舔进肚里。有时我背着家里人偷偷地将馍馍喂它吃。由于天天喂养，它对我特别地亲热，在我孤单伤心时陪着我。我每天上学的时候，它就跟在我身后，摇着尾巴，把我送到学校大门口。我怕老师批评，就在校门口让它回去。乐乐很听话，只要听见说“回去”，就一溜烟跑回家看门去了。

我的小学离家有一千米的路程，乐乐一听到我们集合放学的钟声，就飞快地来到校门口接我，看见我从校门出来，就一个箭步蹿上来，抬起前腿搭在我的肩上，尾巴不停地摇动着，好像有许多话儿想跟我说一样。有一天，我患了严重的感冒，躺在床上，它就默默地蹲在地上望着我，没有一点精神。下午，母亲领我去卫生院诊疗，它也静静地跟在我们身后。晚上它一直在我的房门口守候。第二天，我的病好了，它欢快的神态又出现了。

乐乐春天陪我剜苜蓿菜，夏天跟我去游泳，秋季伴我挖药材，冬天和我们一起堆雪人。只要有它在的日子，就有欢声笑语。乐乐伴我度过了快乐的童年。

乐乐的身体很健壮，每年秋天，它在父亲的带领下去咬獾。獾是夜行性动物，体形粗实肥大，四肢短，耳壳短圆，眼小鼻尖，颈部粗短，前爪比后爪长，脊背从头到尾长有长而粗的针毛。獾依靠灵敏的嗅觉，拱食各种植物的根茎。秋天玉米等粮食成熟的时候，它就出来觅食，践踏庄稼，危害较大。由于乐乐嗅觉灵敏，很远就能闻到獾处于什么位置，乐乐在前面顺着气味寻，父亲拿着捕猎工具紧随其后。只要乐乐一个箭步扑上去咬住正在毁坏庄稼的獾，父亲就顺势将獾捕获，带回家里蒸着吃。乐乐还常常将野兔、小野猪等毁坏庄稼的动物捕食，非常勇敢。晚上，乐乐即使睡觉也保持着高度的警觉性，对半径一千米以内的声音都能分辨清楚。只要外面很远的地方有响声，它就汪汪汪叫几声，提醒家人保持警惕。

后来，我由于上初中，离家较远，每逢周末才能见乐乐一面。有一天，我回到家中，不见乐乐来迎接我，很是诧异。我急忙到狗窝寻找，也不见它的踪迹，顿觉心急。急忙跑去问奶奶："乐乐哪里去了？"奶奶伤心地落泪，说："乐乐没回家已四天了，我们到处找都没找见，听庄里人说，它被贩狗的偷走了。"听到此话，我哇哇地大哭起来，好像丢了魂似的，一连几天吃不下饭，睡不着觉。从此，我的生活一下子失去了许多快乐。

牛的转身离去

张改过

一

人都说，你看你那个牛劲，这句话是说有些人性格倔强、固执，就像一头牛一样。因为牛的倔强，才有了这句俗语。牛的确很倔强，虽然牛不说人话，但能听懂人的话，也很有耐力，牛的倔强里包含着一种永无休止的勤劳和坚持。唐代白居易写的《卖炭翁》里，就写过牛拉车卖炭的事，也许在此之前牛就开始帮助人干活了。就算从唐代到现在，牛成为人忠实的朋友，为人出力干活也有一千多年的历史了。想想中国的农耕历史，有很大的篇幅都是与牛有关的，但是没有人给牛专门写过传记，没有人把牛正儿八经地载入史册，牛却没有申诉过人的过错。牛仍然世世代代地俯首听命，为人耕作，替人拉车，在中国人的生活里牛是有功劳的，牛的生存史和中国农耕文化的发展史是息息相关的。

牛耕地有二牛抬杠，也有一头牛单独拉犁的。天没有大亮牛就被人赶着在田地里走，牛拉着犁，牛拉着土地，牛拉着春夏秋冬的岁月，牛拉来了人们的衣食和温饱。牛从地里走过来又走过去，实在太累了，双膝跪地，闭上双眼，卧在田里歇一会还要继续耕地。牛不会抱怨它的主人，牛对它的主人要求很少，只要能吃饱肚子就可以了。不是人的残忍，而是牛已经习惯了用蹄子丈量土地的长度和厚度。

牛耕地的时候，吆牛的人也是精神焕发的。在牛与人一起劳动的很多场合，既有人的喊声，也有人的歌声，还有牛浑厚的仰天长吼的声音。牛听着人的吆喝声向右转或向左转，牛听着人的声音停止或者前进，牛理解人的话语，人与牛的合作是非常默契的，这种默契来自于牛和人长期的相伴相随。牛耕地或碾场的时候，赶牛的人走在牛的后面就唱歌，唱着劳动时的欢乐与喜悦，唱着劳作的希望和期待，牛边走边听着。歌声粗犷得就像山风一样，歌声浑厚得也像大山一样。牛的吼叫和人的歌声便交织成豪壮与粗犷的旋律。

牛拉车虽然没有马那么快的速度，但是牛有的是韧劲和耐力。牛的力气不是爆发式的，尽管牛的步子有些缓慢，但是很稳当，每走一步都很踏实。有人说过：硬让挣死牛也不能倒退车。牛拉着车慢悠悠地走，即使遇上陡坡也要拼命地拉上去。这就是牛劲。

村庄曾经是属于牛的。夏天耕地回来的牛在门前的树下、凉棚里，吃着主人添的草料，主人用刷子把牛毛刷顺，刷干净。牛享受着主人用刷子梳理全身，人与牛的和谐亲密就像一对好友。村里这家的牛一声长叫，远处的牛也会呼应，牛与牛之间有着人听不懂的对话。

牛与人相处久了，就能培养起深厚的感情。我清楚地记得，我们家曾经喂过一头黑色的母牛，这头母牛在山上吃草时被一头公牛犄下了山崖，父亲叫了几个身强力壮的人把它从山崖下抬上来，但是可怜的母牛摔折了两条腿。可怜的母牛是用架子车拉回家的，从此它与槽头相伴，只在槽头吃草、静卧。本应该卖掉这头失去劳动能力的母牛，可是母亲和父亲都于心不忍。母牛在槽头卧了三个月还是站不起来。为了耕地父亲又买了一头牛，最终因为喂养不过来，这头母牛还是被卖给了做牛肉生意的人。

当这头牛被车拉走的时候，我们全家人真有些不舍。因为这头为我家耕作了三年的母牛离去，我们一家人心里难过了好些日子。

二

牛是大地上的行者，牛把自己的一生都花费在耕耘土地上。人不计算牛蹄子行走过的距离，牛更不知道它走了多远多久，它只是在主人的驱使下一味地前行。浑身迸发出力量，紧紧地牵动着绳索，身后留下一条条深深的犁沟，留下了一行行用耐力和韧劲写出的诗句。

从牛开始耕地以后，牛每年都要拉着犁在土地上行走，一犁一犁耕过去，僵硬的土地就变软活了。随着犁铧的经过，洼地里的土一行行“哗哗哗”翻过去，从高处滚落到低处，不知过了多少年，不知耕了多少次，陡峭的山洼地慢慢变平了。对于一个多山的地区，从很大程度上说，是牛耕出了平整的天地。所以说平整的田地既是牛耕出来的，也是人创造出来的。牛在造田平地这件事上有着不可磨灭的功绩。

我经历过牛群由少到多繁殖的过程。我上了小学以后，村里实行了农村联产承包责任制，生产队里的牛都分到了农户里。分牛是按照家庭人口数量分的，最初有些小户人家还分不到一头牛，得两个家庭才能分到一头牛，而有些大户人家一家就可以分到一头牛。牛到了农户家里，农民对牛的喜爱和重视不亚于对待自己的儿女，牛得到了精心的喂养，精心照料。在生产队里枯瘦而没有精神的黄牛，在父辈的精心饲养下，变得壮实了，也能撒欢了，一跑起来，四蹄腾空，尘土飞扬 。

一年一年地过去，村里的牛越繁殖越多，几乎每一家都有一头牛，有些人家甚至有两头牛。我们全村有四五十户人家，按照一家一头牛计算，我们村里的牛至少已经有四五十头了。庞大的牛群一起走过，那是一种多么惊心动魄的场面。

我见过牛群奔跑的壮观景象。我们在夏秋季节都赶着牛到山里去放，一头牛一头牛从家里吆出来，在泉里饮完水，就从坡上赶着向山上走去。放牛的有大人，有小孩，有的人家没有人去，就由别人捎带着去放。牛群在山坡上慢慢走，我们这一伙放牛人就在后面跟着。牛和牛之间也会互相犄头、追赶，牛群之间的斗争是很激烈的。为了安全，多数情况下，是牛与牛之间有人隔开，这样一拨一拨地分开走。

当牛群发疯般地跑起来时，那场面不亚于马群的奔驰。牛脖子直僵僵的，眼睛直视前方，脊梁上鼓足了劲，牛身上的肌肉一块块绷紧而又放松，放松而又绷紧，每一块肌肉里蓄满了一团猛力。每一头牛都是一尊充满力量的雕塑，奔跑的牛群是一阵阵滔滔奔流的狂涛。随着牛群里无数蹄子腾空而又落下，牛群经过的地方黄土飞扬，卷起了千堆黄色的巨浪。

牛群动如狂涛，静如处子。到了一处水草丰美的地方，牛群就平静了下来，它们四下里散开，用宽大的嘴舔着草地，用舌头把草卷进嘴里，满足地吃着又青又嫩的草。一对一对的牛走在一起，它们就像享受着甜蜜的恋爱，它们并排边走边吃草，当然这种情况常常是一公一母。小牛犊一会跑到这边，一会儿跑到那边，但是没有一头大牛对它进行恶意的攻击，就像疼爱和原谅一个孩子的顽皮。一群牛就这么在绿茵茵的广阔草地上悠闲地踱步，悠闲地吃草，有的牛吃饱了卧在草地上静静地看天看云，静静地反刍。苍苍茫茫的山野是属于牛的，只有在山野里牛才能驰骋它们的梦想，也只有山野才能放牧牛的欲望，牛是大自然中骄傲的行者。

那么这时候的放牛人干什么去了呢？他们有的躺在草地上看天看云，看着看着就迷迷糊糊地睡着了，有的就在草地上、大树下唱歌，海天海地地说话。我在放牛的时候曾经常常带着一根竹笛，牛儿吃草，我坐在山冈上吹笛子，和着徐徐的风，和着山间鸟儿的鸣叫。我的笛音带着我的心情，飘过了牛儿的头顶，飘在了这一片水草丰美的草地。当太阳斜过天空时，放牛的人吃过馒头，喝过水，拿起镰刀开始割草。太阳落到西边的山头上了，牛群就走向了回家的路。我们背着割好的一捆捆草跟在牛群的后面回家，这草就是给牛准备的美味夜宵。

那时候人伺候着牛，牛也常常在人们的生活里无声地陪伴着，无声地劳作着。人和牛一起走过无数个黄昏和黎明，人离不开牛，牛也离不开人。

三

宋代孔平仲在《禾熟》一诗中写道："老牛还了耕耘债，啮草坡头卧夕阳。"老牛耕耘一生，到了晚年就要好好享受夕阳牧草的悠闲。现在随着农机的普及使用，牛退出了田野的耕作，牛与土地的劳作关系基本上解除了。

不再耕田拉车的牛也逐渐离开了土地，离开了属于它们的田园和牧场。现在村庄里的牛已经很少了，有些人家喂牛不单纯是为了耕地，主要是等喂到了一定程度就卖给牛贩子，牛离开了田地走进了屠宰场。牛成了人们口中的食物，牛失去了耕田拉车的机会，此时人类看重的不是牛的劳动力，而是它们的食用价值。

现在农户里几乎没有牛了，养牛逐渐走向了规模化和经济型。

这是一种标志性的转变，是由农业文明向工业文明的转变。牛的存在，作为农耕的标志，它的作用也在发生着变化。关在牛棚和养殖场里的牛没有了任意驰骋的土地，没有了属于它们的蓝天碧草，它们活动的范围和饮食环境变化了，对于人类而言究竟是有利，还是不利？我有时候在想，人因为自身的懒惰也会做出愚蠢的事情，人不知是为了自己，还是害了自己？养殖场里的牛吃的是加工过的饲料，什么这元素、那添加剂随时都会被牛吞食，接着也会被吃了牛肉和喝了牛奶的人吞食。问题牛奶、问题牛肉不知离我们是远还是近？请问，被关在养殖场里的那些牛们，你们还会思念祖先曾经奔跑过的那片广袤无垠的草地吗？

牛，已经转身离去，离开了属于它们的广袤大地和一片片青草绿水。

母亲的绳车子

于忠明

母亲有一把“绳车子”，用了好几十年。

绳车子，是农村的“妇人家”（妇女）们打纳鞋底绳子时用的一种简单工具。由于使用时候在转圈，目的是把两股麻丝拧紧合成细绳，所以在老村里也叫“拧车子”。

那时候，每户家庭一家老小的鞋子全部是自己做的，所以，做纳鞋底绳子的手艺，是每个“妇人家”都必备的。一个女娃娃，从小就跟着自己的母亲在临睡前、下雨天等闲暇时间，学习用“绳车子”打绳子。甚至结婚的时候，娘家的陪嫁里，都有请木匠专门做的一把“绳车子”。

母亲的“绳车子”，是一把核桃木做的。由于长期握在手心里打绳子，所以油光发亮。一根五寸长的铁钉，横穿过一个四方形的小木框后，钉进了核桃木的手把上，固定住。铁钉作转轴，木框就可以自由旋转。这个小小的手工工具，被村里的木匠做得小巧玲珑，旋转自如。时间久了，转轴和木框两条边的轴眼处由于干燥，在母亲打绳子的转动中，发出“吱纽、吱纽”的叫声。父亲听得烦了，说你滴一滴清油滋润一下不就不叫唤了嘛，母亲不允，说一滴清油能炒一盘洋芋菜呢，你舍得，我还舍不得。父亲便无语，任由母亲盘腿坐在炕头，一手摆动手里的麻丝，一手握转着“绳车子”“吱纽吱纽”地打绳子。

每当母亲打绳子的时候，我总是按捺不住自己的激动，觉得这比我的那把木头手枪好玩多了。但是，当母亲给我教打绳子的时候，我总是打不转或是续不上麻丝，打出的绳子一截粗、一截细的。

母亲打绳子，先把麻丝用手分一下，然后把准备续接的麻丝头含在嘴里，用牙齿捋一下后，这才续到即将打完的绳头上。这样续接的绳子，在“绳车子”框的转动下，平整光滑，看不出接茬。打一截绳子，绳车子转动几下，母亲都是有数的。如果拧转的次数多了，这段绳子就会因太紧而弯曲；若转得少了，打出的绳子太松，做的鞋子不牢固。

绳车子打绳子，第一次打出的是单绳。当绳车子上的方木框上缠绕不下了，母亲这才停下，解下来后缠成球形放下。然后再打这样的一个球形绳团后，就到“合绳”的工序了。

两个绳团的绳头结到一起，固定在绳车子上。母亲右手转动绳车子，左手拇指和食指捻住两股细绳子。两股单绳子在“绳车子”的转动下，就在母亲拇指和食指处合成一股纳鞋底绳子了。拧转好一截绳子后，母亲的右手拇指压住绳车子木框不动，然后一扬一拐，就把拧好的绳子缠到绳车子上了。再打，再缠，一直到把这两个绳团打完。

一丝一缕的麻丝，在母亲的手中，最后变成了粗细匀称的细麻绳。就这样的活路，在我看来，也是需要村里的“妇人家”们用半生的精力来提高手艺的。有的女人，一生也打不出母亲这样匀称好看的纳鞋底绳子。

所以，就常常有邻家的大婶、大嫂拿来一团麻，恳求母亲帮忙打绳子。再忙，母亲都会答应的。

在我的记忆里，每晚，母亲的绳车子总要“吱纽吱纽”地响半宿后她才睡的。

如今，母亲的绳车子还在，母亲打的几把细麻绳子还在，可是母亲却早已经走了。

母亲在世的时候，一直想叫自己的儿媳妇学打绳子，但是我的妻子一是上班忙，另外觉得自己又不做鞋子，学那干啥。

其实，现在的女人，又有几个会打绳车子的？

而那个小巧玲珑的绳车子，真是属于那个特殊的时代，一去不再复返了。

母亲的那把绳车子，至今还在我家的柜子里珍藏着。

当然，说到这，就不得不再交代大家几句。生产队的时候，队里也有一种叫“绳车”东西。类似于纺车，样子也很相似，是把麻丝通过“绳车”的旋转，拧成单股的麻绳。还有三个合绳的摇架，把三根单股的麻绳一头固定后，三根绳子之间加入一个纺锤形的“滑子”，然后再朝相同方向摇动摇架，把三根单绳拧得更紧。后移“滑子”，前面的三股麻绳就在力的作用下绞股成粗的麻绳。这叫“合绳”。而这个活路不但费劲，更需要技术，所以一般是村里有经验的“外前人”（男人）做的活。

还有一种工具，是用来做一种比母亲的纳鞋底绳子更细的绳子，叫线吧，这种工具叫“线坠子”。“线坠子”主要是把棉花在吊坠的旋转下，拧成细线。当然，有牛羊毛的人家，也可以用“线坠子”捻成毛线，然后打成毛衣，但这就是极少数的人家了。而麻丝之类稍硬一些的东西是不适宜用“线坠子”捻线的，因为硬的东西缠在“线坠子”上不易快速旋转。在我的记忆里，由于没有多余的棉花，母亲很少用“线坠子”的。

场院连枷响到明

孙有文

“新筑场泥镜面平，家家打稻趁霜晴。笑歌声里轻雷动，一夜连枷响到明。”南宋诗人范成大的诗句真实地描写了北方农村人们在场院里打碾粮食颗粒忙碌的情景，还提到了一种农具——连枷。

连枷是芮鞫大地农耕工具之一，它是用比较粗壮的五六根长藤条，由牛皮筋绑住，安在一根长木柄的一头制成的，在使用时，人手握长木柄，使劲抡起，让绑有藤条的那块长而窄的板条敲打谷物。

农作物进场，除用碌碡滚碾之外，再就是用连枷击打。天气晴好的时候，农人将从地里收回来的谷物摊放在场院里，在太阳炽烤下，抡起连枷挨着往过击打，随着“啪!啪!啪!”的响声，摊放的谷物秸秆渐渐被打平，秸秆渐渐被打细，秸秆下就会有一层厚厚的颗粒，而那随连枷甩起溅落在场院四围的粮食颗粒也到处都是。

连枷的作用很大。夏收回来的小麦，如果场院有限，牲口带碌碡碾不了，或者小麦太少，或者有些人家困难，没牲口碌碡碾，就只能靠人工，用连枷将颗粒从小麦秸秆上一下一下地敲下来。在毒辣辣的太阳底下，人们挥汗如雨，辛勤劳作，从虎口夺粮。秋天，高粱、糜子、谷子、豆子等秋作物进场，人们也抓紧时间，在昼短夜长的天气里，靠连枷将这些颗粒从秸秆上敲打下来，晒干，拾掇干净，装进袋子。

庄户人家，年年种五谷，年年连枷就闲不下。我也跟着父母劳作，不时地使用连枷。我第一次用连枷是在我有力气能使动的时候。当我手握长柄，使劲抡起另一头时，连枷没有落在该落的地方。后来在父母的帮助指导下，我又看父母甩连枷的动作及用劲程度，才渐渐掌握了使用它的功力。但终究耐力赶不上他们。父母胳膊举起，连枷甩起，匀称地落在秸秆上，丰收的喜悦写在脸上，能一直不停地敲打。可我甩不了十下，便有点招架不住，胳膊困，身发软，满身是汗，便躲在阴凉处歇息。

后来，我上学、工作，使用连枷的机会越来越少，但每当回家赶上用连枷打粮食时，我还是拿起连枷帮父母干活，也如同父母一样，将一年的收成寄托在连枷上。

如今，机械化代替了农耕，连枷也派不上用场了，被冷落在一旁，但连枷及使用连枷的岁月还印在我的脑海，时时想起。

我家的独轮车

许建忠

20世纪80年代以前，独轮车是农村重要的运输工具。无论是地势低洼，晴天尘土飞扬、雨天泥泞不堪的平原地区，还是地处偏远，交通闭塞、道路蜿蜒崎岖的山区，独轮车都是人们生活中难以离开的重要运输工具。随着社会进步，特别是农业机械化步伐加快，即便是在穷乡僻壤，现在也难得一见其身影了。

独轮车的发明，无论是专家论证，还是民间传说，都不约而同地归功于三国时期的蜀相诸葛亮。遥想当年，诸葛丞相金戈铁马，气吞山河，六出祁山，为的是开疆拓土，以不负先帝知遇之恩和托孤之责。大军未动，粮草先行，几十万人马的后勤供应是保证战役胜利的必要条件，而在“蜀道难，难于上青天”的恶劣交通条件下，怎样确保几十万大军粮秣供给，是军中主帅必须考虑的问题。聪明的诸葛亮便发明了适合在山区陡壁悬崖、羊肠小道运送物资的“木牛流马”。尽管诸葛丞相六出祁山都无功而返，最终“出师未捷身先死”，病死五丈原。但其“鞠躬尽瘁，死而后已”的奉献精神，“长使英雄泪满襟”。有人论证，“木牛流马”就是独轮手推车的前身。后世也有很多人根据《三国演义》的文字描述，复制了“木牛流马”，但毕竟年代久远，到目前还没有得出为世人公认的结论。对独轮车是仿制“木牛流马”

的推测，也应该是一家之言。在近现代历史上，独轮手推车的最大功绩，就是陈毅元帅的那句话："淮海战役是山东老乡用手推车推出来的。"支前民工的小小手推车，车轮滚滚，为共和国的建立，立下了汗马功劳。

独轮车的构造，由两部分组成，即车轮和车身。最初，车轮和车身一样，都是木质的，包括车圈（学名叫轮辋）、轮毂、轮辐和车轴。到了20世纪50年代末，我国工业进入新阶段，机械制造业有了突飞猛进的发展，独轮车的转动部分便全部改用金属了。充气轮胎技术也传到了我国，这样铁制车圈外面不仅有了橡胶轮胎，而且又有了内外胎之分。外胎厚而耐磨，使用寿命很长，内胎可充气，这就比木轮车轻便多了。车轮有了弹性，推车的人也省力多了。

制作独轮手推车，一般都是请本地手艺高的木匠打造，木料也是就地取材，大多为质地结实的硬杂木，像枣木、榆木、槐木等。每家手推车的外形差别不大，只是由于使用它的主人，身材有高有矮，力气有大有小，所以车的个头稍有区别。我家的手推车还是古老的那种，木轮，轮外径68厘米，听父亲说，那是曾祖父留下来的。从我记事以来，没有见爷爷和父亲用过。当时是大集体时期，有的是架子车，所以独轮车就是个闲物。有几次父亲要砍了烧火用，都被爷爷阻止了，爷爷说，留下就是个纪念，以后父亲就再没有提及这事。一直到了包产到户，我家分了一头黄犍牛，当时没处喂养，最后决定在靠南角窑洞盘了喂养的槽，粪土都要由人肩挑着笼筐出进担运，时间长了，父亲想了个办法，把门槛锯掉，让闲置的独轮手推车进出自由。当时为锯门槛还闹出了一点风波，爷爷很迷信，可父亲就不信这个邪，硬是锯了门槛。

记得有时父亲因其他事忙不过来，爷爷偶尔也就推起了独轮车，并给我们讲了他和独轮车的故事：小时候，爷爷给何家（当时就算是我们赵寨子村的大户，后被定为富农）干活，就靠他和这辆独轮车养活了一大家人，年终掌柜的除过给爷爷应得的报酬外又多分了一担麦子。爷爷亲口说：何家大户对雇来的伙计在吃喝上从不克扣，待人也很和善。他还说：那时候，无论在凹凸不平的田间小道上还在狭窄的田垄埝埂上，载再重的货物，他都能车不歪，步伐不乱，几百斤的重物，一气推上十里八里，中途不歇脚，这大概就是常年劳作锻炼出来的功夫。

随着年龄的增长，我也喜欢上了独轮车，爷爷就手把手教会了我驾驶独轮车的本领。由于爷爷年纪大了，父亲也忙不过来，所以，此活就成了我每周星期天光荣而艰巨的硬任务了。熟练了，也就麻痹大意了。有一次，我不小心脚下打滑，独轮车失去了平衡，如果我一松手让它倒在一边就啥事都没有，可当时的我很好强，硬想扳过来，结果事与愿违，车子倒了，腿被车子砸伤，一个多月没能上学。父亲一气之下，叫来了木匠将门口加宽，改用架子车拉运。从此以后独轮车在我家就成了摆设……

今天，独轮手推车只能在博物馆或者用于旅游的农家院里才能见到它的踪影，而且已经失去了原有的用途，而我家的那辆独轮手，前些年我曾经找过博物馆的有关负责人，想把它捐献给博物馆，希望注上我家的姓名，因为这是我爷爷临终前的愿望，但无果。所以，至今我把它和几个牛车轮子放置在专用库房里。我想：独轮车将来一定能派上用场，因为它是历史发展和人类进步的有力见证……

记忆中的架子车

田会莲

前几天回家，不经意间看见房后好久不用的架子车。轻轻扫去上面的灰尘，破旧的车厢、蔫瘪的车胎呈现在面前，早已失去了昔日的光彩 ，经风雨、载万物留下的痕迹使人隐隐不爽，同时又有一种久违的亲切和怀念之情。

架子车替代了木轮车，也就是独轮车，它们发挥的作用是一样的，都是农业生产中的好帮手。20世纪七八十年代农村人劳作时最普通的运输工具，便是这小小的架子车，价钱低廉、简捷方便，不需加油倒料，只要适当的保养便可长期使用，所以在很短时间内架子车跳跃式地走进了千家万户，减轻了农民肩挑背驮的负担，也给那个年代留下了不少精彩的回忆。记得我家的架子车是村上买得最早也是最好的，因为老公公常说："人快不如家当快，啥不买都行，架子车必须要买。"其实也只是买了个车脚子（车轱辘）而已，车厢是学过木工的老公公用两天的时间下料、凿卯、套架，再钉上木板自己加工完成的。自从结实漂亮的车厢安装在车轮之上，春播秋收、碾米磨面、送粪拉土、装庄稼，无所不能，样样包揽，最派上用场的还是一年春秋两季全大队、甚至全乡人民在一起改土（修整梯田）。舞动的镢头镐、飞转的车轮，人们在说笑、拉家常之间，重复着相同的动作，装土倒土，一层层平整宽阔的梯田便呈现在眼前，那热火朝天的劳动场面蔚为壮观，也是我国土地改革中完成的一幅巨作，为现在的农业生产创造了良好的条件，打下了坚定的基础。所以人们十分爱惜架子车，一旦哪里出问题了，家人就火急火燎，想方设法购买配件来维修。尤其公公婆婆更是对其爱护有加，每遇到天气炎热时，就会割一捆蒿子遮住车体以防晒爆轮胎，天阴下雨时连忙把车子拉到屋檐下竖起来，还怕被雨淋着，东眺西望看见了一块防雨布一把扯来就往上面盖。

农活忙完之后，闲不住的老公公会把架子车从上到下整饬一番，坏者维修，好者保养。圆圆圈、补补胎、抹点黄油，再更换几颗磨损的珠子豆，直到擦得铮亮，扫得干净才肯离去。最怕的是同村那生活散漫、游手好闲的二狗子、四娃子不置办农具，经常东家借镐西家借锨地来借用。正说着门外的大黑犬“赛虎”开始叫，原来是二狗子在额头上(窑庄地方侧面的墙头上）大声地喊话：“大大，大大，架子车借我用一下，沟里有一车麦子还没拉回来。”心直口快的婆婆抱怨道：“你这娃娃平时脚底下跑勤快些，娶个媳妇好好把日子往前头过，啥都就有了，经常借人家的东西也不是办法。”说着推出了架子车，又不放心地叮咛几句：“沟里路不好走，少装点，看给我日踏了着，就把手打住了(弄坏了就没啥用了）。”婆婆不痛不痒地数落着，习惯了的二狗子还是笑嘻嘻地拉着车子走了。

孩子们的快乐有时也来源于架子车，上下地时车子内总要腾出一席之地让孩子搁屁股，尽管火辣辣的太阳晒得满脸通红，天真无邪的孩子还是十分享受这种高高在上、悠闲自得的感觉。此时的父母会因孩子的欢喜而乐不可支，顿时双手紧握车把、屈膝弓背脚下生风，额头渗出了幸福的汗水，脸上洋溢着甜蜜的微笑，在夕阳的映托下这种自然、祥和的情景，像是一幅美丽可人的田园风景画。当庄稼卸在场里，架子车空闲时，一不留神又成了孩子们最喜爱的玩具，压压跷跷板、套一套火车，正玩得兴奋时，在大人高一声低一声的呵斥下，才肯乖乖把车子拉回原处。因为“套火车”这种游戏的确不安全，需要两辆车子放在有坡度的地方，两车的车把面对面交错相搭，用相互的套绳连接来完成。顽皮的孩子以最快的速度跳上缓缓启动的车子，这时路面上的一颗石子就可以改变车子前进的方向，不是碰在大树上就是碰在地坎上，后果不可想象，现在回想起那惊险的一幕还是心有余悸。贫穷落后满足不了孩子们的物质需求，但好动、好奇的天性，随时都促使梦的幼苗在内心萌动。也是由于过分好奇，长大后他们才有兴趣探索、挖掘，发明研制了电动的、遥控的、安全环保的娱乐玩具供现在的孩子尽情享乐。

几十元钱的一辆架子车服务了我们几代人，它是协助农业生产的“大功臣”，是庄稼人筑梦的垫脚石。圆圆的车轮滚出了时代的变迁，长长的车厢装载了一段辉煌的历史。社会在进步、经济在发展、生活在富裕；拖拉机、农用车、耕播一体化、收割机械化，加快了农业生产现代化的步伐，当年的贫困户在政府的资助下也成了种粮能手，过上了老婆孩子热炕头的幸福生活。如今架子车的使用已渐行渐远，但在架子车兴盛的那个年代，勤劳的庄稼人因它而骄傲过、自豪过、快乐过。那段非凡的历史，也是庄稼人生命里永远忘不掉、抹不去的一段深刻而美好的回忆。

农具三题

关静梅

木杈

在西北农村生活过的人都知道，有一种农用工具叫木杈。这种木杈是北方农村地区最古老、最常用的一种农具，主要用于打场、垛草、晒庄稼等。

木杈的结构特别简单，主要包括杈齿、把柄两个部分。它是农用工具中最普通、最原始，制作程序最简单的工具。和木锨一样，木制，轻巧好用，是老农的称手工具。有的杈齿是四根，呈扇子形状排开，扇尾聚集的部分被固定在一块横木条上，再钉上木柄把；有的杈齿是两根。呈八字形状摆开，直接和把柄相接。一般制作木杈用的材料是桑木，因为桑木柔韧耐实。用木杈翻晒庄稼和秸秆，一是使用轻便灵活；二是木杈的两根齿比较粗长，随着弯曲贴着地皮向前推进，不易扎进土里，不会把泥土带进粮食里面来，而且它的齿长，更能挑起很多的庄稼或柴草，工作效率较高。而使用铁杈则容易插进土里，把泥土带进粮食里，还容易破坏碾压瓷实的地面。再则铁杈沉重，插起的庄稼秸秆和柴草较少。所以在铁杈传进中国后，人们都叫它洋杈，而且在相当长的时期里，人们在打场的时候还是一直使用木杈。这种天然桑木农具，要比同样都是从集市上买来、价格却昂贵许多的铁杈好用得多。铁杈，正因为它是铁制，杈齿过于坚硬，实心的掂在手里太重，空心的稍不注意又容易折断，不如木杈轻便、耐用。后来，人们就把木杈和铁杈做了分工，在打场的时候使用木杈，在和泥插墙或干其他活的时候使用铁杈。农业合作社时期大集体劳动和包产到户后的夏收，都要碾场，碾场有一道程序是“刮尖”，就是把第一遍碾过的麦子，用杈尖轻轻一刮，刮去浮草，再碾。刮尖时几十把木杈并排从一个方向出发，一起用杈尖刮浮草，这一刮啊，麦粒就容易下来。吆牛的老农吆着牛，拉着碌碡转着圈碾。碾一场麦子，要翻几次场，每次，木杈都是主要的工具。最后起场时，更是木杈的用武之时了。所有的木杈齐上阵，把脱离了麦粒的麦草一木杈一木杈地挑离麦场，在场边垒麦草垛，把式老农站在麦草上，用木杈的尖将人们挑上来的麦草拨弄平整，用杈背拍实。麦草垛垛好，老农跳下麦草垛，再用木杈把垛周围吊着的麦草刮下来，整个碾场劳动结束，木杈木锨的任务完成，便收之高阁，待来年再用。

近年来，随着农业生产方式的变化，木杈的使用和制作越来越少，那些打场、压滚子、拉碾子的时代已经随着农业大生产和现代机械化的生产模式逐渐消失，就是在农村的手工劳动，木杈也被铁杈所替代。

木杈，伴随着人类的进化和社会的发展已经完成了历史使命，它对人类的贡献也将永远留在历史的记忆中。在偏远的山区虽然还有一些手工劳作者使用木杈，但是，随着机械化和电气化的普及，木杈的制作工艺也逐渐失传了。

耙子

耙子是归拢或散开谷物、柴草或平整土地用的一种农具，柄长，装有木、竹或铁制的齿，也是我们家乡农家常用的一种农具。农村人用的耙子有两种，一种是铁耙子，一种是木头耙子。铁耙子的用途主要是每年冬天拾柴火，麦草秸秆不够用，冬季要专门腾出时间来储存越冬的柴火。春季春播时节，农家种菜，要平整畦垄，先用耙齿把地耧平，除去杂草，抹平土块，然后整畦，用耙子背将土聚拢成一行一行，再用耙背打平。

铁耙子的构造比较简单，包括耙体、柄头和手柄。柄头为一种圆管，该圆管中心位于耙体对称中心线上，其下端与耙体固接的接合部呈圆环形。圆管下有6~8个齿不等。手柄施加到耙体上的作用力通过耙体对称中心线再予以均匀分散，操作顺畅，使用方便，且连续强度好，不易损坏。手柄与柄头连接方式改插套连接为螺旋连接，不但连接、拆卸方便，连接强度好，而且手柄可以改传统木棍为轻质金属棒。

冬季，当柴砍尽的时候，人们用铁耙子去耙坡上的枯树叶，这些树叶一片片，一堆堆，背回家便可以填大土炕，一个炕眼，一晚上需要一背篼树叶子。

木头耙子的用途主要是晒粮食，还有就是在打麦场上使用。麦草起掉后，满场躺着被碾出来的麦粒，从麦穗上脱下来的麦衣。男人们搭草垛，母亲们围着场四周聚拢溅远的麦粒，我们小孩子推着耙子，把这些带有麦衣的粮食推成堆，然后顺风扬场。在粮食被扬开的那一个月亮形的堆子上，再用耙子耙去各类渣衣，剩下胖乎乎的麦粒。

到了夏粮秋粮收获的季节，院子上晒着麦子、黄豆等谷物，堆积如山的收成，在几座房屋大的晒场来晾晒，约莫半月时间，连晒三遍，就可以归仓了。

小时候，夏收一结束，父母们还有繁重的农活去忙碌，我和妹妹就一直担当着晒粮食的任务。早晨太阳还未出来，父母就把一袋一袋的粮食拉到晒场上，十点多太阳照过树影，晒上场的时候，我们扫干净晒场，把一袋袋粮食倒在到晒场上，然后用耙子耙开，在太阳下晒。隔一段时间，用木耙拉一圈，把下面的麦子翻上来晒，这样反复晾晒，下午，麦子就晒干了，用木耙背把麦子推成一个小山，母亲来了，再用簸箕灌进袋子，拉回家装进粮仓。夏收任务才算彻底完成。

存在的即是有用的，《西游记》里，猪八戒的九齿钉耙，可是一件有力的除魔武器呢。这种古老的农业工具，不知道有几千年历史了，但在电气化工业化的现代，耙子并没有被完全抛弃，现在有些地方还在用这种耙子。

田地里大显身手的锄头

在我的记忆里，我家牛圈的侧面墙上一直挂着大大小小的好几把锄头。都是铁头木柄，有的长有的短，它们各有各的用处。最大的那把锄头，柄最长，用它锄玉米地里的杂草，它的宽度刚好是两株玉米的间距。每年夏初，母亲拿着它在我家的玉米地里劳作，玉米地经过母亲的锄头，整整齐齐，横看是行行，竖看是行行，就像列队的士兵，穿着绿色的军装，严阵以待。除掉杂草，玉米长得特别快，每年的玉米棒都像个胖娃娃一样惹人喜爱。这和母亲的勤劳与锄头的作用分不开。母亲是个很细心的人，每次用了锄头，都要把沾在锄头上的土擦拭干净，所以我家的锄头都是明光锃亮的。

较小一点的锄头是锄麦子、锄糜子的，那些年，麦子在春天起身后，杂草也跟着起身了，有时甚至比麦苗长得还快。春暖花开时节，就是给麦苗施肥除草的时候，春天的田野绿油油的一片，撒在麦地里除草施肥的人就像给绿色的地毯镶上五颜六色的珍珠，煞是好看。收了麦子后在麦地里直接种上糜子，糜子是农村主要的早餐副食，熬米汤可香了。玉米粑粑、高粱面粑粑就黄米米汤，算是较好的饭了。糜子直接撒在割了麦子的地里，叫回茬地，容易长草，还不好锄。锄糜子是个细活，既要除掉杂草，又不能伤到糜子苗，有时苗稠了，还要破苗。那年，我跟着母亲去锄糜子，不会锄，把好多苗都锄掉了。结婚以后，老公是个锄糜子的好手，他是个很细致的人，锄的糜子用母亲的话说“很琳珑”，苗与苗的间距恰到好处。糜子长大后不拥挤，穗大，颗粒饱满。他才是个用锄的好手。

最小的锄头，头只有寸方大小，柄一尺来长，是锄胡萝卜苗地里的杂草和破苗的。胡萝卜苗非常纤细，也是不好锄的，小锄头的宽度也就是苗的间距，锄头在苗间来回锄动，杂草应声倒下，土壤变得松软，苗儿茁壮成长。当那红通通的萝卜一个个像胖墩墩的小娃娃蹦出地面时，怎能不感谢这伶俐的锄头和勤快的母亲呢。

如今，这些农具和父母亲都已经成为记忆中的一部分了，那绿油油的农田在城市化的县城再也看不到了，但是农民的艰辛与农具为农业生产做出的贡献是不可磨灭的。

奶奶的纺车

郭福阔

听老辈人讲，奶奶的纺车是被爷爷用独轮车作为陪嫁物一块儿从陕西推回来的。它的出现跟我奶奶一样，当时引起了很多人的好奇心，传闻和故事流传至今。

当时在我们这个地方纺车还是个稀罕物件，很多人见都没见过，更别说纺线了。故而村里的人们，尤其是大姑娘小媳妇，在对奶奶的美丽充满艳羡的同时，自然也非常关注纺车是如何纺线的。

奶奶是小脚，所以通常都将纺车摆在热炕上，盘腿而坐，一手摇着纺车把，一手轻轻捻着棉花，边捻边摇。只见她手臂缓缓上扬，身子也随着手臂慢慢转动，线丝就像变戏法似的一条一条从雪白的棉花中缕缕抽出，然后一圈圈缠绕在用桐籽壳做的纱锭上。桐铃（含桐树籽的壳）里发出的悦耳之声，和着纺车嗡嗡的响声，一切都是那样的自然、得体，像一位舞者。围观的人们鸦雀无声，默默地赞叹这神奇的纺车和奶奶高超的纺线本领，甚至在回家的路上，还手舞足蹈地学着奶奶纺线的姿势。人们开始惊讶地发现，随着奶奶和纺车出现，我们家竟然成了全村人聚集的中心，爷爷这个穷货郎也成了人们心中的榜样。奶奶和纺车的故事传送到十里八村，她的美，她的纺线神技都被演绎得神乎其神。更有童谣广泛传开：“纺线车一手摇，拿棉花把舞跳。纺成线、织成布，你做褂子我做裤。既有单、也有棉，花花绿绿过新年。”每天来看热闹的人络绎不绝，奶奶都耐心接待，细心指导纺线的技术。有几位胆大心细手巧有悟性的女孩在奶奶的鼓励下，开始亲手学习纺线。奶奶总是不厌其烦地手把手教她们操作，并耐心细致地讲解示范，使她们很快掌握了摇纺车的使用方法以及抽丝的技巧、力度。

当然初学者纺出来的纱线很多都是废品，对此奶奶也毫无怨言，依旧把教姑娘媳妇们纺线当成一件乐事。没人的时候，她就把这些纱线合成毛线再打成耳帽、手套之类的小物件送给别人。她还边做边给爷爷说：“她们都生在小山村，没有见过世面，咱们现在有这个条件，就教她们学习，一旦掌握了这项吃饭的本领，运气好还能进大户人家呢。”奶奶说的时候，爷爷总是抽着旱烟锅，很欣赏地傻笑着，就是不说话。奶奶也知道爷爷是不会反对的。这种交流方式持续了一生，从来没有见过他们吵过架，红过脸，这也正好验证了当今人们常说的“沟通从心开始”的道理。

在男耕女织的时代，女人学会纺纱织布就等于掌握了生存的本领。奶奶年复一年，倾心相授，教会了一大批小户人家的女孩纺纱织布的手艺，使她们在那男尊女卑的时代得到了一定的家庭地位，也带动了我们村及周边村纺纱织布行业的兴起。

奶奶的纺车和织布机，跟随奶奶度过了她美丽、辛勤、善良、质朴且很有故事的一生，直至她意外离世。后来，她的纺车和织布机就陈设在我们家显眼的位置，再也没有人用过。多年来，村里的很多人都经常来我们家看这两件物件，以表示对我奶奶的怀念感恩之情。在我们家，至今也一直保持着在奶奶的祭日不吃热饭、不说话的习惯，用这种方式祭奠奶奶。

在目前崇尚绿色、回归自然的消费潮流中，手工织造、纯棉质地尤为珍贵。相信将来仍然会有农家妇女“唧唧复唧唧”，用自己神奇的双手续写着土布古朴华美的乐章，把农耕时代的精髓，继承发扬完美！

乱谈织布机

麻彬

织布机，又叫纺机、织机、棉纺机等，一说起它，大家就会想起《木兰辞》里的句子来。“唧唧复唧唧，木兰当户织……”这里的“唧唧”声，就是木质织布机工作时发出的声音，而从“当户织”可以看出，当时的织布机，是一种家庭作坊式的小型工具，是自给自足的小农经济时代家庭必不可少的器械。明清时代，尤其是民国时期，中国北方小农家庭，织布机并不常见，只是一些有钱人家有这种木质的原始的织布机，“洋布”早已经盛行，但不管怎么样，大多数穷人还是过着衣不裹体的日子。所以，1949年后，尤其到了20世纪六七十年代，在芮鞫人家，就已经很难见到一台织布机了。

最早的织布机，是有梭织布机，多常见于家庭，是席地而坐操纵的踞织机(也叫腰机)。使用方法是用足踩织机经线木棍，右手持打纬木刀打紧纬线，左手再作投纬引线的姿态。这种足蹬式腰机没有机架，卷布轴的一端系于腰间，双足蹬住另一端的经轴并张紧织物，用分经棍将经纱按奇偶数分成两层，用提综杆提起经纱形成梭口，以骨针引纬，打纬刀打纬。腰机织造最重要的成就就是采用了提综杆、分经棍和打纬刀。这种织机虽然很简单，但是已经有了上下开启织口、左右引纬、前后打紧等三个方向的运动，它是现代织布机的始祖。无梭织布机技术自19世纪起就着手研究，自20世纪50年代起逐步推向国际市场。20世纪70年代以来，许多新型的无梭织机陆续投入市场。无梭织机对改进织物和提高织机的效率取得了显著成效，在世界各国被广泛采用，并加快了织造设备改造的进程，许多发达国家无梭织机的使用率已达80%左右，出现了以无梭织机更新替代有梭织机的大趋势。

人们在织布的生产实践中，又逐步革新，成功创造了脚踏提综的斜织机。它的图像，在汉代画像砖上多次出现。这种斜织机已经有了一个机架，经面和水平的机座呈五六十度的倾角，而且采用了脚踏提综的开口装置。织布的人可以坐着操作，手脚并用，生产率比原始织布机提高10倍以上，是当时世界上最先进的织布机。至于后来在纺织工业的发展过程中出现的多种形式的无梭织机，有剑杆织机、片梭织机、喷气织机、喷水织机、多相织机、磁力引纬织机等，都是工业革命的产物，在咱这西北一隅，听都没有听过，更别说见了。

虽然我没有见过家庭织布机的工作状态，但是由它纺织的粗布我却见过。虽然颜色单调，但是厚实耐用，有“洋布”的几倍厚，而且线条较粗。20世纪六七十年代，我家的老粗布，被奶奶制作成二叔肩头的汗肩，二叔用它衬垫肩头挑东西，用了好几十年。

2015年，崇信县民间艺人韩晓峰老先生手工制作了一台微型织布机，不足手掌大小，但却真的可以纺织棉布，这才让我领略了它的工作原理和神奇之处。

父亲用过的镢头

张改过

父亲离我而去二十八年了，父亲用过的那把老镢头还静静地立在我家柴房的墙角里。

那把镢头跟随父亲多年，经父亲长期握拿，镢头柄磨得光滑细腻，木纹清晰。如今父亲走了，镢头头刃钝了，没有搭铁，日久不用，已蒙上了岁月的粉尘，看着镢头就能想起善良、慈祥、默默无闻、不辞辛劳的父亲。

父亲在世时，扛着那把镢头进山挖草药，上田挖地埂，开荒种粮，挖土修路，给村里人挖窑洞，一把镢头挥洒着父亲的汗水，也挥洒着父亲的希望。

包产到户之前，父亲用那把镢头在一个叫庙沟的沟滩上开垦了一块荒地，种上了蔬菜，每到深秋季节萝卜长得又大又圆，一朵一朵白菜就像穿着绿衣的胖娃娃，家里吃不完，就送给亲戚朋友和左邻右舍。那把镢头养活了我们一家人的日月过活，那把镢头温暖着乡亲的心情。

老镢头是父亲托付当时村里的老铁匠牛师打的。牛师是河南人，当年逃荒来到我们村子，从我记事起牛师就是远近闻名的铁匠，他的手艺好，打出来的铁器钢口好，耐用。重要的是，凡是他打的铁器如果刃口磕坏了，就可以免费搭铁修理，这对手头紧张的庄户人家是莫大的方便。

记得那天我和父亲来到铁匠铺里，牛师正忙着赶活。父亲说要打一个镢头，还要经久耐用质量好。一向倔强的牛师“回敬”父亲道：嫌我做的活不放心就别找我了，我又没请你来。父亲连连说，放心，放心，不放心哪能请你劳累呢。牛师说不放心我就当着你的面打，你看着，我还能把木头给你打成镢头不成，牛师半开玩笑半较真地说。

他说到做到，三两下完成手里的活，就给父亲打镢头了。他把一块钢板裁开，炉火烧得很旺，牛师一手拉风箱，一手用火钳夹着半块钢板在火上烧，还用一块瓦盖在钢板上面。炉火熊熊，风箱呼呼，钢板烧得通红，牛师迅速地抽出钢板搁在铁砧子上，用铁锤左敲右打，火星四溅，他翻转的速度很快，打得也很匆忙，这就是所谓的抓住火候，趁热打铁。不一会镢头的雏形已具，他又把镢头雏形放在火里煅烧，烧到通红又搁在铁砧子上用小锤敲打，打好后，又放在炉火上煅烧，烧好后放在一个装水的木桶里淬火。火红的铁浸在水里发出一阵阵急促的吱吱声，如此反复几次就会使镢头刃变硬，钢口好。不一会儿，一把崭新的镢头在牛师的手里变魔术般地出现了。

父亲和我在旁边看着，觉得牛师的手艺很神奇。我看着铁匠铺里摆满了薅锄子、斧头，还有门扣子、门闩、铁铲等铁器。我们村子方圆几里人使用的铁器都出自铁匠牛师之手。牛师也因为他的好手艺名噪一时，远近皆知，受人爱戴，以至于牛师去世后，前往吊唁送纸的人很多。

那把镢头跟着父亲走过了家乡的山山水水，走过了几十年风雨春秋。父亲在世时，镢头刃钝了，父亲就卸下镢头把，拿着镢头头找牛师搭铁轧钢，经过牛师搭铁的镢头头锋利如新，父亲又安好镢头把扛着它下地干活了。一个镢头头如此反复地搭铁使用，实际上只掏了一次钱，以后一次次的搭铁变得锋利都贴近了牛师的人情。不仅是我们家，方圆多少人家都受到了铁匠牛师的恩惠。一个把童年留在老家河南的外地人，就这样无怨无悔地为乡亲们提供了便利，也赢得了人们的尊重和敬仰。

牛师去世了，父亲再也没有使用过那把镢头，他把镢头立在柴房里静待岁月。当时我不懂父亲的用意，后来才知道父亲只是想留住对一个人的念想。

而今，我看着那把镢头却产生了对两个人的念想，他们的生命已逝，但他们的温情长存。人的生命比一个物件更短暂更脆弱，但是在逝去的生命里留下了生命的温度和厚度，常常使我们难以忘却，久久萦绕心间。

逝去的手艺

于忠明

老村的砖瓦窑

村里有座砖瓦窑，是20世纪70年代初期修建的。

这座砖瓦窑，修在老村饲养站旁的半山洼下。那个时代的施工，全部要靠人力。之所以选取这个地方，一是为了以后取土制砖瓦方便，另外一个原因就是在半山洼修建砖瓦窑，会节省很多的人力。

那年的冬天，全村的劳力都在这里奋战。

首先在半山洼的高处用镐头铁锹取出一个平台，然后再往下挖出一个瓮状的土坑，三面连山，外面的一面敞开往出运土。圆瓮形的瓦窑雏形具备后，运出的土方刚好垫出一个高于地面两米多的几百平方米的大平场子。然后请来外地的技术人员指导，在圆瓮形的瓦窑里用买来的砖块砌好，修好炉子和烟囱，砖瓦窑就算成功了。然后再在瓦窑下场子的依山处挖了几孔小窑洞，作为临时住人和堆放工具的地方。

我其实不是劳力，只是随着母亲到工地玩耍的孩子。但是现在回想起那个冬天，那种火热的劳作场面仿佛就在眼前一样。那个不起眼的小山洼，不知是谁的慧眼选取的，一座砖瓦窑的建设，让那里变得生机勃勃。几十天的时间，把原来的小山嘴变成了一座崭新的工厂。几十天的时间，那里人喊马叫，山头上尘土飞扬，和那个寒冷的冬天形成了鲜明的对比。因为，大家的心是火热的。就如队长说的，老村一旦有了砖瓦窑，村民的收入会翻番。这样诱人的前景，谁会袖手旁观？

来年开春，砖瓦窑正式开始生产了！

首先是物色好砖瓦场的场长人选，然后再挑选了十几个精壮劳力在河南师傅的教导下做砖瓦。至于往砖瓦场拉运胶泥土的任务，队里随时抽调人员，一次拉运的土够几天的生产后，这些人就又去干其他农活了。

对于是否可以烧制出上好的砖瓦，老村的老人们还是很怀疑的。所以一切希望都寄托在了这两个河南师傅的身上。队长老婆专门为这两个河南人做饭、洗衣，伺候他们，生怕怠慢了他们，影响了烧制的砖瓦质量。

孩子们对于这个从来没有见过的新鲜玩意是很感兴趣的，放学后到地里拾柴割草后，把背篼放到砖瓦场外的斜坡上看新鲜。那些作为精壮劳力的社员，有时候在和泥，由于泥巴太多难搅拌，就绾起裤管，赤脚在泥里踩踏，嘻嘻哈哈的，很是好玩。孩子们也趁热闹，情不自禁地绾起裤管进入踩踏泥巴的行列。但是看着好玩，其实很难受的。初春的天气本身就乍暖还寒，再加上泥水冰冷，只能缩着脚丫子，做出金鸡独立的样子。等慢慢地适应一些了，这才兴高采烈地踩踏起来。

踩踏好的泥巴，就像和好的面团一样，用一个铁铲再翻和，然后用做砖瓦的模子，倒出泥巴做的砖瓦。孩子们好奇于做瓦的模子，一个圆筒形状可以开合的东西，把铲制的泥皮做成宽窄合适的泥条，在这个模子上一夹再提开就是一个瓦罐，上下划四条划痕，等稍干燥一些后分开就是四只瓦块了。

就这样，几十天的工夫，做出的砖瓦这才摆满了整个场子。场子里横七竖八的砖瓦墙，就如出征的队伍一样，整装待发。

接下来就是装窑了。这种活路需要大量的人手，全村所有劳力都参与。

不到一天的工夫，所有垒在场子里的砖瓦坯子，一下子都进入到了瓦窑肥大的肚子里了。

硬柴准备就绪，大炭准备就绪，一切准备就绪！

队长一声令下："点火生炉！"鞭炮齐鸣，锣鼓喧天，掌声雷动……

小山沟里的回声，传出好几里远！

当瓦窑上的四只烟囱烟雾袅袅升腾的时候，村民们都沉浸在无限的遐想与期盼之中。

外村的人，也惊叹老村人的精明和大胆。

对于烧制砖瓦的成功与否，每个人各怀心思。但任你怎么想，一切都在等待中。

数天的烧制，是个技术活，据说两个河南师傅彻夜不眠，队长陪得人都瘦了一圈。当河南师傅说熄火的时候，队长一下子瘫坐在地上，说这活路要人命哩么。

然后就是浇窑。据说自然冷却的砖瓦是红色的，而用水浇灌冷却的是青色的。那个时代不兴红砖瓦，所以，浇窑是烧制砖瓦的最后一道工序了。

好在水渠就在不远处，现在人们才明白当初选窑址时的高瞻远瞩。

扁担水桶是运水的工具，按照所担的次数由记工员记载，然后换算成当日的工分，所以没有人催促，每个人的脚下都是那样的飞快。

一桶桶水从瓦窑最高处的窑口眼里灌下去，蒸腾的热气，让整个老村的四处都充溢着一股浓烈的臭鸡蛋味道。

开窑的时刻到了，就如赌徒押宝开色子碗一样，让人充满期待又忧心忡忡。

丑媳妇迟早要见公婆的。开！

挖开泥封的窑门，河南师傅的脸上乐开了花！

就这样，老村的第一窑砖瓦成功出窑了！

多少年中，老村就是凭借这座砖瓦窑，大多数家庭修建起了青砖瓦房，外卖增加的副业收入，让老村人的生活走在了临近村庄的前列。

那个时代，老村人凭借自己勤劳的双手和智慧，就是这样战天斗地的。

走村串乡的劁猪匠

村里常常来一个背挎包的中年人，来的次数多了，大人小孩都认识，人们叫他“骟猪的”，就是劁猪匠。

那个时代，尽管人人都缺衣少穿，但是每家还是要喂猪的，因为那时每家都有给公家上交牲猪的任务。所以，每年的春夏季节，家家都要买“猪娃”喂养，这叫“任务猪”，上缴后，换得一点微薄的猪款过日子。然后在六七月份的时候，再买一个小猪娃，喂年猪。所以每年的六七月到八九月，家里同时都有一大一小两头猪，那孩子们拾猪草的任务就更重了。

当然，也有喂不起年猪的人家，一年只喂一只上交的猪后，等明年再喂上交猪了。

那时，为了让猪上膘，所以对于公猪娃，很小就要劁了。据说猪劁了后，性器官不再发育，一心只是长膘，也就好喂养。

那时的肥猪很少，而且都处在饥饿状态，所以，每天两三顿的草食，让猪很难安稳下来，饿得在圈里直叫唤，等不到喂食，就用长长的尖嘴拱猪圈的门。我家的猪圈门，几年的工夫，下半截就被猪拱得破烂不堪。就连猪圈里面半人高的墙面，都被猪拱得不到半年就坍塌了，只好用石头垒起半人高后，再用土坯泥墙。即使这样，也没有办法阻止饥饿的猪对设施进行破坏，只好在猪嘴上扎一个铁丝圈，叫“圈（juan）子”。扎上“圈子”后，猪嘴一旦拱门或墙的话，感到疼痛就收敛一些。

在我的记忆里，那个时代的猪，就像疯了一样。如果听见母亲往猪食槽里倒食，便杀剐般地叫唤，抬拱着门扇，连门闩都打不开。一旦出来，发疯似的跑到猪食槽跟前。吞食的响声，几十米外都听得见。

对于猪这样的表现，大人们就说，这是“骟猪的”没有劁干净。

可是，当几十年后，我在一家大型猪舍看到慢条斯理行走的大肥猪的时候，真的才明白，那个时代，忍饥挨饿的，何止只有活生生的人啊，还有那种叫猪的家畜呢。

虽然说人人都抱怨“骟猪的”没有劁干净，但听到“骟猪了……”的长长的吆喝后，还得请他来，该骟的，还得骟。

每次骟猪娃，抓猪娃就是孩子们的事情。一是图个方便，二是孩子灵便，抓猪的本领高些。

被骟的猪娃，大多就是两三个月的岁数。其实也很容易抓的，就是害怕钻到猪窝里，那就不好抓了。所以，先赶出猪圈后，几个人堵住大门口，孩子在院子里和猪娃赛跑一阵，吱哩哇啦叫唤着就抓到了。

骟猪的人接过小猪，抓住一条腿子，甩到地上，用一只脚尖踏住猪肚子，让猪娃仰天躺下。一手从挎包里掏出一把小刀，看也没有看，一团鲜红的肉团就摘在手里了。然后松开脚和手，猪娃就拼命地跑了。骟猪的把手里的肉团丢到粪堆上后，在洗手的水盆里先洗洗刀子，放在一边晾着，再洗好手，就结束了骟猪的过程。

接过大人递来的两角钱后，装在口袋里，骟猪的人就走了。

“明年春上了再来啊！”

不用说，每年的春秋，这个骟猪的一定在村里转悠。

不同的是，几年后，他不再步行，而是骑着一辆自行车来了。自行车的头上绑着一根直立的铁丝，上面绾一条红布条。

还是这样的营生，不同的是，不再大声地吆喝了。到了人家门口，打几声自行车铃子，主家就出来了。

听到猪娃叫唤后，就知道，骟猪的又挣钱了。这时，已经不是两角钱了，而是五毛了。

时代就这样发展。如今，说起“劁猪匠”这一行业，下一代已经没有几个人知道了。

母亲做的猪肉臊子

田会莲

以前农村人过年，家家都会宰杀一只大肥猪，有了这些猪肉，这个年会过得丰富、喜庆，而且这一年饭食中的油星就特别多，吃起来也可口多了。

一进入腊月人们会相互告诫“打春”的日子，谋算着找个人手齐全的时间，赶快把年猪给宰了，因为传统习惯中肉不离“九”，只有在“九”里挂的腊肉、做的臊子不霉不坏，存放的时间长，所以做一坛醇香可口的猪肉臊子，是母亲办年事首先要做的。

家乡人一般都是用猪肉做臊子，一来价钱低廉，二来放在锅里漂汤，可以增加食欲。性情温和的母亲平时做事认真、细心，为了家人吃得可口，在饮食方面更是尽心尽力，尤其每年精心制作的臊子，吃后使人回味无穷。母亲做臊子时对火候的把握和调味品的配制，有独到之处。她会把肥瘦适中的五花肉和不成形的剔骨肉洗净、沥干，切成比玉米粒稍大一点的肉丁，把灶台的火生着，倒入少许的胡麻油。为了防止粘锅，用铲子把油顺锅底拨开加热，把肥一点的肉丁先入锅煸炒，轻轻搅动将肉中的油逼出，再把切好的肉丁全部倒入锅内，中火慢焖。这样做出的臊子清脆耐嚼，肥而不腻，几分钟后只见肉丁在油锅内上下跳跃，发出越来越响的吱吱声。这时把准备好的排骨扔进几块，因为臊子炖排骨也是一举两得的美事，炖熟的排骨外黄里嫩，味美可口。入锅的肉丁要不时地搅动，直至把锅内的水分收干，油变清，肉变色，看起来零零散散，就到加调料的时候了。

母亲为了保持臊子的鲜、纯、嫩，不加太多的辅料，只放自己碾制的大料面子和盐，待出锅时再放些辣椒面即可。此时香味已浓，馋不可待的孩子早就经不住肉香扑鼻的诱惑，急忙接过母亲手中黄灿灿的排骨先尝为快，臊子制作的过程也算基本完成。

不过盛放臊子也有学问，为了较好地保存，出锅的臊子装在肚大口小的坛子里最佳，在臊子还有温度时要继续搅动，达到食用时油漂汤，肉解馋的效果。穷怕了的母亲就指望这坛臊子，增补家人的营养，调节搭配饭食，她持家的原则是“宁可天天有，不可一日无”，所以这坛臊子在家中的地位永远都是“高高在上”，“放”得相当隐蔽，取用臊子的特权也只有母亲享有。

家常便饭对心灵手巧的母亲来说，用臊子做的花样甚多，而且样样吃起来美到咋舌，美到吃上一口还想再吃一口。亲朋好友来访时，勤快的母亲亮出了她的拿手饭，擀一案板细长面，豆腐、韭菜切成丁做菜花，在蒜苗炝好的酸醋汤里放一勺臊子，顿时香味四溢，沁人心肺，一碗酸辣可口的臊子面就大功告成。

用冒尖的苜蓿芽、洋芋条和面粉揉搓蒸熟的叫“洋芋群群”，乘还冒着热气时挖一勺臊子拌过，美美吃上一口，轻轻咀嚼，唇齿之间享受着面与肉的筋道，山野菜的醇香，神仙闻到都会垂涎三尺，真是人间美味。

大年三十早晨的荞面搅团用地软、萝卜做底菜，再铲上一勺臊子，汤水之香会很独特，回味无穷，更是婆婆、媳妇们偏爱的美食。饥肠辘辘的男人下地回家时，一把抓上一个刚出锅的馒头，一分两半夹上臊子，满嘴满嘴地咀嚼，顿时缓解了饥饿疲劳之苦，那才叫个香啊！不信你也可以如法尝尝。

童年的奢望是大年三十晚上的压岁钱，初一早晨的新衣服，还有碗里飘着的臊子丁，一个个过往的故事记载着那时生活的艰辛与父母无奈的精打细算。

随着经济社会的发展，生活水平的不断提高，现在不管是城市还是农村家庭，每天凉拌、热炒几个新鲜的肉菜已不成问题。如今母亲年纪大了，也不用为全家人贮备一年的肉食劳心费力，但我对母亲超凡、地道的厨艺很敬佩。尤其是母亲做的红艳艳、香喷喷的臊子，至今使我口留余香、念念不忘。

神手篾匠

田效益

过去，农村人家常用的家什，诸如面盆、水缸、菜坛、瓦罐、瓦缸、饭碗、茶具等物，大都是陶瓷器物。它们具有耐腐蚀，性阴凉，盛物不易发霉生虫等特点，虽略显笨重，但终归是那个时代人们居家实用的最爱。

陶瓷器物虽然经久耐用，但最忌讳的就是磕磕碰碰，一旦裂纹豁口，不但使用效果大打折扣，而且会直接影响到一家人的生活，这可不是等闲之事。那个年代，绝大多数人家都住在山上的窑庄里，吃水要到沟底里去担，加之家家户户还养着猪鸡猫狗，甚至还有牲口，用水量大，故而完全靠水缸存水，才使整个家庭生活有了保障。假如水缸裂了，没法贮存用水，尤其遇到雨雪天气，人畜吃水就真成了大问题了。再如，农家生活水平不高，大多靠腌制的咸菜过生活，假如菜坛出了问题，又哪来那么多的新鲜蔬菜应付那么大的家口？所以，专门修理陶瓷器具的篾匠就显得极其重要。

小时候，经常见到篾匠担着竹篾和箍缸的工具，走庄串户地吆喝着："箍缸哩哦——箍缸哩哦——"这时，家家户户就赶紧搬出自家的破烂陶瓷器物，交给篾匠修理。篾匠来自南方，那个地方盛产毛竹，剖开的竹篾宽而柔韧，最适合做箍缸之类的活计。一般瓷器如果裂成横纹，基本上就算报废了，但裂成竖纹、斜纹，箍起来就不算太费事。篾匠先根据器物的大小寻找足够尺寸的竹篾，划成适当的宽度，再编织成辫状的篾圈，套在器物上，然后在篾圈上顶一片木橛，用锤子轻轻敲打，待篾圈紧紧地套在器物上，敲打再无破裂之音，就算成功。有时一个圈子不行，还可再箍一圈甚至多圈，直至结实即可。看着将要废弃的旧瓷器又可重新使用了，人们很是高兴，都称篾匠为神手。当然，修理好后还得细细验证一下，方保无虑。方法是：往器物里面倒上水，边转边观察，如果有缝隙的地方再无渗水，就算修理成功，否则还得重新返工。毕竟陶瓷器物质脆易碎，哪户人家都不敢保证全乎无忧，所以篾匠在一个村往往得持续住几天，干几天的活。有时，联系一户连吃带住，条件就是免费给这家修理所有陶瓷器具。在那个年代，挣钱也就能混口饭吃，所以这样的交易也算比较划算的。

当然，随着时代的进步，各种美观耐用、经济实惠的器物逐渐走进千家万户，陶瓷早已不是唯一的选择，故而，篾匠也逐渐淡出了我们的生活。可是，作为一种农耕文化，篾匠一定会被写进历史，成为人类文明史上的一个深刻记忆。

酿皮锣里涮出美生活

关静梅

酿皮是崇信的特色小吃，也叫凉皮，是用麦面的精华精制而成。这种食品不但味道清香、口感筋道，而且实惠耐饱，的确是人们日常饭桌上的最爱。而今无论是集市的小摊上，或是大饭店的餐谱上都有售卖。农村人赶个集，总忘不了吃一碗酿皮解解馋，朋友聚餐的酒宴上，也不忘点盘酿皮，用以消解大鱼大肉的荤腻。

其实，酿皮在崇信农家的食谱上存在已久，只是前些年，人们的日子苦，填饱肚子都成问题，更不要说吃麦子的精华了。我记得20世纪七八十年代，隔壁爷爷是个盲人，儿子有残疾，都不能干活，生活重担就全落在奶奶一个人身上。她做的酿皮柔软筋道，特好吃，所以卖酿皮就成了她家维持生计的唯一活路。那时奶奶年纪还不大，六十出头，一双小脚，很麻利。每天早上天不亮就听见奶奶做酿皮了，等太阳出来了，她就挑上担子出发了。酿皮担子一头放着酿皮，一头放着盐醋蒜辣子以及芥末等调料，每碗两毛钱，既美味，价格也公道，往往早上出门，晌午就卖完了。

因为那时钱少，麦面也是比较金贵的，所以我爷爷隔三岔五也会买一碗让我们姐妹们解解馋。而今回想起隔壁奶奶调的那个酿皮，酸溜溜，柔筋筋，吃在嘴里满口生津，真是美味极了。小时候总是想什么时候自己家也能做酿皮，让我们美美地吃个够。一直到包产到户以后，农民有了自己的土地，粮食产量提高了，麦子多了，除了吃饱还可以改善生活，酿皮就逐渐成了家常便饭了。爷爷买来了一副酿皮锣锣，母亲就经常在周末给我们做酿皮。头天晚上，母亲先取半盆面，和好，然后倒进一瓢水，就像搓揉衣服一样，不断地搓面团，待涮洗的水成面糊糊了，再把面团取出，把面糊糊倒进另一个盆，然后再倒水，再涮，这样反复七八次，直到手里的面团再也洗不出面糊糊了，就算洗好了。最后让面水沉淀一晚上，撇去上面的清水，这样就可以上锅蒸酿皮了。

蒸酿皮是个技术活，先要在面水里兑点碱水，不然，蒸出的面皮会烂，不筋道。然后在锣锣里搽上清油，防止沾锣，接着往锣里舀一勺面浆水，放入滚开的锅里边烫边转，等面糊糊均匀地摊满锣底，盖上锅盖大火蒸5分钟，也就完全熟了，最后出锅。就这样，用两个锣锣轮换着蒸，直至蒸完。酿皮蒸完了，最后一道工序就是蒸面筋。将面筋在前一天晚上发酵，蒸时也要兑上些碱水，然后摊平放在锣里，蒸半小时就好了。吃的时候，调制酱料也是很关键的。将盐、蒜泥、油泼辣子以及芥末等按日常口味细心调制好，等酿皮凉透后，切成手指宽的条，拌上调料就可以食用了。

母亲做的酿皮往往让一家人吃得非常香甜，也很高兴。以后我出外上学，每次回家，母亲都要给我做酿皮，让我吃好。一家人在一起的日子非常幸福温馨。当然，时间久了，因为母亲的言传身教、耳濡目染，我也学会了涮酿皮。

后来，大家变成小家了，人人工作忙碌，也就很少自己动手涮酿皮吃了。不过，虽然市场上随处都有卖酿皮的，要吃的话，到市场去买，即买即吃，也很方便，但我还是十分怀念做酿皮的乐趣。

话说儿时美味

田效益

滴疙瘩和憋糊子

说实话，如今的生活条件和20世纪七八十年代相比，无疑发生了翻天覆地的变化。天天顿顿吃白面，蔬菜、肉食等不但品种齐全，而且买起来极其方便，基本上想吃啥就能做啥。当然，用粗粮做成的饭食反倒成了饭桌上的新鲜之物。可以说，按现今的生活水平，说我们天天都在过年都不为过。可是好事里面总会有坏事，物质丰富了，经济条件优越了，人却变得懒散了，要么早上馍馍下午面，要么直接下馆子，久而久之，吃啥都腻了，以至于过年都缺少了那种浓浓的年味。这时还真是怀念当年那品种多样、口味独特的农家饭，那种情愫使得我至今依然唇齿留香。

在陇东农家的饭桌上，“滴疙瘩和憋糊子” 就是两样面食品种的花样翻新，无论是做工的别致还是口味的独到，无疑都是两道匠心独具的特色食品。虽然至今还没能走向市场，但是农村里几乎每家每户的巧妇们都能做，往往成为人们饭桌上的最爱。甚至城里人也甚是垂涎这些特色农家饭，往往利用空闲时间走亲访友，专门点这类食品一饱口福。

在这里，我想专门给大家介绍一番“滴疙瘩和憋糊子”的制作技术，假如我们有心一试，让“滴疙瘩和憋糊子”堂而皇之地摆上宴席，可以成为我们卖弄厨艺、招待嘉宾的美味佳肴。

其实“滴疙瘩”做工并不复杂：先将洋芋洗净削皮，然后切成条状，和上辣椒丝和葱花，再加上作料（调料、油泼辣子或臊子，随个人口味而定），在油锅里烂炒至香味四溢，然后加适量的水炖煮至洋芋烂熟备用。接着，取适量的面粉（麦面、玉米面、荞面均可）在碗里调成稠糊状，以用筷子能挑起，却又不致流淌为宜，然后用筷子夹着一块一块滴进汤锅里，煮熟后调好口味即可食用。因为面块大小不一，形状各有不同，所以形象地取名为“疙瘩”。吃起来清香扑鼻，筋道柔韧，吃着爽口，勾人胃口。

也有的地方“疙瘩”的做法稍有不同：面糊入锅时，不用筷子夹面糊，而是直接用手捞一团面糊，用力一捏，面糊就从指缝里挤出来滴进锅里，也是形如疙瘩。这虽然是一种简单的做法，但是这种“滴疙瘩”吃在嘴里口感一样的醇香筋道，作为一种应急的便餐，的确是最佳的选择。

至于“憋糊子”，汤的做法和“滴疙瘩”基本相似，只是面要和成极软的面团儿（不是面糊），入锅时先用筷子从碗里往出捋，待捋薄之后，在碗沿上将面叉断一块块下到锅里，当地人就形象地称作“鳖跳崖”。和大头面片相似却比面片厚，且形状不规则，吃起来虽然和“疙瘩”稍有不同，但醇香依旧，软脆适口，实在是当年农家人饭桌上的特色美食。

在生活相对困难的时期，这两种食品通常并不用来招待客人，只是作为自家改善口味的一种速成食品。可是我们不否认这两种食品从口感、味道上来说，确实有其独到之处。现今生活条件下，面粉、菜肴、汤料更加丰富多样，精心烹制这种特色食品，肯定是美上加美。闲暇时间，亲力亲为，既丰富了我们的饭桌，又继承和创新了传统的厨艺，何乐而不为。

闲话酒麸子

“酒麸子”也叫“燕麦酒”“酒醅子”，是我们陇东一带端午节经常做的一种地方小吃，味道酸甜，带着一股浓浓的酒味，有清凉解暑之功效，深为人们所喜爱。

小时候，在端午佳节来临之前，母亲就要提前将家里积存不多的小麦匀出一些，以备节日的时候给我们做“酒麸子”。那时只要提起过节，我们小孩子心里的馋虫早早地就被勾了出来，所以每当母亲做酒麸子的时候，就眼巴巴地跟前跟后地看着。具体的做法是：先将麦子里的土块、沙砾、麦衣拾掇干净，然后在麦子上淋上水用砸窝子一窝一窝地创（也可能是撞，指用砸锤子反复砸，以去掉粮食的皮及里面的土颗粒），待麦皮都被创下来之后，再用簸箕扇掉麦皮，麦粒看起来胀乎乎、软乎乎、白亮亮的，这时就可以做酒麸子了。第二步，将脱去麦皮的麦子在锅里煮烂，再捞出来晾凉，拌上适量的酒曲搅拌均匀，装在盆里发酵。切记盆口一定要盖严封好。第三步，待盆里的酒麸子散发出浓烈的酒香味时，就可食用了。这里要注意的是，发酵时间不能过长，否则发得太过，酒劲儿过大，也就失去酒麸子特有的风味了。第四步，食用时，往碗里兑一点凉开水，再加一点糖（白糖最佳，也可用糖精），吃起来酸酸甜甜，还有一股淡淡的酒香，麦粒依然一粒一粒玲玲珑珑，从不粘在一起，嚼在嘴里感觉很是筋道。

当然，那些日子虽然过得紧巴巴的，但是节日里的一切物件母亲准备得还是比较妥当的。到了端午那天，我们胸前都挂上各式各样的荷包、香包，耳门上抹上雄黄，据说可以驱邪避祸。接下来一家人坐一块喝酒麸子，吃粽子。那时当地不出产大米，也没钱买，粽子都是在集市上现买的。虽不算丰盛，却也吃得香甜，过得满足。时间过得真快，不知不觉几十年过去了，虽然年年都喝酒麸子，但是脑海里却依然回味着儿时喝的酒麸子的香味。

最后还得解释一下，从我踏上现今工作生活的这块热土，每年端午节也能品尝到当地的美食，但名称和做法都和我的老家稍有不同，在这里给大家介绍介绍。崇信一带把“酒麸子”叫“酒醅子”，而且所用主料是燕麦，做的时候先捡净里面的沙粒、土颗粒，然后在簸箕里淋上水，用手不停地揉搓，直至将燕麦皮收拾干净，最后在锅里煮熟捞出，即可拌上酒曲装盆发酵。吃法与酒麸子大同小异，不同的是酒醅子呈黏稠型，吃起来酒味稍浓，既可干吃，又可倒上凉开水搅匀了食用，口感更是别具风味。

现在，无论是农村还是城里，端午节时，这几样食品依然是饭桌上必备的美味。这不单单是为了纪念屈原，其实也是我们中华民族的一种文化传承。

清凉解暑的黑豆茶

自古以来，茶早已成为人们生活中不可或缺的饮品，闲暇时与朋友相聚煮茶、饮茶、品茶，实在不失为一种情调高雅，富有韵味的活动。对于我这个素无饮茶习惯的人来说，对茶叶、茶艺、茶道，以至于茶文化没什么概念，基本上就是个茶盲。可我今天却想说说我们家乡的黑豆茶，不为研究，只为回味。

黑豆，又名乌豆，可分为青仁黑豆、黄仁黑豆、恒春黑豆三个品种，因为种皮呈深黑色，故名“黑豆”。原产于中国东北，现在很多地方都有种植，是一种常见的粮食作物。黑豆味甘性平，具有高蛋白、低热量、营养价值高的特性，一般可用来生豆芽，作为餐桌上的一种美味蔬菜。《本草纲目》说：“黑豆入肾功多，故能治水、消胀、下气、制风热而活血解毒。”所以黑豆也可入药。

20世纪七八十年代，每到夏收时节，就像老话里说的——“龙口里夺食”，真的是全家人总动员，所以总是显得很忙碌。那时收割打碾机械还很稀缺，完全要靠人工割麦碾场，实在费时费力。尤其是到边远山区割麦时，必须在上地前就磨好所有的镰刃，并准备好一天的饮食，做全天收割的打算。一般除了准备简单的饭菜，黑豆茶总是必不可少的。往往天刚麻麻亮，当我们还蜷缩在被窝里磨蹭着赖床时，父亲已早早地端上半盆水仔仔细细地磨镰，母亲则忙着蒸馍馍、收拾早饭，还要烧半锅黑豆茶，以备到了麦地里解渴消暑。当父母把一切都收拾停当，招呼我们起床吃早饭时，都已经能闻得见黑豆茶的香味了。那时我们年龄小，进了麦趟子里最受不了的就是口渴，所以母亲总是盛一大罐子黑豆茶备用。

到了麦地里，太阳已经升起老高，麦秆上的露水早已晒干，似乎都能听见麦穗干裂的“嚓嚓”声，趁着这个时候，正好下镰。父亲打头镰，母亲打二镰，哥哥们割得快，也会捆，就紧挨着父母的茬口割。我技术不熟练，赶不上趟，就在地边上选一块，先低头弯腰狂割一阵，然后再停下来学着捆麦。本来这个活计并不需要费多大的力气，可我怎么也不得要领，费了九牛二虎之力好不容易捆好，刚一松手麦捆子却散了，真是叫人懊恼。好在经过几次反复实习，最终还是学会了捆麦子。上午的天气还不算太热，加之早已吃饱喝足，干劲很足，闷着头割了好一阵，回头看看满地摆着的麦捆子，心里也挺有成就感的。

眨眼到了中午，火辣辣的太阳炙烤着大地，顺着地面看去，明显可见一股股热浪如蒸汽一般冉冉上升，晒得人头昏眼花，豆大的汗珠从脸上滚下来，胳膊也困，腿也酸，尤其是嘴里干得快要冒烟了。实在忍耐不住，我赶紧跑到地头，抱起罐子“咕咚咕咚”猛喝一气黑豆茶，霎时间从喉咙到整个内脏都沁出一股股清爽之气，浑身上下再也没了那种燥热和难耐。闻着那黑豆茶里散发出的淡淡豆香，整个人身心都感觉舒服极了。就这样，割一阵喝几口，喝几口割一阵，还没到下午黑豆茶就被我们喝得所剩不多了。再看看父母，他们依旧埋着头不紧不慢地割着，似乎一点也不渴。其实我心里明白，那时黑豆也是紧缺食材，父母知道我们年轻，干活没有长性，尤其是对饥渴缺乏耐性，所以就紧着我们吃喝，自己却硬忍着罢了。

其实，那时所谓的黑豆茶，实际是用黑豆皮煮的，直接用黑豆煮茶喝，那可真够奢侈的。可喝黑豆茶对我们来说，就如饮甘饴醇露，而喝完红红的黑豆茶，再吃掉碗底的黑豆皮，那就真的是一种享受了。即使到现在，黑豆的高营养及保健作用，依然为医家和养生家津津乐道。作为生活的调剂，假如有心，将黑豆汤作为食疗的一大药方，亲身一试，或许真有意外的奇效。

酸梅汤、醪糟汤和地椒茶

小时候进城后，在县城北门市场口，有几家小摊专卖酸梅汤和醪糟汤，那是20世纪80年代集市上卖得很火的两种特色饮品。因其味酸甜可口，有清凉解暑、益气活血、散寒消积和杀虫生津之功效，所以深受老百姓的喜爱。只可惜二三十年过去了，市场上很少再见到这两种饮品，殊为遗憾。

那个年代街面上所卖的酸梅汤，其色呈苹果绿，酸甜可口，清凉滋润，尤其是夏秋季节天气燥热，身心不爽，只要喝上一杯酸梅汤，就感觉那股清凉似乎渗透进五脏六腑，浑身无比爽利。因此给我的印象还是挺深的。

因为这种饮品价钱便宜，老少皆宜，所以成为人们夏季消暑之首选。至于这样的酸梅汤是否正宗，也没人会计较的。

当然，后来看过资料才知道，其实正宗的酸梅汤，制作工艺还真是讲究，具体的做法是：先将乌梅、玫瑰花、山楂干或甘草洗净后用清水浸泡十五分钟，然后在砂锅里加入适量的水大火煮沸，再用小火煮二十分钟，放入适量冰糖待完全溶化后关火，捞出食材，最后灌入水壶冰镇后即可饮用。切忌用铁锅、铜锅熬制，酸性物质不适合在铁锅里蒸煮，会影响酸梅汤的口味和质量。

通常正宗的酸梅汤呈红棕色，性温味酸，含有非常丰富的有机酸，如苹果酸、柠檬酸等。其中，还有一种枸橼酸，能有效地抑制乳酸的产生。而身体内乳酸含量过高，是导致人疲劳的重要原因。喝点酸梅汤可以迅速消除疲劳、恢复体力。

因此，当熬夜工作或觉得精神疲惫时，喝杯酸梅汤可以起到很好的提神作用，让肌肉和血管组织恢复活力。另外，这么多酸性物质还可以促进唾液腺与胃液腺的分泌，不仅生津止渴，出外游玩时也能避免晕车，或者在喝酒过多后，起到醒酒的作用。

还有就是酸梅有极强的抗菌力，不但能帮助消化、增进食欲，还有清肠胃、驱虫、防止腹泻等功效。

两相对比，不说色泽味道是否一样，就加工过程而言，两者就有天壤之别。这样看来，当年的小摊老板就是抓住小孩子喜欢喝，而大人们也能买得起的心理，忽悠了我们。现在细细回想当初看到的酸梅汤熬制场景，似乎也就是在凉开水里掺加一点色素和糖精而已，也没见有什么乌梅、玫瑰花之类的东西。这样的饮料，一杯二分钱，就不知和真正的酸梅汤的价格比起来值当不值当。

静下心来想想，当年大多数家庭连最便宜的“缸沫子”茶叶都买不起，更别说饮料了。大人们能满足小孩子的渴求，舍得花两分钱买所谓的酸梅汤，也就是奔着便宜去的。而小摊主的家庭肯定也不富裕，为了养家糊口，独出心裁地做出那种可口的饮料，即使哄骗了孩子们，那也都是为了过日子，可以理解。在那么一个特殊的年代里，我们能够品尝到新鲜而又好喝的酸梅汤，也算是一件值得回味的事情。

醪糟汤也是我们当地人喜爱的饮品。主料醪糟是糯米加酒糟酿造的，有舒筋活络，生津化血之功效。做醪糟汤时，先打一两个鸡蛋搅匀，再拌半碗玉米淀粉备用；然后烧一锅开水，将鸡蛋羹均匀地淋入锅里，用勺子搅散蛋花；再倒入适量的醪糟，加适量的糖（最好是白糖，可使汤的颜色清亮）

再次煮沸后，加入少量玉米淀粉勾芡；如有必要，还可加少许枸杞点缀，至此，醪糟汤就算做成了。闻起来既有蛋香，又有醪糟的香味，喝在嘴里香甜可口，还真是一种经济实惠、营养丰富的特色饮品。

那个年代经济发展还比较落后，尤其农村地区的医疗条件较差，很多人家大人孩子得病了没钱治，所以一般的小病就用土法治疗。清凉透心的地椒茶，就是当年老百姓防暑解渴、治病防疫的常用饮料之一。只不过与酸梅汤、醪糟汤相比，地椒茶是一种家庭常用的治病验方，一般是不会摆在集市上叫卖的。其名称叫茶，其实也算不上是真正的茶，它是用地椒(也称地椒草)加工而成的饮品，淡淡的绿色，淡淡的清香，淡啜一小口，清香中略带苦味，带着草木的自然本色。可治水土不服导致的肠胃疾病，也可清热解毒。记得小时候，每当我们感冒了，咽喉发炎，咳嗽不断，又没钱买药的时候，母亲就赶紧找出积存的地椒，熬地椒茶让我们喝上，没想到还真是有奇效——药到病除。据说，现在地椒茶已堂而皇之地摆上了茶桌，成为人们消闲解暑的饮品。可见，即使是进入高科技时代，地椒茶也无疑是一种良好的保健饮品。

酸梅汤、醪糟汤和地椒茶，作为时代的记忆，总是混杂着我们这代人一种特殊的情感。我相信，至少我们以及我们的前辈是不会淡忘这些的。

花花面、饸饹面和金裹银

20世纪六七十年代，农村还处于大集体时代，人们每天的劳作都得服从生产队的统一安排，耕种、收割、打碾等一系列农事活动，耕种者其实是没有什么自主权的。当年最让人费解的事情，就是农民们一年到头都在地里忙乎，可愣是产不出粮食，而且一年四季都以粗粮坐庄，细粮少得可怜。蔬菜也是生产队的菜园里种的，成熟时按每家人口多少分配，也仅仅刚够打牙祭而已。至于荤菜，那真是难得一闻肉香。可就是在那种艰难的生活条件下，每家每户的主妇们的烹饪技术却是奇招百出，制作出了一系列富有农家特色的食品，这不能不说是那个时代饮食文化的一大创举。

回想当年，粮食普遍短缺，尤其细粮更是显得金贵，故此，为了既能填饱肚子，又能使饮食品种多样化，达到调节口味的目的，“花花面”、饸饹面、“金裹银”等特色食品就走上了千家万户的饭桌。虽则随着社会的进步，经济的发展，这些食品早已成为我们这一代人的美好记忆，但是从继承优秀饮食文化，积极倡导勤俭节约，珍惜美好生活的角度来说，拾捡过往的记忆，还是很有积极意义的。

当年，我们县主要是大面积种植大帽高粱，麦子倒也种一些，可不知是产量不高还是生产队的种植计划里偏重粗粮的缘故，反正少得可怜。每到分粮食的时候，虽然年年都能获得丰收，但等到交过公购粮任务，留够籽种和储备粮，剩下的也就勉强能吃饱而已。通常按照全家劳力挣的工分多少来分，每户人家其实也分不了多少粮食，所以总体上看，大多数家庭其实也没什么存粮，而且长年累月以粗粮为主。高粱面不但苦涩难咽，而且性热，吃多了极易便秘。有困难就有变革，有智慧就有创造。那个年代，农村人家依旧沿袭男主外女主内的传统，所以家里面改善饮食、调剂生活这个重任，自然就落在妇女们的肩上。也不知是哪位巧妇的首创，在农村细粮短缺的情况下，“花花面”成了改善饮食结构的一大创造。具体的做法是：先把高粱面在锅里烫好，揉光，然后再用瓢挖少许白面和成团，用擀杖擀成两张面片，最后把烫好的高粱面夹在两张白面中间，边上用手掌压瓷实，用擀杖擀薄，这时的面饼看起来外面是薄如白纸的白面，里面一层则是红面，故而被人们形象地称为“花花面”。这样的面条吃起来口感精光滑溜，筋道柔韧，大人孩子都爱吃，一时间家家效仿，成为当时的一道名吃。

高粱面还有一种吃法，那就是压饸饹面。先把高粱面和好揉成长条形，用刀剁成小节，搭在笼屉上蒸熟，然后用饸饹床子压成饸饹面，即压即食。

或用葱花炒汤吃汤面，或拌上“菜花子”调干面，那可真是口感筋道，香味十足。如果家里麦面足够的话，高粱面里再兑一点白面，压出的饸饹面更是好吃。唯一使人感觉有趣的是，那会人们对杠杆的原理了解太少，把饸饹床子上填面的“面窝窝”掏在床子中间，压的时候，必须得有一个人在一头使上全身劲儿压住床子，另一头的杠子上趴几个人使劲儿往下压，真是吃力又费劲儿。记得当年一个“工作组”，有一个外地人，来家吃派饭时正好赶上压饸饹面，他积极要求亲身体验，可是因为不会正确使劲，竟然直接把胸膛贴在杠子上用力，以致把肋骨都压断了，这件事让我们村的人当作笑资谈论了好多年。

玉米也是盛产于我们当地的主要粮食作物，产量也高，不过玉米面性凉，味酸，尤其是胃不好的人吃久了也是会致病的。也是因为小麦短缺的缘故，“金裹银”即应运而生，成为当年以玉米为主料的饮食创造。蒸馍时，先把玉米面在锅里烫好，以增加糖度，有的人还往里面调少许糖精，然后把早已酿好的麦面兑好，擀开，再把玉米面摊在麦面上，卷成长条形，用刀切开，最后用笼屉蒸熟，“金裹银”就算做出来了。吃起来既有麦面的清香，又有玉米面的酸甜，还是很勾人食欲的。

随着社会经济的飞速发展，现今的家庭，生活水平早已发生了翻天覆地的变化，顿顿是白面，天天都能吃到肉食，使人不能不感叹还是党的政策好啊。可是，伴随着好生活，奢侈浪费的现象也屡见不鲜，这真是一个社会顽疾。再大的家业，再美的生活，也经不起这样的折腾。吃“花花面”和“金裹银”的日子，生活水平确实和现在不能相提并论，可那时人们的心里还是热火的。即使现在想起，“花花面”“金裹银”的味道依旧是甜蜜的。

我们该珍惜眼前的好生活！

岁月三题

吴 勇

石磨与推磨

20世纪70年代前，大多数农村群众都靠石磨磨面。那时，平均两户人家就有一盘石磨，30%的人家都有自家的一盘石磨。石磨是农家必不可少的生产生活工具。可以说，农家自古以来就靠石磨磨面、吃饭，一代一代，祖祖辈辈。

在我们崇信，对四十岁左右的人来说，用石磨磨面都是知道的，也就是说听到“推磨”这个词，并不陌生。推磨要有专门的磨坊、磨盘、磨台、面柜、簸箕、落面箩。推磨时多用人推，有的村社也用牛、驴、骡等牲畜。

磨面的时候，把粮食倒在石磨上，粮食顺着磨眼流进隆隆转动的石磨中间，两扇石磨纵横交错的磨齿不断转动研磨，越磨越碎，碎粮和面粉陆续从磨齿中流出，落在磨盘上。人们用簸箕把落在磨盘上的第一遍碎粮撮起来，再放到磨顶上继续研磨，把第二遍的碎粮和面粉放在面箩里，箩的下面有两根横木架，用手拉动箩在盛面的大柜里来回拉动，落下去的是面粉，箩里面剩下的粗粮颗粒再放到石磨上，重新开始新一遍研磨。就这样一遍一遍地研磨，磨上七八遍，粮食变成了面粉和麸皮。一磨下来，磨面人的头巾上、脸上、衣服上落满一层浮面。就这样忙活大半天，最多也只能磨出30公斤左右的面粉。

那时候因为是大集体，白天要参加生产劳动，推磨多在晚上。推的时候，人们用手抱着磨杠用力地在后面推，带动着石磨的转动，面粉随着上磨盘的转动从磨盘间不情愿地淌下来，就这样顺着磨道儿，转了一圈一圈又一圈，一直转得昏昏沉沉，汗流浃背，疲乏无力，上下眼皮打架。

20世纪70年代中期，农村通了电，村上购置了电动磨面机、电动碾米机。人们磨面、碾米时到生产队磨面机房加工米面，电闸一开，流下来的就变成了净米、精面。“磨面不用牛，点灯不用油”的梦想终于成真。

现在，通过改革开放40年的发展，农村群众的生活发生了翻天覆地的变化。人民群众吃上了大型面粉厂生产的优等粉，多数村镇有了蒸馍店，人们直接去买雪白的蒸馍。推磨的日子已成了历史。

白蒸馍

20世纪60年代，农村人为了能吃上白蒸馍，日出而作日落而息，面朝黄土背朝天，汗水珠子摔八瓣，辛辛苦苦操劳整一年，到头来还是很少吃上白蒸馍。许多人家，只有在家里有人生病了才做好吃的，那也不过就是呛一碗葱花汤，再调放点盐醋泡上白蒸馍，病人吃得特香。有的老年人牙齿不好，硬饭咬不动，也是吃白开水泡馍，脸上写着满足。要是谁家门前来了要饭的，主人给了半个馍，他当即捧在手心里，直接往嘴里送，眨眼间，半个馍就没有了。

那时候，奶奶苦心经营着这个家，光景还算不错，就是大多吃的粗粮，常常是玉米面搅团、漏鱼、饸饹、饽饽、窝头、黄米干饭。难得吃上一回麦面，通常做汤面，锅里水开了，先往里头丢些白菜叶、洋芋疙瘩，煮一煮，再把面片下进去，熟了，汤多面少，连汤带面盛碗里吃，这叫连锅面。肚子吃圆了，过一阵子，尿一泡尿，肚子又瘪了——肚子是哄饱的。炒菜顶多就是一盘韭菜，碗里挑上一筷子，有个味道就不错了。吃饭都是以粮食为主，胃也习惯了，要是白饭，下饭的菜，几乎全是腌白菜、酸菜。每年深秋季节，我放学回家吃过晚饭，和伙伴们到田野里采摘回一筐筐油菜籽叶，母亲将这些菜叶用水淘净晾干，腌上一缸，同时再腌上一缸白菜，拿大青石压着，天热了，上面起了白，用清水洗洗，切成丝，撕成片，或者整棵架到盘子里，一顿一顿地吃，直吃到来年秋天。

我小时候没有别的零食可吃，常常把蒸馍当成零食，母亲蒸馍时，我就在厨屋外头旋着，窥视着母亲蒸笼里蒸的啥馍。其实，蒸馍极少是麦面的，多是黑面的。黑面就是小麦出了粉，剩下麦麸，继续在磨子上磨，把麦麸也磨成粉，这也能吃。黑面的蒸馍发黑，瓷实，吃一个顶一个。我觉得比黄面也就是玉米面好吃。黄面吃多了，胃里老泛酸水。那时候家里人吃饭不讲究菜，当然也与地旱菜少有关，与菜贵吃不起有关，但是，却离不得辣子，而且一定是油泼辣子。一碗饭，调上红红的油泼辣子，胃口就开了。我吃蒸馍，可以就一根生葱一口馍一口葱地吃，葱呛鼻子，赶紧咬一大口馍。蒸馍最好的吃法是从中间掰开，抹一层油泼辣子，撒几粒盐，这是我自制的辣子夹馍。夹进去油泼辣子，也是能吃到的稀罕的油水。看着红红的辣子油渗透在蒸馍的边沿，食欲大涨，几口就把蒸馍吃了个精光。母亲每次看着我的吃相，总是嗔怪我“吃了五谷想六样”。

1973年前后，西北黄土高原出现干旱灾情，粮食连年歉收，以种粮为生的农民在青黄不接的季节里出现“断顿”，国家又开始给农民每人每天供应八两“返销粮”。从粮站打回来的一口袋红薯干，母亲不知道咋做，先用水泡涨了吃，切成小块，在铁锅里焙干，像吃炒豆子一样吃。再后来把红薯干用石磨子磨成粉做面条吃。不管咋吃，肚子也觉得是空的。家里蒸馍馍的笼屉，由原来的三天用一回，变成八九天才用一回，都生了霉斑。于是，再也不能由着我们吃馍馍了，得定量。蒸了馍馍，一人两个，或者是三个，吃完自己的一份，就没有了。那段日子，我肚子里缺少馍馍的补充，一天到晚，整个人都恍恍惚惚的。

参加工作后，单位食堂的蒸馍又白又软，我能顿顿吃白蒸馍了，但我每月口粮定量三十四斤，不敢放开吃。那时的我正是长身体的时候，石头进到胃里都能消化，我要是尽饱吃，不到月底就没有饭票了。到煤矿工作后，住我隔壁房间的张师傅，有一次上职工食堂吃饭时和人打赌，一口吞进了两个蒸馍后，再慢慢开始嚼咽，直憋得他脸色发紫，泪流两行，足有二十分钟才渐渐吞噬咽完了两个蒸馍，最后又补喝了一大碗凉水，其目的是为了让别人替他代交一顿饭票。不是他饭量大，是他每次吃饭都只吃个半饱，亏欠了肚子，补难过呢。在农村里的日子，苦也罢，累也罢，有馍馍吃就是福气。我还发现了一种蒸馍的吃法，那就是在冬天里，把蒸馍搁在火炉子的炉盘上烤，烤得焦黄焦黄的，外头脆，里头软，热气腾腾的，那才好吃，我认定这是天下第一美食。

直到现在，我的家乡有过红白事的，亲戚上礼，还兴拿十二或二十个蒸馍，郑重交付给东家，不会被责怪的。酒足饭饱回去的时候，还能提回去主人倒送的肉夹馍，称“回盘”。

我从学校回家参加农业生产劳动锻炼那阵子，正值轰轰烈烈的“农业学大寨”高潮迭起，全公社的人集中搞农田基本建设大会战，早出晚归，人人都得自带馍馍上工地干活，常常会看到有人逗乐时说：“你今天不高兴了，好像是谁把你馍馍偷吃了似的。”家乡人用“我把你馍吃了”来表示对他人利益最大的损害，哪怕是一个馍。如果说馍馍不吃笼里放着呢，这里的馍就有打比方的意思了，通常指的都是好东西。与“馍馍打狗，有去无回”的意思差不多。

在劳动间歇，人们吃馍时，总是喜欢蹲着吃，地点往往选择在一堵晒着日头的土墙下。馍是放了几天的凉馍，捧在双手中间，如一样圣物，如一次礼拜。咬上一口，整个口腔动着，整个脸部的肌肉也随之动着。没有水，往下咽馍馍，那种幸福的艰难，那种专注和投入的表情，只有在吃馍时才能见到。吃凉馍的时候，会掉落许多馍渣，说是许多，也没有多少，吃一个馍，最多也就掉几粒馍渣，那一定要用手接住。接上一会儿，把手往一起掬掬，集中一下馍馍渣，嘴凑跟前，嘴唇挨到手心上，用一点气息，把馍馍渣吸进嘴里。人们还给馍馍渣起了个好听的名字，叫馍花。

那个时候我就想，农民种地太艰辛了，如果说通过我们辛勤劳作上几十年，以后农民种粮食就不要一年种一茬了，而像种树一样，只种一次，以后年年收割粮食就行了，农村再也不会有饥荒了，农民也不像现在这样辛苦了。要是能那样该有多好啊。日有所思，夜有所梦，有天夜里，我还真梦见自己成为一名植物研究专家，居然还研究培育出了粮食树，那成片成片的粮食树每年春季开花，夏季结出了黄澄澄的颗粒饱满的麦子，秋天结出了金黄金黄的玉米棒和沉甸甸的谷穗来。于是，普天下的农民都大面积地种植小麦树，全球人只要一伸手就能抓到白蒸馍。成千上万的人们为我培植粮食树的成功而欢呼雀跃……

时光荏苒，犹如白驹过隙，岁月匆匆，几十年稍纵即逝。昨日成为植物研究专家的梦想终未成真，如今稍微动手就能抓到白蒸馍的事却绝不是天方夜谭。当懂得珍惜粮食的我们这代人，探望上大学的子女时，偶尔进学生餐厅就餐，最让人揪心的是扔在餐桌上、倒进泔水中的那雪白雪白的蒸馍。

难忘那拾粪的岁月

“庄稼一枝花，全靠肥当家”。这句农谚谁都懂得，土地是农民的命根子，而肥料又是土地的命根子。粪，通常被人视为脏臭之物，但农村人不讨厌粪便，原因很简单，因为粪是肥料，从中能嗅到五谷香。“若要庄稼有，粪笼不离手。”20世纪六七十年代，农家孩子从小要学会三种活：挖野菜、拾粪、拾柴火。这是庄稼人勤俭持家的好传统，也是祖祖辈辈留下来的居家之道。

那时生产队的田间肥料基本靠广积农家肥，每家的粪肥都交给生产队论担数记工分，因此每家每户都把拾粪当作一项业余挣工分的劳动。社员们利用上工前后到各处去拾粪，然后把粪交到生产队的粪场上，有专门的收粪员用秤称，一斤粪记一个工分，到年终结算时加上每户人力出工挣来的工分分配粮食。

拾粪是我六七岁时就要做的一项既为生产队积肥也为自家挣工分的劳动。

拾粪的时间一般在每天的早晨和傍晚。每天早晨，天还没放亮，奶奶就嚷嚷道：“暖暖都要晒到精沟子上了，还不起来去拾粪，吃狗屙的都叫旁人捡去了！”在奶奶的催促声中，我无奈地离开香甜的梦乡，强睁着惺忪的睡眼，一手提着粪笼，一手握着粪揿走出门，在村间常有猪、牛、狗出没的地方，捡拾家畜的粪便。有时天地一片漆黑，村庄一片寂静，天上繁星闪烁，四野穴虫鸣唱，天籁之声此起彼伏。清凉的夜风阵阵拂面，晨雾染湿了头发，露水打湿了裤脚。空荡荡的田野里，偶尔也会碰到一两位起早拾粪的人，仿佛游魂一般，打个照面，互问一声“早啊”便各自寻找畜粪而去。傍晚只能利用放学的空余时间去拾，但粪少人多，拾的粪便总是少之又少。

拾粪自然是又脏又臭的活。开始学拾粪时，臭气熏得人作呕，但经过几次锻炼后就习惯了，道理和“久处芝兰之室不闻其香”是一样的。每次拾粪只期盼着捡拾的粪便越多越好，因为那就是工分，工分就是粮食，它关系到一家人生活的好坏，臭和脏也就有若于无了。每次拾粪回家，若拾得多了，就故意提过家门，好让奶奶和母亲看到，显示拾的粪多；若拾的粪少，则绕开家门，急忙提到粪坑倒掉，让她们发现不了自己到底是拾多还是拾少。

每年寒暑假，学校要求学生参加生产队劳动锻炼。暑假伊始，正值农业社热火朝天的小麦收割打碾时期，早晨帮生产队社员抱麦捆摊场，中午顶着太阳火辣辣的毒热赶牛、驴套碌碡碾场。碾场一开始，队长便指派我紧随拽碌碡的牛、驴后面拾粪，拾牛、驴粪时要时刻盯着牛、驴的屁股，当牛、驴屙屎时，就急忙拿粪箕去接。如果手脚不麻利点，粪便就掉进麦草，不仅浪费了肥料，而且也会污染麦粒。每次踝场结束，饲养员就会赶着牛、驴到深水沟去饮水，我也要一路跟着把牛、驴屙在路上的粪粑、粪蛋拾回来，堆积在生产队的粪肥场上。有一次，我们生产队的饮水牲畜在路过毛蛋家门口时，屙了一长串牛粪，毛蛋二话不说冲出门来抢拾牛粪，我据理力争了几句，毛蛋的父亲闻声赶来，不问青红皂白，劈头盖脸将我一顿毒打，还恶狠狠地说："牲口屙在我家门口，就是我家的屎，不许你来拾。以后再到我家门前拾粪，我就打断你的腿，哼！"我的粪笼和粪掀也被抛掷到路边沟渠里。

或许是为了生产队的集体利益挨了打，或许是队长看我年纪实在太小，干不了重体力活，又派我去帮助收粪员记账，而其他和我同龄的孩子只能为生产队拉土埋粪、细碎粪块，每次遇见我，他们总会投来羡慕的目光。等到假期结束，生产队粪场上的粪肥就会堆积成无数座小山丘。从那时起我就从社员们的赞许声中，深深体会到了"冬看粪堆，秋看粮堆"这句农谚的奥秘。

拾粪，那是艰苦年代的一项劳动，它不仅在农业科技欠发达的年代促进了粮食的增收，而且也清理了乡村的环境卫生。如今，虽然社会经济条件得到了很大发展，但我们的生产生活环境却令人担忧，每见此景，都会让我不由地想起那些年拾粪的往事。

食　祭

张改过

黄土高原上的人是吃面条长大的，面条是他们饮食谱系中最有代表性的一个分支。

小麦是黄土高原上的主要作物，小麦的生长可以说是冬练三九，夏练三伏，熬的是时间，经的是风雨，在炎寒和酷暑里都摔打过，小麦面是很有韧性的。北方人吃惯了小麦面，吃别的饭食总觉得轻飘飘的不实在。只有吃了小麦面做的面条和馒头才觉得踏实、硬朗，有底气。

吃惯了小麦面的北方人，能经风雨，见世面，血气方刚，说话腔大，走路风风火火，骨子里有硬气，肝胆里有豪气，浑身散发着野性和剽悍之美。一方水土养一方人，北方的水土养育了小麦，小麦也养育了北方人的耿直和大气。小麦已经植入了北方人的生命基因里，世代相袭，小麦和北方人的生命是匹配的。

前几年听一个朋友说，他的女儿在美国读博士，吃不惯西餐，特别想吃面条，想面条想得要哭。还有一个发小，他多年在南方打工，有的是大鱼大虾，有的是南方美食，但是总觉得没有吃一碗面条解馋过瘾。他每次回家吃家乡地地道道的面条和馒头，真是风卷残云，饕餮之后，方觉得口齿留香，肠胃安然，浑身舒畅，惬意得如入逍遥之境。

其中原委除了饮食习惯的差异，更主要的是故土情结的牵绊。

出门在外的人一定记得家乡的山水风物，也记得家乡饭菜的味道。那已经不是一种单纯的味道，而成了难以抹去的生命印象，深深地镌刻在了心灵的底片上。这种镌刻是一种成长的镶嵌，从一个人的生命之初就打下了深深的烙印，就像胎记一般附在身上。人在成长过程中总有一些东西牢固地镶嵌在意识里，伴你一生。一个人一辈子总是忘不了故乡，就像人一辈子都走不出童年。

北方人用小麦面可以做成各种各样的食品，极尽艺术之构想，穷尽思维之极致。他们丰富的想象力、大胆的创造力，混合着对生活的美好希望、向往和期待。他们在小麦面团里使用了揉捏切搓，点化描摸之手法，伴以拉长、压挤、擀薄、嵌入等技艺，花样之丰富，口味之众多，堪称绝妙。他们做成的馍有花卷、馒头、刀截、巴巴……饼子有油饼、干粮、葱花饼、酥饼等等。就面条而言也是种类繁多，不拘一格，口感殊异，诸如长面条、短面片、连锅面、酸汤面、炒面、烩面、拉条面、饸饹面等等。

没有哪一个民族能把吃的文化琢磨、创造、演绎得如此精湛绝伦，如此博大精深。我想中华民族的饮食文化是独领风骚的，是深邃广博的。它洋洋几千年，纵横在大江南北之间，跨越于沿海和塞北之域。其饮食结构是复杂多样的，饮食文化是灿若星河的。

几千年来，北方人在小麦面食品的加工中精心研习，在继承中创新，在创新中传承，形成了北方饮食文化的特色和主流情调，并臻于完美。

于我而言，还是更偏爱北方的酸汤长面条和饸饹面。这两种面食吃起来有场面，有气氛，那沸沸扬扬的热气能营造一种朦胧的意境，能吃出特有的快乐，能在心中留下深深的牵挂。

记得小时候村庄里人吃饭时很奇怪，端了饭碗蹲在自己家大门口吃。如果有人走过便挑起碗里的面条，银丝般搭在筷子上，满脸堆笑地向对方吆喝:“他……过来，吃点饭！”他字后面往往带着称呼，或婶子，或二爷，或三大……这种吆喝和所谓的“嗟来之食”截然不同。这种吆喝里带着纯朴的礼节，带着真诚的热情，带着亲切的善意。何以要这般吃法？因为那时候人穷没有饭桌，再说一顿饭没有多少菜，粗茶淡饭，缺盐少醋，里面仅几根菜。加之干活时间紧，女人舀了饭，男人便端着在门口边吃边和过路的人搭讪。

一碗面条在太阳的晾晒下吃完了，在筷子匆忙的扭夹中，面条风情万种地摇摆，触碰着每一个敏感的味觉细胞，光滑顺溜地沿着食管奔驰而下，在肠胃里温润着生命。

蹲在地上吃饭很随意很简单，但在那个年代里，不失为一种朴素的乡村风景，带有粗犷的乡野风情。简单的对话里反映的是人与人之间毫无戒备、彼此关怀的纯正心理。

和这种简单、粗犷、随意的吃法相比，吃酸汤面和饸饹面则更讲究、更有气氛、更排场、更悠闲一些。。

和上一盆面，反复地揉搓，再把面放一会，这个过程中水分和面粉充分地糅合、渗透，增加了面的柔韧性。面团被擀匀推薄，切成一根根层次分明、均匀有致、洁白细腻的面条。锅里的水滚沸了，面条在水里欢快地翻腾跳跃，人用筷子搅拨，面在锅里旋转，一股股热气扑面而来。

最为精彩动人的场景就是捞面，用筷子挑起一束一束的面条盛在碗里，面条犹如临空而挂的雪白的瀑布。酸汤在另一口锅里滚沸翻腾，上面漂着绿白相间的葱花，漂着红艳艳的辣椒，一口锅里蓄满了浓浓的芳香，满屋子都弥漫着香气。勺子舀起色香味俱全的汤在碗里浸润两三次，这是为了让面条和汤水充分的接触，融入汤水的味道。然后端着一碗香气喷喷的酸汤面，一条一条地咽进喉咙。此时不仅是舌头和口腔充满了欢愉，就连五脏六腑也十分惬意。

没有哪一种饮食能吃得如此细致入微，能吃得如此斯文典雅，能吃得如此诗情画意，能吃得如此荡气回肠。唯有北方人百吃不厌的酸汤面了。这期间融进了多少生动的细节，融进了多少浓浓的情意。

身处异国他乡的人，有谁想起故乡的酸汤面能不口舌生津？能不牵肠挂肚？能不思念悠悠呢？

家乡人过春节的时候有一个习俗，正月初七的晚饭就是酸汤面。面条很细很长，汤味散发着浓郁的香气。一家人围坐一起，津津有味地吃着，充满了节日的快乐。据说人有魂魄，通过吃酸汤面条，面条能把四处漂泊的魂魄招回来，附着在人的身上，因此便有了这一习俗。此日所吃的面条叫“拉魂面”，意味着这一天吃了“拉魂面”，人就有了精气神，身体才能健康，家人才能团圆。面条深深地融入了人的精神层面，进入了人的精神世界，由物化的概念上升到了意识的范畴。

面条是家的味道，是故乡的味道，是亲情的味道，怎能不让远方的游子魂牵梦萦呢？它牢牢地拴着人的心啊！

家乡还有用饮食祭奠的仪式。一是每逢过春节等重大节日，或者遇到老人的祭日时，人们端了饭碗在大门口，把碗里的饭菜放在干净的地方，有时把面条挂在树枝上，让已故的老人能品尝到家里的饭菜，以示用饮食对老人的祭奠，这叫“泼散”；还有一种就是人去世下葬时，要用一个罐子盛满饭食埋在墓里，亡人离开了人世，还要将饭食带到阴间去。

这两种方式与其说是用饮食祭奠老人，不如说是家乡人对饮食至高无上的膜拜和敬仰，是对食物的祭祀。饮食与人的生命息息相关，民以食为天，吃饭是天下最隆重、最具公众化的大事。

人们不仅看重了吃，也看重了粮食，他们对粮食有着对待生命一般的深厚感情。

记得二十多年前的夏季，一场冰雹铺天盖地而来，一望无际的金色麦田夷为平地，惨不忍睹。村里人心惶惶，悲伤欲绝，白发苍苍、身形佝偻的长者跪在地里号啕大哭，泪如雨下，泣声动天，任凭怎么搀扶他们都不肯站起来。他们憎恨苍天，他们哭的不是自己，哭的是即将收获的粮食。肆意流淌的泪水和惊天动地的哭声为那些被毁掉的粮食而沉痛祭奠。

除过面条，饸饹面也是极尽勾魂摄魄之魅力的面食。记得小时候家里来了亲戚，或者每逢盛大的事情就要吃饸饹面，那时候吃饸饹面是相当奢侈的一件事。即使到了现在，每逢结婚或者做满月举办盛大宴席，宴席之前要“过小饭”，过小饭常常就是吃饸饹面。

过事吃饸饹面有专人负责和面，和面的人力气大有耐力，还有专人负责压饸饹，一架饸饹床子支在锅口，压出的饸饹面条白唰唰落入锅里，锅里云雾蒸腾。也有专人负责氽汤，捞面，舀面。安排得井然有序，合作得默契自然，流程顺利得犹如流水作业。

再摆上韭菜、莲花白、萝卜干等几味咸菜，红红绿绿的，浓浓的咸味里飘着淡淡的菜香。就着咸菜吃饸饹面格外的筋道，格外的可口。客人们一边吃一边闲话着近日的见闻，宴席上洋溢着快乐的气氛。

面条和饸饹面养育了北方人的血性，北方人的面色如小麦一样泛着赤金的光泽，他们的心思也如赤金一样的亮堂和明净。

女人们自小吃面条长大，她们柔情似水，肌肤像缎子一样光滑柔顺。男人们吃了面条，他们的性情就像金波翻涌的麦田那样豁达，他们具有广阔的精神空间，性格中蕴含着黄土地的沉稳与厚重。既有刚性热烈的一面，也有柔情隐忍的一面。

被面条世世代代喂养的北方人，他们更依赖面条，更喜欢吃面条，面条影响了他们的肉体，也影响了他们的灵魂。

中国饮食礼仪由来之久，如进食的礼仪，按《礼记》所述，周代时已有了非常严格的要求。进食之前，等食品摆好之后，主人引导客人行祭。古人为了表示不忘本，进餐之前必先从盘碗中拨出菜品少许，放在案上，以报答发明饮食的先人，这叫“食祭”。有“食祭于案，酒祭于地”的说法。

谨以此文，权作用文字的形式，对养育了我们生命的土地，对世世代代所飧用的粮食虔诚地 “食祭”吧。

秋夜看玉米

赵全保

崇信县一带被称为公刘故里，芮鞫乃是对这片热土的别称。芮鞫农耕，有着悠久的历史。

从小生长在省城里的我，于20世纪60年代末70年代初，来到崇信的南山中，扎扎实实当了近三年的农民。

周寨，是一个依山傍水的小山村，那时的名称是周寨生产队。当年我就在这个名不见经传的村庄里插队。对于那三年的所有经历，刻骨铭心自不必说，有些事儿，回忆起来颇有意思，看玉米就是其中之一。

这是孟秋季节的一个傍晚，社员们全部集聚在队部里，热烈讨论着一件事，就是看玉米的事。生产队长王俊有主持着会议，让男社员们自由组合，两人一组，确定去看哪一块玉米地。

大家争论了一个多小时，大部分玉米地都已经确定了看守的人员，还有几块地没有人报名去看守。王队长看了看大家说:“今年小寨子的那一片玉米谁去看？”

刚才还乱嚷嚷的社员们，顿时鸦雀无声。

王队长接着说:“都说那地方硬得很，其实那都是迷信，谁见过鬼呢？都是自已吓唬自已。”

外号“二杆子”的朱进财突然站起身来自告奋勇地说:“什么鬼不鬼的，我去！还有谁愿意和我一起去？”

我是不相信神鬼的，便应着朱进财说:“我愿意和朱进财去看那一片玉米。”

朱进财又说:“往年这块地都是三个人看，今年‘老保’和我搭档，我们两个人就行了。”“老保”是社员们给我起的绰号。

王俊有说:“我的意见是，看这一片玉米的人，一晚上记三成工，不知大家同不同意？”

结果社员们一致通过了王队长的意见。我知道，看玉米一般都是每人一晚上记二成工。

周寨生产队大部分都是山地，半山凸地一般都不种玉米，玉米要么种在戚家川这一条“大河”南北两岸山根下的几块地里，要么种在通往新窑方向的那条小河两畔的几块地里。每到初秋夜晚，山里的野猪就开始在玉米地里出没。有的是单独行动，有的是一头母野猪领着一群小猪仔集体行动，它们是来吃快要成熟的玉米的。可憎的是它们对玉米践踏得更厉害，只要它们一出动，必有大片的玉米受到祸害。因而，在这个季节里，晚上必须派人守护玉米地。

这次会议决定，看玉米的男社员必须在第二天各自收拾好自己看玉米的“住所”。靠山崖有小窑洞的，去把窑洞收拾好；没有窑洞的，去砍树枝搭窝棚。从第二天晚上起，各片看玉米的社员必须到岗，恪守尽职。

第二天晚上，朱进财叫上我，到小寨子那片地里去看玉米。那儿靠山根有个小窑洞，里面铺着麦草，我俩各带着一床被子。到达玉米地后，我们并没有立即就睡，而是在窑洞外面生了一堆篝火，掰了四个比较成熟的玉米棒棒连皮在火上烤。等到玉米皮烤焦烧完，玉米也就熟了，那个美味喷香啊，真没说的。吃饱了，朱进财捡了几块土疙瘩朝着不同的方向乱扔，并大声吼叫了几声，然后拍了拍手对我说："没事了，睡吧！"

我们把被子双折铺在麦草上，半面当褥子，半面当被子，两人很快就进入了梦乡。

半夜睡得正香，忽然一声吼叫惊醒了我。我坐了起来，看见窑洞外面的朱进财又在扔着土块，仍然边扔边吼叫着。

天蒙蒙亮，我和朱进财就已起床，夹着被子各自回家了。临走时，朱进财对我说："地点你已经知道了，今晚我可能要来得迟一些，你来早些，好吗？"我说："没问题。"

可是，这天晚上就出现了一个小问题。我按天黑来到这里，先点燃了篝火，然后依照朱进财的做法，烧熟了四个玉米棒棒，我吃了两个，给朱进财留了两个。篝火火焰渐渐小了，我也没打算再添柴火。可还是不见朱进财的人影，我只好学着他昨晚的样子，使劲向玉米地的远处扔着土疙瘩，扯着嗓子大声吼叫。一番乱扔胡吼之后，刚准备进窑洞睡觉的我，忽然发现两只亮亮的绿色小点慢慢地向我这边移动。不好，是狼！我即刻出了一身冷汗。这时篝火已经没有了火焰，我顺手抄起一根烧了半截又粗又长的树枝，心惊肉颤地退到了窑洞口。这时，狼离我越来越近了。天很黑，只能看见狼的两只眼睛闪着绿光。我目不转睛地盯着狼的眼睛，眼看狼已经到了我的跟前，我用尽全身力气抡起树枝朝狼头砸去。啊？什么也没打着，而狼的两只眼睛朝着两面飘走了。怎么回事？我的左前方又有一只绿色的亮点在晃动，仔细一瞧，嗨！原来是萤火虫！

我丢弃了树枝，拍了拍手，一屁股坐在窑洞口的麦草上。回想刚才发生的事情，自己把自己嘲笑了一番。这时听见了人的脚步声，朱进财来了，我站了起来。

朱进财把被子往窑洞里一扔，说："来迟了，你害怕了吗？"

"没有。"我打着寒战说。风一吹，湿湿的脊背感到冰凉寒冷。

我从篝火灰烬边的树枝中，找到那两个烧熟的玉米棒棒，递给了朱进财。我们一起进了窑洞，一左一右坐在各自的被子上。朱进财一边吃着玉米棒棒，一边和我拉着家常，而我的脑海中还浮现着刚才的情景。

我们睡下后，朱进财兴致勃勃地讲着他们当年大炼钢铁的事情。这时，远远传来一声枪响，我知道那是在净石沟对面看玉米的张有礼在放枪，全周寨就他家有一杆土枪。渐渐地，我进入了梦乡。

大约一周后的晚上，又发生了一个故事。和张有礼一起看玉米的崔双贵，不小心将张有礼的一小布袋火药点燃了，结果烧伤了自己的脸，住进了新窑医院。队里研究决定，崔双贵的医药费，队里报销三分之一，张有礼负担三分之一，崔双贵本人负担三分之一。

“幸亏还没有把窝棚烧着，如果引起大火，把整个山林烧着，那就麻烦大了！”朱进财自言自语地说。

转眼到了深秋，秋收结束了，看玉米的工作也结束了。

麦子黄了

张改过

想起那些年割麦子

20世纪80年代初，刚包产到户，人们种粮的积极性空前高涨。农民深爱着土地，对待土地，就像侍奉自己的老人一样亲切、周到。他们把一年四季大部分时间都花在种地上，每年要种大面积的小麦。

夏至过了，麦子黄了。山地里、塬台上、川道里到处一片金黄，大地穿上了金色的外衣。在炙热的太阳下，金黄的麦浪随风起伏，广阔的麦田里散发着小麦成熟的气息。田地酝酿、滋养了漫长的一年，到了六月，大地的雄性之气和浑厚之美更显得难以抑制。大地像一头亢奋的公牛，到处都散发着逼人的力量。

季节的候鸟——麦黄鸟，在草丛里、树梢上不住地叫着："旋黄旋割……旋黄旋割……"听着麦黄鸟的叫声，我知道收割小麦的时间又到了。

多少年来每到六月，大地都是成熟的颜色，都是同样的粗犷、厚实；多少年来每到了六月，人们都是一样的忙碌而紧张，虎口夺粮，要抢在时间的前头。六月流火，麦黄糜黄，绣女下床，田地、路上、麦场到处都是人。

茫茫的麦田里和起伏的麦浪里，人头晃动，头顶的太阳一浪一浪地向下倾泻着炙热的气息，割麦子的人一只手握紧了镰刀，另一只手捏着一束麦子，两只手心里都汗渍渍的，动作娴熟而敏捷。镰刀和麦秆摩擦着，咬合着。“嚓嚓嚓……刺啦刺啦……嚓嚓嚓……刺啦刺啦……”声音急促，一声接着一声。割麦的人来不及休息，那些上了年纪的人都是割麦子的能手，他们有耐力，有狠劲，功夫老道。割川水地里的高麦子时，腿站直弯着腰身体前倾胳膊向前伸着割，山台地麦子低，就蹲着割，那些老年人一蹲就是一天，第二天照样能下地。年轻人则没有耐力和恒心，年轻人在前面割得窄，上了年纪的人割得宽，老年人后面赶着。割麦子是赶趟儿，一趟一趟割过去，麦子“哗哗哗……哗哗哗”倒下，匍匐在热乎乎的土地上，人们又把倒下的麦子捆成一个个麦捆，麦捆就像睡懒觉的娃娃，一个挨着一个躺在麦田里。

收麦争的是时间，再累也不敢懈怠，除非饿了渴了才停下来，边喝水边吃馍，吃完了捡一个麦捆当枕头在地里睡一小会，头发里夹杂着柴屑、泥土也毫不在乎，片刻又接着挥起镰刀。在割麦子的时间里，没有老人的单膀子人家一天在家里吃两顿饭。早晨起得很早，吃过饭，带些馍和水就上地了，一日之计在于晨，干活靠的是早晨时间。中午的饭是在地里将就着吃些馍就行了，晚上回去才收拾着吃了睡觉。而有老人的家里，儿子和儿媳割麦子，老人做好饭让孙女、孙子送到地里。

割了一天，时间不早了。割麦的人就把麦捆一个个拾起来，架在架子车上，车子上的麦捆高得像小山似的，男人掌辕拉车，女人在后面推车子。拉回麦场里，天气好时就一捆一捆整齐地立下，天气不好时就摞成麦垛。摞麦垛是技术性很强的活路，摞得好的麦垛简直就是艺术品，像尖塔，像陀螺，四围齐整。要领是，先把麦捆紧紧地靠在一起立成一个圆形，从底层一层层地摞起来，越上去越收拢，顶部很小，捆一个帽子扣在上面。即使下了雨，麦垛只是湿了外面的麦柴，麦穗不会受到一点影响。我们的老祖宗够聪明的，摸索出这么好的储存麦子的办法。麦垛有大的，也有小的，不管是大是小形状都一样。大的麦垛有的高过四五米，底部直径有十米左右，能摞很多很多的麦捆。在碾麦子时搭了梯子上垛，从垛顶用铁杈往下一点点把麦捆散开。

在那个时候，人把土地看得金贵，各家种的亩数都比较多，有些大户人家要种过二十几亩麦子。收麦子需要一段时间，边黄边割，前前后后大约有半个月，麦子才能割完。先割山上的阳洼地，后割塬台地，再割坳里的阴山地，川水地里的麦子黄得迟，自然留在后面了。

麦子割完了，从地里拉到麦场里，晒干，摞好，几乎家家都要摞大麦垛，不然麦场腾不出空余的地方，没办法碾麦子。

碾麦子是很隆重的大事，提前要看天气预报，像过大事一样做好准备，要买菜，买肉，买烟酒，因为这一天几乎全村的人都要来家里吃饭，这一天的饭菜体现着女主人的厨艺和家的面子。

主人早早把麦场扫净，摊麦子。麦捆拆开后，薄厚均匀地撒在场里。不管是谁家碾麦子，村里其他人都会主动帮忙，人们一个接一个地来到场里。麦子摊好了，转圈的拖拉机就成了麦场上的主角，碾一遍翻一遍。最早是翻两次，圆一次（把麦柴一圈圈挑在外面，又一圈圈向中间挑，都是为了均匀），还要刮尖（把上面碾净了的麦柴刮出来，没有碾净的生麦柴再碾一会，就全部起），最后起麦草，分离出麦衣和颗粒混合的麦颗子。

碾场是一个集体性的劳动。今天给你家碾，明天给他家碾，没有人不愿也不敢生分，因为这种活不是一家人单独能完成的，所以相互协作就非常重要了。碾场时，人们边干活，边说笑，劳动场面大，气氛热闹，虽然很脏很累很热，但是人感觉不到累。爱搞笑的人撂出一个笑话，全场的人就会爆出一阵大笑。还有爱喊乱谈的人，故意喊出一阵跑调的唱腔，别的人听着也开心。我那时候还年轻，干活要老年人指点，处在他们其中，在这些说笑声、吆喝声里也快乐淋漓。

当麦颗子被堆成一座小山的时候，就开始扬场了。扬场的人中有老把式，也有刚学习的新手。麦子扬出来了，忙了一天的人这才松了一口气。谁家碾场如果遇到有雷雨的天气，塌场了，一场麦子就要分几场碾，别的人也要帮着，特别费事。碾场是村子里人们最集中的一个劳动场面，人头攒动，挥汗如雨，尘土飞扬，笑语喧哗。碾场时最能体现出村子里的团结精神和主人人缘的好坏，人缘好的帮忙的人就多。一家挨一家把麦子碾完大约需要半个月时间。碾完了麦子，又要趁着大好的天气把麦子颗粒晒干、扬净，全部装进粮囤之后，人们才能稍稍歇一口气。

从割麦子到碾麦子前后要一个月时间。加上耕地、播种、锄草，农民的辛苦可想而知。“谁知盘中餐，粒粒皆辛苦”。只有亲自种过庄稼的人，对这句诗才有最真切的体会。

“洋麦客”进村

麦子还没有黄的时候，公路上就来来去去地跑着很多的大型联合收割机。有的是从新疆一路开过来的，有的是从河南开来的，也有从山东来的。这些收割机沿着我们村子前面的304线省道跑，可能是到陕西的长武、陇县一带割麦去了。把成熟早一些地方的麦子割完，等到我们这儿的麦子黄了，一辆辆收割机又从304线上开过来。收割机停在县城街道边，每一辆收割机上有两个人，大多数是两口子，他们衣着朴素，随车带着被褥和一些基本的生活用品。白天有人到县城里叫，他们就去那个人的村子里割麦，一旦到了这个村子就要割整整一天。有些收割机开着沿公路跑，南北二塬都去，碰到路边有人叫也就走了。

到了晚上，这些忙碌了一天的收割机就停在县城或者乡镇的街道边。司机在街道的食堂里买饭吃过了，洗了手脸，就在车旁的地面上铺上一块垫子休息，耳边还放着收音机或者别的音响，听着新闻，听着秦腔或者别的什么节目。妻子这时候还要洗衣服，简单地收拾一下车里面的卫生。到了晚上，夜凉袭来，他们才进入驾驶室里睡觉。虽说挣了几个钱，但过着风餐露宿的生活，几个月来颠簸在遥远的路途上，饱受着旅途的劳累和出门在外的不便，其中的甘苦只有他们自己知道。

这些年人的观念变化了，不像包产到户那几年爱地如命，而是以发展经济为主，年轻人都到外面打工去了，种田的都是老年人。随着耕种方式和生产工具的变化，很多年轻人都不会也不愿种地了。为了发展经济，川水地里种玉米、种蔬菜、种绿化树苗，这些都能带来比小麦更大的经济效益；山地修成了梯田，栽上了苹果树，种了油料作物，有些还种了药材。加上现在人的副食丰富了，劳动强度也小了，吃主食比以前少很多，所以北方种小麦的面积比二三十年前少了许多。

虽然小麦种植面积少了，但是人们也不像以前那样用人力割麦子，收割机能割上的地块，尽量用收割机割。这就造成现在的很多年轻人都不会割麦子了，碾场、扬场之类的农活更不用说了。生活观念的变化，生产工具的进步，带来了便利、快捷和高效，同时让一些传统的种植、收割、加工技术逐渐消失。只有一些偏僻、交通不方便的地方人们仍然沿袭着用镰刀割麦子及碾场、扬场这些传统的生产方式。

机械把人从繁重的劳动中解放了出来，节省了时间，却培养了人的惰性，尤其是一些年轻人更没有吃苦精神。他们是土地喂养大的，却在逐渐逃离土地，农村大片土地荒芜、闲置。

联合收割机开进一大块麦地，“突突突”冒着黑烟走过去，“哗啦啦……哗啦啦……”一片片麦子就割完了。收割机的大口把小麦拦腰咬断，地面上留着齐刷刷的麦茬，麦穗和上半截麦柴都被吞进去，简单地搅动加工后，把麦衣和麦柴从另一侧扔出来，麦粒一粒不落地装进了麦舱。和用镰刀割麦相比，简直就是天壤之别。用收割机割麦，可以将割麦和碾麦两道工序合二为一，只需一个过程就快速完成。

割完了一块麦田，到地头停下，铺开帆布，从车上倒下麦粒装进袋子，人们就可以直接拉回家去。剩下的就只有晒麦粒和贮存了。

二三十年变化如此巨大，也许若干年后，人的观念和生产生活方式会有更大的进步。

收割机代替了人工镰刀割麦，这个“洋麦客”出现在夏日的田间地头，以其强大的运作能力缩短了夏收的时间，使人们对原始耕作方式产生了鄙夷。时代的变迁在农村这片广大的土地上印上了深深的烙印。

真正的麦客

所谓赶场，就是到了夏天，本地的麦子没有黄，人们就到外地去割麦赚钱。赶场的人一般都要走很远的路，一旦出了门半个多月都回不了家。这样的人就叫麦客。

赶场的人带的行李很简单，背一个挎包，手里提着一把镰刀，他们就靠着这把镰刀解决吃饭问题，也带来相应的收入。赶场的男人临出门时，给家里的父母、老婆、孩子千叮咛万嘱咐，让他们放心，自己是和其他的麦客结伴出门了。路途遥远，他们坐上班车就向着目的地走去。这些同行者中有曾经赶过场、有经验的老麦客，他们知道哪个地方的麦子大约在什么时间成熟，也知道来去的路径和应该怎样乘车。

家乡的父老乡亲也去赶场，他们坐着车，就到陇县和长武一带赶场，一去就是十几天时间。那个时候没有电话，一旦出门就和家人失去了联系。据他们说，陕西的麦子很厚，割起来欺人费力气，可是割完了，有些家户主人心善好说话，按实际亩数给他们付报酬，而有些主人家要赖，在亩数上以少瞒多。甘肃麦客都老实，就和他们好说歹说，适当让步，才拿到了应得的钱。他们长途跋涉，风餐露宿，回来时穿的布鞋磨破了，衣服也破烂了，不变的只有他们手里的那把镰刀。到陕西赶场回来的麦客，在家里稍做歇息，就投入到了自己家里小麦的收割中。

以前家乡也来过赶场的人，大多数是庄浪和静宁人。他们坐车从华亭过来，到了县城或乡镇下了车，就在街道的房檐台上坐着等待，吃饭在食堂，晚上睡在水泥台阶上。天一亮，有些人家就到县城或者乡镇的街道上叫麦客，谈好价钱，领到家里，给他们做好饭吃了，吃饭当然不算钱。然后，主人把麦客领到地里，指定地块，嘱咐他们割的麦茬要低，麦子要整齐，麦客就开始割麦了。

一块地割完了，主人说是二亩地，麦客不相信，就用脚丈量，麦客丈量的亩数往往大于主人说的亩数，有些人家也就勉强付了钱，让他们在家里吃一顿饭，便打发走了。人们一般是不留麦客在家里住宿的，除非地多一天割不完，才让麦客住下，等割完了再打发他们走。

有些麦客没有人叫，找不到活路，就沿着公路走，偶尔碰到有人叫就跟着去了，没有人叫时，走到乡镇的街道边坐着等，有时候一连几天都接不到活。这样说来，麦客不仅很苦，而且也不是所有的麦客都能赚到钱。

现在情况就大不一样了，种的地少了，又有了联合收割机，再说现在的人观念改变了，抢时间，讲经济效益，何况做麦客也挣不了几个钱，麦客就消失了，取而代之的是那些效率高的“洋麦客”——联合收割机。

清风送爽话收秋

李玉屏

时光不停歇地穿梭着，很快从冬天走到秋天，各种庄稼经过春播夏长陆续都成熟了。农人这时也就忙活了起来，便依次将秋作物玉米、谷子、糜子、豆子、高粱等收割晾晒打碾。收秋，简言之就是收获秋天成熟的农产品。

秋作物的种类相对较多，至今还是沿用传统的收割方式，即靠人力一点一点地打理。而收秋前前后后需要持续一个多月的时间，是一项很累人的农活。收秋虽然是个苦力活，但看到满地金黄的庄稼，农人还是很高兴的。他们不怕吃苦，只要粮食丰收，什么困难都能克服。

进入九月中旬后，首先成熟的是玉米，收玉米是件很麻烦的农活，需要做五六道工序。首先要背上背篓或提上袋子按种植的行子，将一株株玉米秆上的玉米棒子掰下扔进背篓里或袋子里，待力气承不住时，再将背篓背到地边或将袋子提到地边倒成堆，再用车子拉回家，又返回地里去掰。玉米棒子一个重量约莫七两，一背篓一次背不了多少，一亩地玉米需要往返几十次才能掰完，且玉米叶子会刷得人脸和手生疼。以前往家拉玉米棒子，用的是木制架子车，全靠人力一车又一车地拉。一亩地收获一千五百斤左右，拉回家也需要往返多趟。有些田地离家较远，在二三里路之外，一天下来往往是筋疲力尽。紧接着又要将外皮一个一个剥掉，摊开晾晒，剥皮有时需要连夜劳作，怕的是阴雨连绵玉米粒发霉变质。或是将两个棒子的叶子绑在一起，挂到屋檐下或是木桩上晾晒，摊在地上晾晒的玉米更需要每天翻拨。最后再将地里的玉米秆逐个砍掉，抱到地边晒干当柴火烧。以前，家庭燃料短缺，有人将玉米根一个一个从地下挖出，弹掉土块拉回家烧炕做饭。那时的人们什么都不会浪费，都会做到物尽其用。玉米作为主要食粮，种植面积仅次于麦子。包产到户前是以生产队为单位种植，之后家家户户都大面积种植。玉米既能粉成糁子熬粥吃，又可磨成面粉蒸馍馍、烙饼，也可做成玉米糊糊喝，又香又甜。玉米虽然是一种最普通的粮食，但人们却对它情有独钟。

玉米收完后，谷子和糜子也就成熟了，收割要用镰刀，一镰一镰地割，和过去收麦子一样，一捆一捆地绑扎，拉到场里打碾。有些细心人怕用镰刀割时谷穗受撞谷粒遗落，就先用剪刀将谷穗一个个剪下装进袋子，然后再用镰刀割掉谷子秆。

农人对粮食、对土地的敬畏，是发自灵魂深处的一种虔诚。谷子的成品称小米，它养脾健胃，人人爱吃，尤其是产妇必吃的营养食品，每家的粮柜里或多或少都会存放一些。

以前，我们这里还种植高粱，它和玉米同时成熟，血红的杆穗煞是好看，红红圆圆的硕大穗头长在秆的顶端，引来成群的鸟儿争抢啄食。收高粱是先砍下穗头，再砍掉高粱秆，和收玉米的工序相差无几。高粱因人们食用少，现在的农民很少种植，田地里几乎看不到。昔日人们常用高粱酿造黄酒，用来保健去病。20世纪七八十年代，父母连续多年用高粱、谷米和麸子酿造黄酒，清香中带点苦辣，不仅全家人常喝，也送亲朋好友。有一次，哥哥把黄酒喝多了，满脸通红，睡了一下午，连学都没上。

豆子在我们这里种植面积虽然不是很广，但几乎家家户户都有。豆子的种类很多，有黄豆、黑豆、豌豆、红小豆、绿小豆、白芸豆、豇豆、菜豆等十来样。每到春暖花开的清明节前后，农人就开始点种豆，往往是每样都点种一些，到国庆节之后就陆续成熟。收豆子，一般都是连豆秆根一起拔出，拉运到场里打碾。豆子富含蛋白质，常用来熬稀饭或生豆芽菜，大人孩子都爱吃。或将黄豆、黑豆或豌豆炒熟吃，一股浓浓的豆香味远远地就能闻到，那是孩子们的最爱。他们会把熟豆子装在衣服口袋里，边玩边吃，其乐无穷。那时妈妈常为我们姊妹炒黄豆炒豌豆，有时我会把上衣的两个口袋装满，拿出去和玩伴分享。吃着香甜的豆子，打着纸牌踢着毽子，抓着毛胡跳着方子，还可以做着令人兴奋的捉迷藏游戏，这些都是我儿时最浪漫的事情，现在想来依然回味无穷。

秋作物种类繁多，种收时间较长，费人费力。可每当人们看到田地里结出的黄灿灿的玉米、金闪闪的谷子高粱、圆滚滚的豆子时，农人们就会振作精神不辞劳苦无怨无悔地在田间地头战斗，一撮撮、一个个地收回。每一粒粮食的归仓，每一粒饭桌上的食物，都有阳光雨露的恩惠，也含着农人辛勤劳作的汗水，自然都是非常珍贵的。食之当思来之不易，珍惜每一粒粮食，人人都应如此。

关于“改土”的那些人和那些事

赵全保

秦晋高原，也叫黄土高原，就是我们常说的黄土高坡，包括山西、陕北和陇东。

崇信县处于黄土高坡的沟壑地带，除过南北二塬的一些塬地和汭河两岸的川地外，大部分土地都是山岖地。

20世纪60年代末，作为知青的我，响应中央上山下乡接受贫下中农再教育的号召，来到崇信县南部山区的赤城公社周寨生产队插队。

这个生产队大都是山坡地，粮食产量很低。由于前几年把几块山坡地改造成水平梯田成效显著，很快成为地县两级的先进单位。

这年地县两级蹲点工作组又号召大搞“农田基本建设”，也就是把山坡地改造成水平梯田，简称“改土”。县农业局蹲点干部老陈说，我们常喊“改天换地”的口号，其实“改天”非常难，“换地”则完全可以做到。把贫瘠的山地都换成肥沃的水平梯田，我们的粮食至少可以增产一倍以上。

队里组织了“农田基本建设专业队”，俗称“改土专业队”。我们兰州来的知青和部分城市居民都参加了“专业队”，副队长朱进怀是“专业队”的总负责。

我们改的第一块地叫“大岖”，也叫“八亩岖”，是这个生产队里最大的一块山地。这块地不仅面积大，而且坡度也大。要修成水平田，得分成三块，每块地下首的堰边墙都得打一丈以上。

当时刚种完玉米，其他农活都不多。我们基建队的全体成员，生产队和蹲点的全部干部，再加上十几个不是基建队的社员都上了改土工地。工地上将近五十多人，热热闹闹。

主要工具是铁锨、镢头和独轮推车，这里的人们将独轮车称作土车子。我们四人一组，一把镢头两把铁锨再加一辆土车子，就是我们改土的全部家什。另还有一个打堰边墙的专业组。

我们这些城里来的知青，对技术性较高的庄稼活不会干，而干改土这样的纯体力活，还是可以的。不过那个土车子，的确不好掌控。

我们这一组两男两女。张明兴，一个二十七八岁的青年，很壮实；妇女队长朱葡萄，二十四五岁，瘦小精干，她无论铲土、挖土还是推土车子都样样拿手；再就是我和兰州女知青牛秀英。

我对铁锨镢头的使用都很熟练，唯独没有推过土车子。干了一个上午，我们各自发挥所长，挖土、铲土、推车轮着干。我看朱葡萄这样一个瘦小的女人家，都把土车子推得很自如，也想试着推一下。朱葡萄和张明兴都说我不能胜任，但我还是执意要推，朱葡萄便笑盈盈地把土车子交给了我。满满一车土，按道理说没多重，况且又是下坡路。可当我推上还没走上两步时车和人都失去平衡。由于坡比较陡，车向着左前方翻了个滚，倒光了全部的土后侧着身子不动了。而我呢，却摔了一个大跟头，又侧身滚了两滚。我想那姿势肯定是很滑稽可笑的，不然人们为何都大笑不止。虽然我已经爬了起来，但还有几个妇女仍然抱着肚子、弯着腰或蹲在地下笑着不停。我闹了一个大红脸，这实在太丢人了！摔得晕头转向的我起身后赶紧寻看土车子怎么样了，结果被张明兴早就拉了回去。

这时恰好送开水的人来了，朱队长发令让大家休息一会。早就饥肠辘辘的人们赶紧拿出馍馍吃了起来，有人带着搪瓷缸子舀开水泡馍吃，也有人还带着冬梨当蔬菜吃。我也从布袋里取出两个混合面的蒸馍和一根葱，大口地吃了起来。张明兴送给了我一个冬梨，朱葡萄也拿出冬梨往牛秀英手中塞，牛秀英刚开始还不好意思地推辞着，后来也就接过吃了起来。

我三下五除二地将两个馍馍一个梨填到肚子里，然后又去练习推土车子。我先是推着空车试着跑了几个来回，虽然翻了几次车但基本上掌握了推车的要领，接着又装了少许的土，试着推了几趟，土车子慢慢地听从我的指挥了。

朱队长走到我跟前说："不急，慢慢练一练就能掌握了，我们都是从小推着土车子玩大的，不用学自然能推。这样的车你以前肯定见都没见过吧？"

我笑了笑说："是，的确没见过。"

经过两三天的练习，我完全制服了这个调皮的工具。

有一天，朱葡萄不知从哪儿又借来了一辆土车子，她把这辆车子推走，我们就赶紧装另一辆车子，两辆车子她一人轮换着推，而我们几乎连喘息的时间都没有。恰巧这天县上几个领导来工地上视察，还跟着县广播站的记者。第二天广播里就传来了《一女推双车》的新闻报道，朱葡萄由此出了大名。

每天快收工时，朱队长和工作组老于就用皮卷尺测量各组挖的土方，然后计算进行登记，年终作为评选先进的依据。我们这一组一直遥遥领先。

经过几天的锻炼，不论是抡镢头使铁锨，还是推独轮土车子，我都已经很拿手了。不过半年后土车子就被淘汰了，改土工地上全部换成了架子车。

打堰边墙，是个技术含量很高的活儿。打堰组的组长是一个姓张的壮年汉子，人们都叫他张大师，这个组的人员都是他精挑细选来的。听说要增加一个打墙组，一些男女年青经常利用休息时间到地头练习打锤子。结果那天选打墙组人员时，我却被意外地选上了。几个小伙子很不服气地对张大师说:“我们天天练习打锤子都选不上，从来没见老保练习过，他怎么能选上呢？”

技术员老张说:“那没办法，刚才大家都看到了，老保就是比你们几个打得好。”

其实他们不知道，我住的那家院子里，就有一个打墙的锤子闲放着，我每天晚上都要偷偷到屋后练一阵。

在打墙组，我学会了瞄线、定位、安墙头板等所有的打墙技术。不久又成了朱队长的助手，搞一些测量和改土规划等工作。

我从小就养成了早起的习惯。那段时间，我每天早上四点左右起床，先顺河畔上下跑跑步，然后在学校的篮球架子上做五十多个引体向上，这才挑上一担肥料上山。每天到改土工地最早的就是朱队长和我。

就在我们修第五块地的时候，下了一场雷雨，把大凼那三块水平梯田从中间冲出了一条大沟豁。那天开社员大会，讨论组织一个抢修大凼梯田的突击队，要求每天晚饭后不计工分到大凼参加两个小时的义务劳动，而且上山时还要顺便挑一担粪，让大家自愿报名。我首先报了名，接着有十几个青年男女都报了名。最后由十八个青年组成了一支突击队，每晚加班三个多小时，干了十多天才补修好大凼梯田，而且还开挖了一道水路，确保再发洪水也冲不坏梯田。

大凼修成的三块水平梯田，面积比原来小了许多，经过测量只有六亩。但地平雨水足，再加上粪肥施到位，第二年小麦单独计产量，六亩多地打了两千七百多斤小麦。当地农民高兴地说，这块地过去亩产一般就是七八十斤，最好的年景也超不过百斤。

周寨生产队由于改土成绩显著，县上提出了一个口号:“远学大寨，近学周寨”。因而来周寨参观学习的人络绎不绝。

周寨生产队改土工地的领导也升了格，王有周由生产队的副队长变为大队革委会主任。他在驻队工作组的帮助下不仅入了党，而且还成了县委委员。这时公社也选我到崇信县红专学校参加农业技术员培训班，培训班还没有结束，我就被公社叫了回来，在赤城信用社当了一名会计。

不过我的改土情结并没有结束。

一天下午我回周寨，路过狼窝坝，看见改土工地上很多人正在这里进行“集中力量打歼灭战”。几个周寨生产队的社员看见了路过的我，便笑着跑过来将我拉到工地上和他们一起干活，说是要检验我还会不会干活，到底“变修”了没有？我也只好和他们干到收工才一起回家。

1975年我在黄寨营业所工作，这一年全县各公社都把改土工作抓得很紧。黄寨由公社的章副书记抓改土工作，全公社集中一起修水平梯田。塬边的土地面积大，改土工地场面也很壮观。公社机关行政干部几乎全都上了改土工地，业务单位也抽出一定的人员参加改土。那时银行营业所和信用社在一起办公，我年龄较小，天经地义就得上改土工地，这样又干了近半年的改土。

1976年我又调回县人民银行工作。1977年春，县直机关各单位抽调人员参加木林公社的改土，我们单位抽了三人，我就是其中的一位。

改土工地是一个很大的山峁，土崖下面有许多小窑洞，据说是大炼钢铁时挖的。这些小窑洞就是我们的宿舍，窑洞里没有炕，我们只好顺地铺上一些干草，将带来的被褥铺在草上睡觉。

这次改土工地规模巨大，到处人山人海红旗招展，高音喇叭歌声嘹亮。劳动时男人们的吆喝声，女人们的嬉笑声，还有洪亮节奏感强且带有地方曲调的打夯号子声，场面蔚为壮观，振奋人心。虽然工具仍然是铁锨镢头架子车，饭菜是干粮米汤和咸菜，但来到这里的人们，可能受到气氛的感染，仿佛浑身都有使不完的劲。

改革开放后，改土工作断断续续地一直没有停止过，直到20世纪90年代，大规模的改土终于停了下来。

对了，当年我们还给改土起了一个壮美的名字——修理地球。

薅草那些事

张改过

有一种姿态是最虔诚的，那就是人类对大地膜拜与崇敬的姿态。人在田间薅草的时候，或弯腰，或跪拜，或俯首凝目，无一不神情专注，屏气凝神。薅草那些事最能体现人对土地的深厚感情。

人在庄稼地里薅草的时候，躬身而行，腰始终弯曲着，头始终低垂着，眼睛盯着庄稼丛里的草，不是用手拔掉，就是用锄头锄掉；还有的老年人薅草时间久了，腰疼腿疼，直不起身子，就作匍匐状身子贴着地面，一丝不苟地把一棵棵杂草拔掉；还有一种更为卑恭的姿势，有的人站不住了，蹲下来又觉得腿疼，就只能跪在庄稼的空隙里，双膝着地，一点一点向前薅草，手指在土里刨着草根，手上的皮肤变得粗糙了，草的汁水染绿了指头，时间久了，手上就皴了一道道血口子。

我们的父辈就是这样坚守着土地，守望着庄稼，守望着平淡的日子，繁衍着后代，推进了人类社会发展的进程。

粮食出苗以后逐日增长，杂草也在粮食的行间生长，杂草和粮食互不相让地争夺生长空间，也争夺水分和阳光，野草有着与生俱来的顽强生命力，在与粮食的抗衡中野草不甘示弱。人，在这时候充当了粮食的守护者，将那些威胁粮食生长的杂草全部除净，为粮食开辟了一块自由、舒适的空间。

薅草的人在粮食苗行间里要站稳脚跟，不能随意挪动，每一次挪动脚步都要避开粮食苗，不能踩踏；每一次挪动都意味着有一些杂草被连根除掉，倒地而死。眼睛始终紧紧地跟着锄头，此时就要眼疾手快，凡看见的野草，锄头就要准确挥动到草所在的地方，不偏不倚地靠近，不慌不忙地锄掉。

离得远的草用锄头除掉，离得近的草就要用手去拔，而且要把粮食苗和草准确地分开，不然会错把粮食苗当作野草拔掉。手紧紧地捏住草，使劲提起，用力连根带出地面。

地块大了，粮食面积广了，薅草的人一会弓起身用锄头锄；一会弯下腰，头低垂下去，手在草丛里搜索，抓到草根就快速地拔起。遇到粮食作物太稠密，野草实在太多，人就要蹲下身子，作跪拜状，一点一点地向前移动，一边移动一边将周围的野草除尽。

北方人种的粮食作物有冬小麦、胡麻、玉米、洋芋等。小麦和胡麻地里锄草用薅锄子（小锄头）；玉米、洋芋、茬地里锄草用大锄。

冬小麦到了春季返青起身了，草也在麦苗间偷偷地冒出来。阳春三月是给小麦锄草的最佳时间，等到麦苗长得过高，锄草就会踩坏麦苗。

此时，春风徐徐，阳光明媚，人们扛着薅锄子去麦田里锄草。锄头一上一下地挥动，锄头和人的手臂在挥动中撕破了阳光，也撕破了春天明净的空气，锄头挥动，风呼呼响起。麦田里的野草主要是沙棘，拔下的沙棘嫩嫩的，拿回家煮熟凉拌着吃，既清爽，又美味解馋，是初春这个青黄不接的时节最美的佳肴。

那时候人们种的小麦多，早晨出门的时候带着馍馍，背着水，早早地下地了。实在饿得不行，才停下来吃馍馍喝水，顺便也休息一会，舒展舒展弯曲的腰背，放松放松酸疼的腿脚。这种劳作直到夕阳西下，地里的草和麦苗分不清时时才回家，由于小麦面积大，一户人家从开始给小麦薅草到结束要连续十几天，甚至二十多天。

小麦地里的草薅完了，胡麻又长出地面，又要给胡麻地薅草，胡麻苗更嫩，脚踩上去容易伤苗，薅草更加要小心。胡麻地里最难除掉的是刺蓋，刺蓋是直根系，根扎得深，用锄头斩断根，不多天又会长出来，人们只有用手一苗一苗地连根拔出来。一块胡麻地里的刺蓋拔完，手上就布满了裂痕。胡麻地里还有一种叫苦子蔓的野草，藤蔓长得很旺盛，缠绕在胡麻上，拔苦子蔓时一不小心就会将胡麻苗连根拔起。人再苦再累，除草的事也不能懈怠，因为胡麻在生长，野草也在生长，人是很怜惜粮食的，怕野草吸尽了粮食的营养和水分，所以宁可自己受累，也不愿粮食受苦。人对庄稼的感情就是如此的深厚而真挚。

胡麻地里的草薅完了，又要接着薅玉米和洋芋地里的草。这是两种大苗粮食，株距和行距比较宽，除草就可以用到大锄了。玉米地要锄三次，第一次是放苗，也就是给刚露出地面的玉米苗打甲松土，顺便把地面上的杂草除掉，锄得要浅一些，锄头挖得深了会伤到玉米根。第二次是间苗，这时玉米苗已经稍微大一些了，就可以锄得深一些，以便玉米根延伸生长。第三次是壅苗，先把化肥放在玉米根附近，壅土掩埋化肥，并在玉米苗周围壅成土梗，一是利于玉米根衍生，二是防止秋季玉米秆长高，结上玉米棒子以后受风雨侵袭倒伏。

洋芋出苗后，先是锄草松土，等长到二十厘米左右，要在洋芋苗旁边放上化肥或者土粪，再壅土掩埋隆起土堆。

春夏之际除过锄玉米、洋芋，还要锄荏、谷子，到了秋季还要锄糜子。

农人一天当中锄草最佳的时间是正午，那时候阳光炽热，草根稍微离开土壤就会被晒死，阴天锄草时人虽舒服，但是草不容易死，雨天更不可能锄草。因此锄地是很辛苦的。“锄禾日当午，汗滴禾下土”正是人们不辞辛苦锄草的真实写照。

如今，粮食地里用的是除草剂，喷洒除草剂节省了人力，提高了效率，但是对人身体危害严重。对我们先辈俯身土地，躬行锄草的那些事我怀有深深的敬意，他们不仅是对土地的守护和敬畏，更是对人类生命的珍惜和崇敬。

漫话春节

张改过

春节，是中国最富有特色的传统节日，也是一年中最隆重、最热闹、最受重视的一个节日。崇信人把过春节叫过年，这样说显得更亲切，更有辞旧迎新的味道。

十里不同风，百里不同俗。在崇信，过年从腊月二十三就已经开始做准备了，腊月二十三算是过小年。这一天家家户户忙着扫舍，拆洗被褥，洗衣服，还要祭灶神、送灶神。据说灶神是玉皇大帝的女儿，是玉皇大帝派来监督和管理人间善恶的。很早之前人们在腊月二十三送灶神时还要写一副对联——“上天言好事，下凡降吉祥”，可见人们希望灶神给人间带来吉祥平安，不要在玉皇大帝面前说主人的坏话。

从腊月二十三开始，人们就已经零零星星地置办年货。有些人家还要杀过年猪，做过年的豆腐。

除夕是过年准备工作中最忙碌、最紧张的一天。大清早一起来，男掌柜就买一卷红纸去村里的先生那儿写春联，然后拿回家里，把春联和提前买好的门画一起端端正正地贴到门上，过年的喜气和氛围被这鲜红的春联和花花绿绿的门画装点得分外浓郁。除夕早晨的饭是糜搅团，柔软、光滑的搅团就着地软子菜，或者氽一些酸醋汤，再放些臊子，用红艳艳、热腾腾的汤水吃搅团，真是又滑润又美味。我想，在除夕早晨吃搅团可能有两个原因：一是搅团饭吃过后，可以用搅团做糨糊贴春联和门画；一是意味着全家人亲亲热热团团圆圆。

早饭过后，家里的女人忙忙碌碌地蒸过年馒头、煮肉、煮菜（把夏季晒好的豆角丝丝等干菜和萝卜片煮熟，到正月里装暖锅时用）。还要煎油饼、炸果子、炸虾片，一整天厨房里的灶火不息，热气腾腾，蒸汽弥漫。年的脚步随着紧张的准备工作走近了。男主人打扫院子卫生，把柴草、农具摆放得整整齐齐，院落面貌焕然一新。主人打扫好院落以后，在灶台前点上香，烧了香表，算是迎灶神。因为腊月二十三灶神被送走了，这一天又回到凡间，家家户户都要迎接。过年这几天早晚都要给灶神敬香。男主人还要挑水，把厨房里的水缸装满，按传统习俗，正月初一、初二、初三这三天之内是不能挑水的，不然到了收麦碾场的时候就会遭遇大雨——塌场。

除夕是一年的结尾，也是一年的年关，迈过了这个关口，就意味着进入了新的一年。

除夕这一天，上坟烧纸，祭奠祖先，这是必不可少的一个习俗。吃过午饭后，男主人领着儿子或孙子去上坟。上坟的用品有烧纸、奠酒、香烛，还要带上肉、豆腐等菜，再拿上蒸好的馒头，拿去后敬献在坟头，以示对祖先的祭奠和怀念。

每年除夕这天，家家户户都要祭祖上坟。有些家族人丁兴旺、门户大，一起去上坟的就有十几个人，队伍庞大。走到坟头，敬献了祭品，焚化了纸钱，洒上奠酒，向着坟堆磕头作揖。有些还要在坟头燃放爆竹，在人的思想意识里，阴间和阳间是一个道理，阳世的人过年要喜庆，要燃放鞭炮，那么阴间也是同样的。

这一天晚上还要在大门口烧纸，这是老祖先留下的一个传统。在大门口烧过纸以后，一家人才开开心心地坐在一起说话，吃年夜饭，等待新年。

人间过年，阴间同理，过年这几天吃饭时，先要把饭菜在大门口干净的地方放上一点，叫作“泼散”，意思让阴间的祖先能吃到后代儿孙贡敬的饭菜。这样做一是尽子女的一份孝心，二是表达对先辈的怀念，三是对子女进行尊老爱幼、孝敬父母的孝道教化。如果是本年内去世的老人，过年时还要在桌子上安放灵牌，意思是把老人请回家里过年，每顿饭都要给老人敬献，这体现了老祖先尊老敬老的传统美德。还有一个讲究，就是老人刚去世，在三周年未过之前，连续三年过春节，都不能贴红色对联，要贴只能贴黄、蓝色纸写的对联。

等到夜幕降临时，大门口挂的大红灯笼点着了，映照得院子里一片红光，显得吉祥而温馨。家里所有的屋子都开着灯，除夕夜、大年初一、初二这几个夜晚灯火彻夜明亮，显示出过年的喜庆氛围。除夕夜还要在院子生一大堆柴火，火光熊熊，燃烧的火焰给人一种温暖，祥和的气氛。在院子里生火与年的来历有关：相传中国古时候有一种叫“年”的怪兽，长得青面獠牙，尖角利爪，凶恶无比，常年深居山中，每到除夕才下山吞食牲畜伤害人命，而“年”最怕红色，因此在农家院子里生一堆柴火，让“年”这种动物看到红色火光远远逃遁，以求乡村的平安和村民的健康。

家乡的春节还有一个习俗，就是烧醋炭石。除夕傍晚在灶火或者火炉里埋一粒圆而光滑的小青石，等烧得发红发烫时，迅速从火里拣出来，立即放进一个盛有盐和葱花、醋水的铁马勺，端着马勺在各个屋子里走动，边走边摇晃马勺，走到谁跟前，谁就低下头，让马勺从头顶晃过，滚烫的石头在马勺里发出“噗嗞、噗嗞”的响声，一股芳香弥漫在屋子里、院子里。打醋炭石一般在年夜饭之前，据说是为了消毒，也是为了驱魔避邪，求得家人在新的一年内身体健康，平平安安。

夜渐渐深了，年夜饭做好了，一般是先吃一顿手工细长面，装一个热气腾腾的暖锅，同时做几个凉菜，一家人坐在一起，吃饭，喝酒，谈笑，其乐融融。这时晚辈给长辈敬酒，磕头，给老人拜年，说一些祝福的话。长辈还要给晚辈发压岁钱，以示殷切希望。孙子们拿上了压岁钱，还软缠硬磨地向爷爷要，爷爷就说你再磕头，磕了我就给，孙子一个接一个地磕头，爷爷就给孙子多给压岁钱，惹得满屋子人哈哈大笑。

给自家长辈拜过年后，家族中的晚辈组织起来，端着菜碟，提上酒壶，挨家挨户地给族中其他长辈拜年。漆黑的夜里，虽然冷风呼呼，但每个人的心里都是暖烘烘的。在这个特殊的日子里，亲情凝聚了，升华了，年把每一个人的心都凝聚在了一起。

拜过年后，各人坐在自己温暖的家里吃瓜子，看电视，漫谈，家家欢声笑语。直到凌晨一点，新年的脚步走来，各家在院子、门边放一串长鞭炮，村里鞭炮声此起彼伏，连续不断，这是迎接新年的炮声。从吃年夜饭到新年的凌晨到来，这段时间就是守岁。

守岁结束，被新年的喜庆陶醉的人们，快乐、安静地进入了梦乡，直到大年初一天大亮，才从温暖的梦乡里醒了。从除夕夜到大年初一的“出新”之前，家里房子的地不能扫，地上不能洒水，大人小孩不能骂人，不能说不吉利的话，尤其不能说“死人”之类的字眼。说是在地上洒水，身上会生疮，这是一个忌讳。

“出新”是大年初一的一个大场面，全村人人出动，热闹非凡。

初一早晨吃过饺子，大人小孩都着上新装，穿戴整齐，意思是一切从头开始，一切重新起步，更是为了突出节日的喜气。同时还要给牛、马、驴等家畜的头或者犄角上佩戴鲜艳的纸花，把家畜身上的土刷净，毛梳顺溜，让家畜也参加“出新”的活动。

大人、小孩走出家门，赶着牲口，一起走到村子里比较宽阔的地方。那里锣鼓喧天，鞭炮声接连不断，大人之间互相发烟问好，给孩子发糖，孩子追逐打闹，自由肆恣，大人也不加约束，任由孩子疯玩。

有些多事的小伙子在牛尾巴上拴一串鞭炮点着，鞭炮声响，牛惊得四蹄腾空，向远处撒蹄狂奔。这些都是老祖先遗留下来的传统习俗，增加了节日热闹的气氛。

“出新”结束了，人们各自回到家里，打扫房子卫生，把大年夜扔下的垃圾处理干净。正月初一这天一般不走亲戚，要去就是到本族家门里互相逛逛，家族里人之间互相拜年。直到初二才开始走亲访友，互相拜年。

从除夕的忙忙碌碌到大年初一的“出新”，这是过年最隆重的时间。

按农历，从正月初一开始，先是过年，接着依次是正月初五的“五穷”。之后是正月初七的“人七”，把“人七”叫成“人齐”更恰当吧，据说这一天要家全人齐，即使走亲戚的人也要回家住，不能在亲戚家过夜，保证一家人团圆。“人七”这一天的早晨吃搅团，晚上吃细面，也叫“拉魂面”，说是给人把魂魄“拉回来”。接着是正月初九的“上九”。

“爆竹声中一岁除，春风送暖入屠苏”。旧年就在人们的期盼、操劳和欢庆中过去了，新的一年又带着新的气象和新的期待迈开了新的脚步。

我与春官诗

许建忠

最近，查阅了很多资料，显示陇东平凉春官赛诗庆元宵已有三百多年的历史。春官，是在民间迎春文娱中做即兴说诗表演的人。春官诗既不是剧本唱词，也不是曲谱，但陇东正月里闹社火却少不了这种春官诗。它是社火的“兴奋点”，属于非物质文化遗产。如今，是宣传党的方针政策、反映经济社会发展状况、活跃群众文化生活的绝好手段之一。它以即兴而作、表现题材丰富、诙谐幽默的特色，深受群众的喜爱。近年来，崇信县文化主管部门在挖掘整理和弘扬民间民俗文化的同时，也做了大量保护春官诗的工作，每年举办春官赛诗会就是最好的证明，并且春官诗已经申报甘肃省非物质文化遗产保护项目。

崇信春官诗拥有深厚的历史渊源，但春官诗的创作长期以来是一个薄弱的环节。春官诗作者面临“断代”的问题，一些春官诗作者由于文学修养先天不足，致使春官诗存在内容空泛的多，有内涵的少；凑句子的多，富有诗意的少等等问题。如果不重视加强春官诗创作，就有可能陷入传承乏人的境地。一次春官赛诗会上，崆峒区文联主席邸广平评委说：“举办元宵赛诗会，是对春官诗这一民间精粹的保护、传承和发掘，能够进一步提高春官诗的文学性、思想性和艺术性，对我市文化事业大发展、大繁荣起到重要的作用。”这是一位文艺工作者的心声,也是我们广大春官诗爱好者的殷切希望。

我这一生，注定和春官有缘。记得小时候每逢正月十五、十六这两天，是我童年的快乐点。崇信的正月十五，白水的正月十六是说春官、耍社火最热闹的两天，一到正月十五，再要紧的事我都要放在一边，背上干粮跟随跑街的社火转来转去，聆听他们的春官诗，有时还情不自禁地跟在后面溜两句。记得有一次正月十五为看社火春官，竟放弃了带领小弟的任务，下午回来母亲用鞋底把我屁股都打肿了，但第二天我也没有放弃。有一次，我们村上办社火，邻居一位堂哥嘴里叼着烟打鼓，一边打一边使劲地抽着闭口烟，我便脱口而出：“老哥鼓槌抡得欢，鼻子嘴里都冒烟；小弟在此敬一言，发财富贵在来年。”众人一听拍手叫好，堂哥笑了个仰面朝天。从那以后，我便成了赵寨村每年的春官副手，也才有了如今说诗出了名的成就。

说诗要有意境，全凭灵感，随机应变，脱口而出。记得有一年正月十五，甲乙两台车社火在影剧院十字相遇，甲方春官举扇说道:“过新年，迎新春，兄弟社火喜相逢。年兄文墨比海深，赛过三国诸葛亮。”乙方春官举扇回应道：“南北二塬隔汭河，唇齿相依亲家多。同饮汭水同耕作，携手共建福窝窝。”有时，两台春官相遇，也有言语过激之处，但经过一番舌唇相战，最终还是以共勉互励而告终。记得2018年，新窑社火和城建社火影中街相遇，新窑社火春官开了口：“新窑社火脾气犟，请你赶快把路让，开口再不说二遍，擦着一概都不管。”城建社火春官回敬道：“你歇一歇缓一缓，说话这么不体面；我们社火怕过谁？小心揍你小毛贼。”新窑社火队里一位长者春官一看年轻春官对诗过了头，忙举扇拱手：“你我同根居两家，来你崇信把春耍；有理不打上门客，免伤和气把脸黑。”城建社火春官回敬道：“提起关公取长沙，他和黄忠把仗打。关公不杀马下人，黄忠射箭留了情。”这样的春官诗一下子拉近了彼此间的地缘关系，一场剑拔弩张的对台社火，在很友好的气氛中继续进行下去了。

一年一度的新春佳节，古老的春节有耍社火的习俗，年年岁岁花相似，但其中画龙点睛的人物——春官，却万紫千红不同春。每年耍社火活动中的“春官”，形形色色，有照本宣科者，有背台词者，不合押韵者。当然，这其中大多数是才思敏捷，出口成章，吐字清晰，触景生情的优秀春官。

本人出生在崇信县黄寨乡马寨村南头社，一生与春官有不解之缘，自幼参加过村社的社火表演，小时候的春官诗就小有名气，我说出的春官诗深受乡亲们的喜爱。退休干部杨福堂说：“许建忠说春官已十多年时间了，春官说得特别好，言简意赅，贴近生活，贴近实际，十多年来在崇信说春官都是一等奖、二等奖，在群众中间影响特别大，可以说是咱们崇信县的春官达人。他不但是一个春官达人，也是一个好人，助人为乐，慷慨解囊，在社会上影响也特别大，这一高尚品德值得我们学习。希望他的春官事业发扬光大，也希望他助人为乐的精神发扬光大。”是的，我确实是个很忙且事业心很强的人，我总想把自己在劳动中的喜悦和对故乡眷恋之情用春官诗表达出来，每逢歇工或夜晚总是整理我的春官诗。凡遇农家喜庆之日，总要上前说几句春官诗。

“太平年太平乐，太平年间喜事多，小伙子致富有谋略，姑娘唱的幸福歌。幸福家庭更勤奋，日子越过越攒劲；老子种田儿挣钱，媳妇更是女中贤。孙子在校把书念，爷爷在家把门看；和睦门第勤当头，福如东海水长流……”这是我在黄寨乡甘庄村为乡亲们说的一段春官诗，深受广大乡亲的高度赞赏，自己也感到十分欣慰。

正因为本人具备了春官的这些优秀创作才能和扎实的功底，在前些年平凉市文化局举办的春官赛诗会上，连夺了一、二等奖数次。目前，我正在着手整理过去说过的保留春官诗，共有五六百首，准备把这个平凉民间独特的文艺形式传承下去，使其得以继承和发扬光大。

蕴含着文化气息的元宵节

张改过

元宵节最早溯源应该在汉代。因为汉明帝尊崇佛法，每逢正月十五，僧众云集瞻仰佛舍利，并下令正月十五夜在公众场合和寺院“燃灯表佛”，民间百姓还要吃元宵。此后，元宵节放灯吃元宵的习俗就在民间流传，到了唐时，将每年的正月十五定名为“元宵节”。

崇信人有“小初一，大十五”的说法，在家乡人的眼里，大年初一远远比不上正月十五热闹、隆重。因为正月十五不单单是吃元宵和蒸包子，文化活动也丰富多彩，所以如果说大年初一是饮食文化丰富的节日，那么正月十五就算得上是民俗文化异彩纷呈的日子了。

在家乡，最有特色、最能体现正月十五这个节日的活动主要有耍社火、观花灯、挑灯笼、点灯、春官赛诗会等。

耍社火

耍社火是正月十五元宵节的一个重要文化活动，在崇信本地，社火形式主要有地摊社火、马社火、车社火，还有高跷社火。社火作为民间的一项群众文化活动，它具有娱乐、教化、歌颂生活以及祭祀社神等作用，是劳动人民追求幸福、渴望美好生活的真实写照。

耍社火的活动其实在正月十五之前就已经开始着手准备了。通常进了腊月人们就开始做旱船，糊灯笼，做狮子，做鼓，做和尚帽子，到了正月初七八就开始组织人员进行排练，正月初九，也叫“上九”，社火就可以正式出台表演。高跷社火和车社火多在正月十三、十四、十五这几天才正式登台亮相，参加县里文化部门统一组织的社火游街活动，而地摊社火则更早一些就开始耍了。

地摊社火是群体性的文化活动，需要的人很多，几乎村子里的每户都有人参加。社火队伍很长，有的挑着灯笼，有的打着锣鼓，还有些人背着各种表演的道具，表演场面宏大，观众云集，气氛热烈，能引起更多人的参与和共鸣。

到了正式开始表演时，先要到村子的庙院里举行“出坛”仪式。“出坛”就是在庙里给社神焚香、祈祷，在庙院里把排练好的社火节目给社神表演一遍。“出坛”仪式结束，社火又要去村子里，挨家挨户地表演节目，这叫禳庄。禳庄的目的既是增加节日的欢乐气氛，也是为了驱除村里的瘟神瘴气，保佑人们的健康平安。

禳庄的时候，社火队伍从村子的这头走到那头，一路锣鼓喧天，不曾间断，热闹非凡，使寂静、寒冷的冬夜爆起了一片欢声笑语。社火到了哪个村子，哪个村子里的人都不睡觉，有的跟着看社火，有的准备迎接社火，大人小孩都心情激动，兴高采烈，几乎整个村子都沸腾起来。

社火走到哪一户人家，主人便在院子里生一堆柴火，放炮迎接。春官在前面随着鼓声的节奏说春官诗，说完之后，所有人从大门里进去，在院子里表演各种社火节目。

耍社火时唱社火小曲是必不可少的节目，有《李彦贵卖水》《张良卖布》《南桥担水》等剧目。表演者按照古装戏人物脸谱化了妆，穿着符合角色的服饰，配以道具。演员的动作、表情与台词、情节相吻合，喜怒哀乐尽显其中，唱白兼有，唱的曲调都是社火调，是崇信民歌的代表，唱曲都有器乐伴奏，旋律优美悦耳。

还有跑旱船，船里的姑娘迈着细碎的步子疾走，轻盈敏捷，船下彩帘轻摇，船儿真像在水面上飘动，轻巧，灵活，快捷，一个船工在船头手持船桨轻摇慢划，嘴里不停吟唱，乐器伴奏的声音和着歌唱声悠扬婉转，曼妙动听。

也有耍“大头和尚”。表演的人头戴和尚帽（用纸浆糊成的道具，兼有面具和帽子的作用，在眼睛所在的地方留两个小洞，能看清道路），“和尚”做出洗脸、舞蹈、在东南西北四个方向上叩拜等各种动作，动作滑稽、夸张，极具喜剧性，耍“和尚”是从神社祭祀和跳大神演化而来的。

此外还有耍狮子。狮子头由一个人表演，尾巴和身子由另一个人表演，两个人要配合默契，动作要有力度，体现出狮子的凶猛和威武。狮子前面有一个人手里拿着红灯笼舞动，给狮子引路。在引路人的指引下，狮子一会腾空而起，一会跳越凳子，一会儿卧倒在地，一会抓耳挠腮。一会后腿蹬直，前爪升空，来一个狮子独立，这个表演难度最大，因为做这个动作时，前面的人要站在后面人的肩膀上。在狮子表演的时候，春官就会说出“狮子本是兽中王，来到你家把身藏，狮子在家走一遍，一年四季保安康”这样的春官诗。狮子“过关”是一种祈求平安和健康的表演，母亲抱着孩子，或者多病的老人席地而坐，狮子远远跑过，到坐着的人跟前时，一个前跃，从坐着的人头顶横跨而过，就算完成了过关。据说被狮子过了关的人，一年之内少生病，多吉祥。狮子给体弱的孩子“过关”，春官在旁边伴着锣鼓节奏说春官诗，挥舞手臂高声说道：“有个小孩来过关，狮子过关真灵验，七岁八岁把书念，十七十八把事干，一年四季保平安。”狮子在每个屋子里都要进去，说是狮子踏四方，助佑这户人家平顺安康。有的农村妇女趁机还要拽下几根狮子毛，把它缝在小孩的衣服里面，据说这样孩子就不变狗(不生病)了。

另外还有跑旗、舞龙灯等表演。地摊社火的表演形式多种多样，不同村子里的社火带有本村子的特色，但大同小异，没有严格的要求，只是图个喜庆和热闹。社火表演完走的时候主人也要放鞭炮欢送。

地摊社火每年正月要完了，到了农历的正月二十三（有些村子是农历二月二）晚上，凡是参加要社火的人都要去参加“卸将”仪式。也就是到村子的庙院里把所有的节目给社神表演一遍，把要社火的灯笼、旱船上的彩纸等等撕下来烧掉，接着给社神焚香，烧纸。把锣鼓、狮子、和尚帽等器物收集起来，“刀枪”归库。这一年的地摊社火就算结束了。

除过地摊社火，本地还有高跷社火、马社火和车社火等一些社火形式。

先说说高跷社火，高跷社火又叫高戏子。高跷社火的表演者脚下绑着近两米高的木腿，一步一挪地往前走，一个演员的旁边跟着一个人，跟的人手持木杆子，让上边踩木腿的人手扶着木棍，以防摔倒，遇到电线或树枝还要用杆子撑起，让演员顺利走过。演员身上穿着与所扮演角色相应的服饰，画着脸谱，手持大刀、铜锤、三棱鞭、扇子、马鞭子等道具。一出戏是一组，每一组要把这出戏中的人物装扮全。高跷社火的表演多数是白天，且在街道、大路等平坦的地方，因为这种表演有一定的危险性。

其次是马社火，马社火就是每人骑一匹马，演员装扮的都是戏剧中人物，手里握着道具；几匹马走在一起，几个人物合在一起就是一出戏，队伍庞大，蔚为壮观，引人入胜。马社火走街串巷，在各个村子里表演。不过近年来马社火已经消失了，它作为一种民间文化只留在老一辈人的生活和记忆中。

再说说车社火，车社火是近些年来才兴起的。把汽车用彩纸、布匹、喷绘的塑料纸包住，车的外形几乎看不见了。车上有各种人物造型，人物或坐在架板上，或立在铁柱头，或站在车厢里，一车一组，一组是一出戏，但人物静立不语，不用唱白。有时还要根据农历年份做出龙、老虎、牛等造型。

在车上还挂着宣传政策的横幅或者喷绘。

这四种社火都要说春官诗，春官手持羽扇，头戴礼帽，手臂一挥，鼓声停歇，春官就大声地说起来了。春官诗的内容都是歌颂、赞美、祝福的话语，但也押韵，说者琅琅上口，听者入耳愉悦。内容多即物起兴，具有极强的针对性，见到不同的人家、单位、店铺和人物，就会说出不同的春官词。说得主人一高兴就会放鞭炮、搭红披彩，还会给钱，送些饮料、食品之类的礼品。

社火中最有戏剧性的角色是扫婆娘。扫婆娘多数是男扮女装，右手拿着一把笤帚，左手挎一个篮子，走路扭扭捏捏，故意显得妖里妖气，脸上画着丑相，而且极尽夸张。扫婆娘见人就用笤帚满身地扫，扫了谁，谁就要给钱。给小孩扫了，还要把自己脸上的胭脂涂在小孩的额头，点一个红点。因为被扫婆娘扫了的人一年之内大吉大利，百病不生，所以人们都乐意被扫婆娘扫。

正月十三、十四各村的地摊社火陆续到县城表演，社火队伍走街串巷，敲锣打鼓，说春官诗、舞狮子、跑旱船、扭秧歌，引来无数人的围观。高跷社火和车社火也排成一个长队，在县城街道里绕一圈，社火队伍前面走，看社火的人流也跟着涌动，围观的人非常多，真是人头攒动，摩肩接踵。到十五这天，各种形式、各种规模的社火在县城里各个单位、店铺、社区表演完后，在广场上集合，由文化主管部门组织评选名次，进行奖励。

社火作为一种场面宏大参加人数多的文艺活动，在一年一度的闹元宵活动中极大地激发了群众热爱生活、热爱文艺的热情。社火是深受群众喜爱的精神盛宴，是值得继承和发扬的地方文化之一。

赏花灯和挑灯笼

正月十五的起源与燃花灯有密切的关系，因此在正月十五挑灯笼和赏花灯就是主要的活动了。挑灯笼是每家每户的小孩都要做的事，它既有个体性，又有群体性；而赏花灯则是有组织、有确定场合的群众性活动。

先说说挑灯笼。在崇信，早前的灯笼是由父母自己动手给孩子做的，后来街道里有专门卖的，做工精巧，形状多样。

做灯笼是一件细致的活儿，这期间不但渗透着长辈对晚辈的疼爱和关心，也体现着一些文化元素。做灯笼大体分为扎、糊、贴三个步骤：扎，就是用小刀把竹子划成长而薄的竹篾，根据要做的灯笼形状，把竹篾用麻扎成灯笼的骨架，使之初步具备了灯笼的形状；糊，就是用白纸或者彩纸，把灯笼的骨架整体糊住，只留下面的底座和上面放蜡烛、通风的小孔，底座是用木板或者硬纸板做成；贴，就是先用彩纸剪出花卉、动物等美丽的图案，再把这些图案贴到糊好的底纸上。有八卦灯笼、鱼灯笼、萝卜灯笼、柿子灯笼、荷花灯笼、核桃灯笼、兔子灯笼、火罐灯笼等等，都非常精致、美观。做灯笼融合着手工制作、剪纸、绘画等多种艺术形式，在制作灯笼的过程中包含着浓郁的趣味性、娱乐性，做成的灯笼也具备一定的观赏价值。

灯笼做好后，大人帮孩子点上蜡烛，孩子们一手挑着灯笼，一手握着“噗花花”（旧时孩子节日的一种玩具，用纸卷着火药、硫黄等，点着之后，伴随着“噗噗噗”的声音发出星星点点的亮光），高兴地又蹦又跳。各式各样的灯笼发出橘黄的或鲜红的光，虽不耀眼，但也显得十分醒目。这小小的灯笼里面包含着父辈的希望和爱意，也装满了孩子的希冀和憧憬，使他们纯洁的童心充满了无穷的快乐，给他们留下了终生难忘的美好回忆。

全村的孩子一起挑着灯笼，互相比谁的灯笼更好看。一会从这一家进去，一会又从那一家出来，远远望去，在朦胧的夜色里，虽然看不清孩子的面孔，但是那一个个红红的灯笼在夜色里连成了一串串跳跃不定的火球，延伸着，跃动着，孩子们的嬉笑声伴着温馨的灯光在冬夜里回荡。正月十五挑灯笼是农村每一个孩子最盼望最开心的事，也是民俗文化里最具乡村情调的一项内容。

当然，正月十五除了孩子们挑灯笼之外，人们还要快乐地赏花灯、猜灯谜。花灯是发动那些民间艺人做的，他们用巧妙的双手和高超的技艺做出各式漂亮的灯笼，通过有关文化部门的征集，到了正月十五夜晚悬挂在广场等宽阔的地方供人们欣赏。办灯展的地方夜色如昼，灯火辉煌，人来人往，气氛热烈，场面壮观。猜灯谜的人也很多，他们发挥着自己的聪明才智，猜中了也好，猜不中也罢，他们都很高兴。当然猜中灯谜以后，还可以领到相应的奖品。前来赏灯的人络绎不绝，大多数是青年男女。正月十五赏花灯，给了那些青年男女一个绝好的谈情说爱的机会，他们一起游玩，一起倾诉心声，使他们的爱情在正月十五的夜晚变得更加浪漫。在古时，女孩子平日不允许出门，只有踏青、看花灯及其他大型民族节日时才有机会出门，于是在正月十五这一天，男女青年可以自由往来，所以元宵节又成了中国的“情人节”。

点灯

在崇信县，点灯是一种古老的习俗。点灯的时间在每年的正月十五夜里，是闹元宵的活动之一。点灯是给新婚夫妇专门举办的一项活动，其用意主要是，让新人神清目明，一生中和谐、幸福、美满，更是为了让他们早生贵子。

正月十五这一天，谁家有出嫁的闺女，这家人就要忙碌整整一天。点灯前要提前做好各种准备工作。先把酒米磨成细面，和好，蒸熟。接下来就是捏灯、捏猴子，这件工作很费时间，需要很多人一起完成。出嫁闺女的这一户人家请来了邻居的大婶、大娘及孩子姨娘、舅妈等亲戚，把火生得旺旺的，土炕烧得热烘烘的，女人们坐在炕上，手里捏着灯，嘴里说着话，满屋子都显得愉悦和温暖，这也是亲戚们难得的一次聚会。

做灯是一件很细致的活儿，先把面揉成细棒状的长条，用刀一截一截均匀地切成许多小段，然后拿一段，将底部捏成圆柱形，顶部要捏出圆形的花边，花边的里面再捏出第二层花边，捏好之后，用剪刀剪成形状各不相同的花瓣，在花瓣的中心插上一根缠有棉花的火柴或麻秆作灯芯，这样一个小巧、别致、好看的面灯就做成了。捏出的面灯有四五厘米高，直径约两厘米。

根据传统，灯的数量也有讲究，一般以女方父母年龄的总和为限。假如女方的爷爷和奶奶也在世的话，把爷爷、奶奶的年龄也要加在里面，可见数量还是很多的。

做面猴子是一个最出彩的活计，需要很高的手艺。做成的猴子常常是坐着的，高约尺许，屁股下面用面捏成圆柱形凳子，猴子的五官、毛发、趾爪、身形都与真猴子酷似，惟妙惟肖，情态可掬，惹人喜爱。技艺高超的做猴人还要给猴子用彩纸做上一件肚兜穿上，为了让猴子的眼睛有神采，在眼睛里镶嵌上黑色的豆子，剪出睫毛，经过一番“捏猴点睛”，捏出的猴子目光炯炯有神，神采飞扬。同时还在猴子的头部、腰部各做一个灯，在左右两肩、两个膝盖、两个脚面上也各捏一个灯，点灯前的一切工作就算准备就绪。

等到夜色朦胧，皎皎明月升起之时，村子里的大人小孩聚集而来，他们高声喧哗，心情急切，期盼主人家把灯献到桌子上。院子中央摆上一张方桌，桌子中间放上一个炕桌（一种放在炕上待客吃饭的低矮桌子），炕桌上再放一个木斗子（旧时用来衡量粮食的木制器具），在炕桌子四周整整齐齐地摆上灯，在每一个灯里面添上清油。面猴就放在木斗子上，先把猴子身上所有的灯点着，再把四周炕桌上的灯点着。

所有的灯和猴子摆好，点着，只见灯里面红红的火苗燃烧跳动，非常好看，围观的人发出一片赞叹之声。这时主人家点响一长串鞭炮，接着由一对新人焚香，烧表，端灯活动开始了。突然人群里一声吆喝："抢……"四周的人一拥而上，顾不上拥挤，顾不上被人踩踏，顾不上弄脏了衣服，争抢喜爱的面灯。眼疾手快的新女婿得趁混乱时立即端走猴子，否则被别人抢走那就糟糕了，就要亲自登门用相当数量的面灯赎回来。灯抢完，猴子端走，又要在院子里燃放新姑爷买的烟花和爆竹以表示庆祝。

新女婿、新媳妇端上灯和猴子后，第二天赶回婆家，在正月十六晚上又重新摆到男方家里点着，这一次点灯叫倒灯，完了之后才把灯在锅里蒸软，擀成面卷吃掉。

至此，点灯的整个过程才算结束。这个活动寄托着人们祈求子孙祈求富贵的美好愿望。

艾香飘飘端午节

张改过

端午节是中国古老的传统节日之一，至今已经有两千多年的历史了，关于它的来历，人们普遍认为是为了纪念伟大的爱国诗人屈原。

端午节这天，各地有不同的节日习俗，崇信县的端午节和别处几乎一样，但也有特别之处，我主要谈谈崇信端午节的一些习俗，它属于崇信民俗文化的一个组成部分。

端午节的前几天，妇女们就用燕麦或者脱了皮的小麦做酒醅子。燕麦要用水浸湿，等燕麦皮酥软了的时候用手撮，把皮撮光褪尽，再放到开水锅里去煮，煮熟的燕麦捞出来晾凉，加入酒曲搅拌匀称盛到盆子里，把盆子口封严，放着慢慢发酵，过三四天就能食用了。用脱了皮的小麦做酒醅子的方法和用燕麦做一样。时值五月初夏时节，酒醅子吃起来甜美、爽口，有一种淡淡的酒香。而喝酒醅子调制的水更是分外解渴、清凉。

酒醅子是端午节的美食，此外，还有用糯米做的粳糕。把红枣和糯米混在一起，蒸到快熟的时候加入红糖或者蜂蜜，拌匀，粳糕就算做成了。一般要凉了吃才能品出甜味，粘腻的粳糕吃在嘴里滑润、糯香。

也有做粽子的，据说是为了纪念伟大的爱国诗人屈原。当年屈原投入汨罗江，当地的人们做了粽子投进江水，让鱼虾吃粽子，从而避免了鱼虾噬咬屈原的身体。这样代代相传，端午节吃粽子就成了一个约定俗成的传统，这其中包含着人们对屈原无尽的怀念和深深的敬仰。

此外，还有煎油饼、煮鸡蛋。趁油饼煎出来还热的时候，把粳糕抹在油饼上吃，这就是油饼抹粳糕。

每当端午节这一天，左邻右舍、亲朋好友端着自己做的酒醅子、粳糕、油饼互相赠送。这不仅仅是赠送食物，更重要的是送上了一片浓浓的情意，送上了一声声节日的祝福和问候。而这一天出嫁的女儿都要回娘家看望父母，她们带的礼物自然是端午节做的酒醅子、粳糕、油饼等食品了。

端午节在崇信还有其他的一些习俗。

其一，就是在端午节的早晨把割回来的艾蒿插在门楣上，也有在门上插柳条的，据说这是为了驱瘴辟邪，让人们一年四季百病不生，身体健康。现在每到端午节，一些乡下人就早早地把自己家里的艾蒿割好，拿到城里去卖，从街道上远远就能闻到淡淡的艾草香味。端午节采下的艾草，晒干保存好，就可以灸病。

其二，就是做荷包，原来的荷包都是自己亲手做的。因为做荷包花费时间长，需要很多耐心，所以在端午节之前就开始了。过去端午节到来时，农村妇女、小姑娘都会用彩色的布剪成不同形状的条块，然后用彩色丝线把布连缀在一起，做成不同形状的荷包。有根据孩子的属相做成十二生肖动物形状的，有做成粽子形的，有做成心形的，有的做成香囊，香囊里面装上香料，香气袭人。总之荷包的形状很多，举不胜举。都是用尽心思，把对孩子的爱和祝福一针一线地做进了荷包。姑娘们把对自己心上人的真情装进了荷包里，在端午节把荷包作为爱情的信物送给对方。当然现在人们都已经不做荷包了，多数都是在集市上买现成的。有些地方做荷包已经产业化、商业化了，平常做荷包，到了端午节前夕就销售到全国各地。亲手做荷包给自己戴或者送给别人的时代已经成为过去。

其三，就是系花花绳和包香草。把各种颜色的丝线搓拧在一起，就是色彩多样的花花绳，在花花绳上涂上雄黄，然后系在孩子的脖子、手腕、脚腕上。把几味香气浓郁的草药碾成面子，添加一点雄黄混合在一起，俗称“包香草”。用纸把“香草”包住装在孩子的衣兜里，避免孩子被蛇、蜈蚣、蝎子或其他动物咬伤。

其四，就是在端午节时给孩子做五毒鞋和五毒肚兜。五毒鞋一般是用彩色的布做的，男孩子是用深颜色的布做鞋面，女孩子是用红色、黄色或者绿色的布做鞋面，在鞋面上绣上五毒的形状。有的是用布剪成五毒缝上去的。五毒肚兜做得很特别，大小只要穿上能裹住孩子的肚子就行了，一般是红颜色的布做成的，用布条做两根带子。给孩子穿五毒肚兜的时候，带子从两肩上拉上去，带子的两头系在脖子上，肚兜就挂在了肚子上了。戴上五毒肚兜的孩子非常可爱，憨态可掬。不论五毒鞋还是五毒肚兜，都是寓意祥瑞、祛邪除恶。

崇信的端午节还有一种和别处不同的习俗，也就是在炕墙上画五毒图。每逢端午这一天，就要在睡人的土炕炕墙上用粉笔（最早没有粉笔时用石灰）画出一条线，把炕包围住，线的外面画着蛇、蝎子、蜈蚣、蟾蜍、壁虎这五种动物，意思是把这“五毒”隔在了炕的外面，不让它们进入人睡觉的区域，人也就不会被“五毒”咬伤了。当然随着居住条件的改善，人们现在居住条件好了，“五毒”根本就不可能进入屋子，所以在端午节画五毒的习俗也逐渐消失了。我是经历过这样的生活的，小时候家里住的是土窑洞，睡的是土炕，有一次我晚上睡着不知道，意识模糊中感觉手被什么咬疼了，我的哭叫声吵醒了母亲，母亲发现一只蝎子正从炕边上爬过去。蝎子蜇人是很疼的，为了防止蝎子等虫子咬人，就流传下了这样一个古老习俗。

端午就是这样一个美好的节日，这个节日既温暖了我们的心，又丰富了生活，让我们久久怀念。

团团圆圆的中秋节

张改过

时值仲秋，秋色遍地，瓜果飘香。这时将会迎来中国传统节日中一个寄托着美好祝愿、浸满浓浓感情的节日——中秋节。

在中秋节，各个地方有不同的习俗，但大多数地方的人都少不了吃月饼和赏月，家乡崇信也不例外。

在我小的时候，每年的中秋节，先早早地和好面，等面发酵好之后，用碱兑匀了，再起上一会，就可以烙月饼了。柔软的面团任凭巧妙、灵活的手随意地揉捏，模仿各种动物的形状烙出各种各样的月饼，有的像弯曲舞动的蛇，有的像匍匐爬行的螃蟹，有的像顽皮可爱的兔子，有的像憨态十足的蛤蟆……用黑色的花椒籽给这些情趣各异、形状不同的动物月饼镶嵌上黝黑发亮的眼珠，与真的动物酷似。这些造型各异、惟妙惟肖的动物月饼，既是美味的食品，又是可供赏玩的艺术品。除过做动物月饼之外，还可以烙出圆圆的月饼，这些圆形月饼的正面和反面捏出了各种精美的图案。另外每年中秋节多数人家还要煎油饼，黄澄澄的油饼吃起来酥酥的，十分爽口。在这个时令，大枣也成熟了，把大枣削成碎片，在锅里焐熟，焐成糊汁状，擀好面，把枣汁包在面片中擀平，边儿捏紧，在锅里烙成枣饼子，这种饼子就叫枣干粮。枣干粮甜中带香，是中秋节的美食之一。

崇信人对月亮有一种敬重的叫法——月亮爷。等月饼做好之后，为了表示对月亮爷的尊敬，人不能先吃，要给月亮爷献过之后，才可大快朵颐，享受美味的中秋月饼。到了夜幕降临，月儿缓缓地从天幕上出现时，皎皎明月，银辉万顷，夜色朦胧而又静美。在院子里摆上一张桌子或茶几，把从自家的葡萄架上摘下的葡萄，还有梨儿、苹果之类的水果摆上，也摆上枣干粮、油饼和各种形状的月饼。这就是农村人所说的献月亮，也就是祭拜月神。祭拜月神的活动自古就有，因此古代就有“秋暮夕月”的说法。

献过月亮后，人们才开始吃水果，吃月饼，边吃边赏月亮。明亮的月光下，静静的农家小院里，一家人欢乐地团聚在一起，谈笑风生，老年人会给孩子讲一些关于嫦娥、玉兔、月宫之类的神话故事。

听故事的孩子边听边望着月亮，心里充满了无穷的幻想。月亮像一个圆润洁白的玉盘挂在天空，孩子们看月亮久了，会发现月面上有一些模模糊糊的阴影。于是孩子们看着那些灰色的阴影，在大人的讲述下，把它想象成美丽而又寂静的广寒宫，想象成被吴刚永远也砍不倒的桂花树，会想到玉兔在月亮上蹦蹦跳跳地跑来跑去，想到嫦娥轻拂长袖，在月宫里翩翩起舞。关于月亮的文化在老人的叙说中，就这样一代又一代地流传了下来。

几十年前，在崇信吃月饼还有一个讲究，那就是不能一次吃完，要留下一些月饼，用线绳串起来挂在墙上。风干的月饼不怕霉烂变质，甚至过上几个月取下来也可以给孩子吃，据说吃这样的月饼可以治小儿肚子疼等一些疾病。而我认为最合理最圆满的解释，就是以前缺吃少穿，把月饼晒干挂下，到了困荒三月孩子没有吃的了，摘下一个月饼让孩子充饥，孩子淘气不听话的时候也可以哄哄孩子。

现在人过中秋节，月饼都是现成的，不用自己亲手去做，买一些就可以了。但是总没有自己亲手做的有意义，失去了自己亲手操办节日的那份心绪和情调，失去了欢度节日的快乐心情。

当然，中秋节是一个团圆的节日，这是自古以来人们赋予这个节日的寓意，也涌现出了许多借月亮咏诵团圆、寄托思念的脍炙人口的诗句。如果家人远在异地不能团聚，那就只能“但愿人长久，千里共婵娟”了。中秋节把每个人紧紧地牵在一起，让亲情变得浓烈而又真挚。献月、赏月是中秋节富有特色和极具民族情调的活动。关于月亮的文化在中国有着漫长的历史渊源，有着永不褪色的魅力，也有着它植根生长和发扬光大的沃土。

传承月亮文化，沿袭中秋节习俗，是我们中华民族的优良传统，因为它是中华民族悠久灿烂文化的一部分。

怀念浓浓寒衣节

闫小杰

农历十月初一，谓之“十月朝”。我国自古以来就有立冬时祭奠祖宗的习俗，以示孝敬，不忘本。古人也在农历十月初一用黍曜祭祀祖先。农历十月初一祭祀祖先，有家祭，也有墓祭，南北方都是如此。

据民俗学专家介绍，农历十月初一是传统“寒衣节”，在冬天到来之前，群众选择向祖先“捎包袱”的方式来表达对先人的缅怀之情，这是中华民族“祖先崇拜”文化的表现，是深层的精神文化需求，是中国人表达感恩的重要方式。

立冬过后，“十月一”也紧随而来。芮鞫一带，在十月一或十月一的前三天，人们便筹备香纸、纸钱、纸衣，准备以这样的方式，感念故去的亲人。大街小巷，到处是卖纸钱纸衣的，像一个盛大的节日，在人们的视线里，也在人们的思想深处拉开序幕。没有离开故土的人们，在十月一的夜晚来临之时，带着孩子，提着供果，到已逝先辈的坟头，烧纸叩头，祭祀怀远。离开家的人们，在十月一或者前几天，抽空回家，到自己曾经成长的山野中，祖辈的坟上，去祭祀怀远，站在猎猎的北风里，那些摇曳的荒草和落光叶子的树木，如泣如诉，像离去之人的私语，像温暖的关怀，也像苦口婆心的叮咛。一缕缕纸火，一缕缕烟灰，一阵阵寒风，让离去的亲人们，好像又回到了世间，回到了儿孙们的生活中，亘古不变的亲情，浓浓地荡漾在田野上，荡漾在每个人的心中。

倘若一个人离家很远，在十月一的这天，那种浓浓的思念之情，更是难以释怀。路途遥远，难以回归故里，去亲人的坟前，亲手送一把纸钱，便在而今生活的地方，买上香纸，买上水果和米酒，在夜幕来临之时，在比较偏远的十字路口，朝着故乡的方向，朝着已逝祖辈安息的方向，用感恩的心情，焚烧，叩头，把那些想倾诉的话语，在心中默默地念叨，倾吐给永远离去的亲人，也祈祷他们，在那边温暖地、开心地度过又一个寒冬。

追思怀远，思念亲人，这是最传统的，也是最朴素的民间文化，在今天倡导社会主义核心价值观的今天，送寒衣的民俗文化和弘扬核心价值观并不背离，而是一脉相承的。

敬孝，是中华民族的优秀传统和美德所在，有道是“父母就是在世的佛”，是的，亲人们在世，就是一个人的福分，当我们真正感受到树欲静而风不止，子欲养而亲不待的遗憾之时，一切就晚了。哪怕在十月一或清明节，我们用怎样的思想，都难以弥补那些在世时的缺憾。

又是一年十月一，又是一个追思怀远的日子，我们祭祀亲人，追念亲人的奉献、辛劳、不易和对我们的百般付出，我们更要在追思怀远中，去感恩、孝敬、抚养我们在世的亲人，这也许将是我们在每一个追思怀远的节日里，不至于在遗憾中思索或悔恨的最好途径吧！

家乡的腊八节

张改过

走进腊月，春节也就近了，腊月里的第一个节日就是腊月初八的腊八节，也有“腊八”或“腊祭”的称呼。腊八节是古代欢庆丰收、感谢祖先和祭祀神灵的日子。在我的家乡，每逢腊八节，吃腊八饭是必不可少的。

在腊八节的前一天，人们早早地就准备好做腊八饭的小米、小豆、调料。腊八节早晨生着灶火，先把水烧上，与此同时把小米、绿豆淘洗净，等到水烧开了，趁着水滚沸时把小豆下入锅中，用勺子搅混，先用急火烧煮。等小豆熬熟时改用文火慢熬，用勺子把小豆汤轻轻地漂舀出来，汤红艳艳的，这就是清淡、甜美的豆豆米汤，甜淡爽口，非常好喝。这时把小米下入锅中，继续用文火熬煮，要边熬边用勺子不停地在锅底搅翻，否则便会粘锅和熬焦。到水快熬干，米熬熟时，往锅里放少量的葱花、花椒面、荏粒（北方的一种油料作物，味芳香），再加入盐。接着熬上一会，可口、美味的腊八饭，也就是老家人说的豆豆饭就做成了。

记得小时候吃腊八饭之前，母亲先要让我端上一碗，用筷子夹着腊八饭，在门框、大门口上摔，意思是首先要让谷神吃，以示对神灵的祭祀和感谢，感谢神灵的护佑，目的是祈祷神灵保佑明年风调雨顺，五谷丰登。

等到祭奠完毕，一家人坐在一起，就着咸菜吃腊八饭，过腊八节。腊八节虽然没有春节那么热闹，但也是非常悠闲、适意的，庄稼人忙忙碌碌、辛辛苦苦地在风雨里奔跑了整整一年，这时农活做完了，冬闲的时间到了，辛苦的庄稼人只有在这时才能享受一年来最清闲的时光，让疲惫的身躯得到完全的放松。

做腊八饭还有一个讲究，就是要做得足够多，越多越好，当天吃不了的，可以连续吃几天。这种做法，大概包含连年有余的含义吧。不仅体现了对丰收的欢庆，更寄托着庄稼人盼望丰收，盼望富足的美好心愿。

我们老家的腊八节还有一个习俗，就是在腊八节的清晨，到村子附近的河边和水塘里破冰。寒冬腊月，水面都结了冰，天一亮，男人们就挑上笼框，扛着铁锹，急匆匆地来到河边或池塘边，他们用铁锹打破冰面，把一块块冰铲到笼框里，挑着带回家。

带回来的冰块放在院墙外的粪堆上，明晃晃的。冰化为水，水与粪融合在一起，这种做法，就是希望来年的庄稼水分和肥力充足，不遭遇自然灾害，能平顺、安稳地春耕、夏耘、秋获。这就是农民单纯而又实在的祈求。这个做法蕴含着庄稼人一种美好的向往，蕴含着他们对美好、幸福、衣食无忧生活的期待。

所以说，腊八节既是对丰收的喜庆，又是对来年好日子的祝福。

过寿习俗

许建忠

我国民间习俗，以百岁为上寿，八十岁为中寿，六十岁为下寿。旧时，“父母在，不庆寿”。庆寿，有“男做虚(提前一个年头)、女做实”的习惯。一般从60岁开始做寿，“做”则要接受庆贺，摆筵席。排场人家有的还搭台唱寿戏。在困难时期，做寿一度停止。近年随着物质文明的快速发展又开始恢复，摆酒席，上生日蛋糕、点生日蜡烛、唱生日乐歌，或向电视台点播歌曲等节目，乡间也有晚辈为寿者行大礼(跪拜)的。

如今，在咱们崇信的民间习俗，无论男女，一般都从60岁开始祝寿(50岁以前均以生日取而代之)，以后年龄每隔十年做一次大寿，祝寿的活动有繁有简，视生活条件和身份、社会地位而定。一般人家，均邀亲友来贺。子孙要提前筹备筵席，招待前来祝贺的亲友。其他年岁之寿一般不大办，要办也只举行家宴，规模很小，不发柬请客。

旧时祝寿的仪式很烦琐，民间有一套比较固定的祝寿程式。前一天子孙就要献寿礼，分居的儿子、已出嫁的女儿都得回来拜贺，陪老人吃长寿面，夜晚陪老人品茗聊天，聆听老人关于为人处事的教诲，或听老人讲述他平生经历的事迹。子孙们也可讲些老人爱听的故事或有趣的新闻，使老人充分感受到天伦之乐，愉快地度过一个良宵，名为“暖寿”。

寿辰之日，家道殷富、几世同堂的大户人家，一般要设寿堂，寿堂中央一个磨盘大的“寿”字，俗称“寿幛”。这个寿字一定要写成繁体，其字形变化很多，字形长的叫长寿，字形圆的叫圆寿。有些寿幛上的大“寿”字，其笔画皆为小寿字所组成，数百个小寿字的字形无一同者，称为“百寿图”；此外还要挂上象征长寿意义的图画，男寿挂皓首白眉、长髯遮胸、手拄拐杖的南极寿星图；女寿挂瑶池王母或八仙庆寿图。寿堂上还要张灯结彩，寿堂正中设供桌，用来点寿烛，摆寿桃、寿糕、寿面、香花、水果等。

在有些地方，流行一种“做九不做十”的习俗，因为民间认为“十”意味着“满”，“满”则“溢”，“满”又意味着完结，所以很多地方不在满整十周岁时做寿，而是提前到头一年时，即虚岁满六十时做寿。

举行寿庆仪式是有讲究的。首先邀请一位熟懂礼仪的司仪来主持寿宴，程序是司仪先生头戴礼帽身穿唐装，手执用红纸起抄的拜寿程序单主持；拜寿时，还有这么一个讲究：儿子、女儿首先要给老寿星尽孝心，金额视家庭经济状况而定，多则上千元，少则一百乃至五十，反之，儿媳们给寿星献上寿衣（唐装）。

其次是行三鞠躬礼，礼仪先生（司仪）便随口喊道:“寿星的唐装没白穿，给媳妇娃表示上一点点。”这时老寿星就要给儿媳赏红包。理由是，老人临终卧床不起的时候，是儿媳妇送茶端饭，儿子因生计奔波在外面，女儿也只是常回家看看，表表孝心而已。所以儿媳得红包是受之无愧。首先，以热烈的掌声请老寿星的家人把老寿星扶上寿堂就座，同时鸣炮庆贺，与寿星同辈的至亲也要请上寿堂，侧坐陪寿并每人佩戴一条大红被面。

接着开始举行拜寿仪式。首先请老寿星原单位领导（或有威望的长辈）致辞。再次有请老寿星的儿子辈代表献祝寿词。最后请老寿星的孙子辈代表献祝寿词。

各种致辞和祝词完毕后，就是依次献寿。儿子敬献生日寿糕，女婿敬献寿桃，女儿献寿果，媳妇敬献寿衣，孙子献长寿面，外孙敬献长生酒，孙女敬献礼花……这些都是尽孝心的方式。献完之后，主持人幽默地大声喊道："赏红包——"寿星就掏出红包分发给献寿的晚辈，晚辈们异口同声地说声："谢谢老爸（爷爷）"或者"谢谢老妈（奶奶）"。

下一个议程就是拜寿。先从请客开始，接下来按照亲情关系由远而近进行，顺序分别是：表侄和内侄、外甥和外甥女、侄儿和侄女、女婿、女儿、侄孙、外孙、儿媳妇、儿子、孙子和孙女、曾孙和曾孙女，老寿星还要给晚辈赏红包。

最后有请寿星的儿子或儿媳向各位来宾上前行答谢礼：一鞠躬，诚心设宴款请嘉宾，幸福家园开怀畅饮；再鞠躬，把酒执盘礼敬亲朋，鱼香海味略表寸心；三鞠躬，和谐社会福乐门第，以人为本族人同心。

与此同时，请摄像师为老寿星全家照全家福。并奏生日歌。

最后一道议程有请老寿星吹灭生日蜡烛，请各位来宾分享生日蛋糕。与此同时，寿宴的执事总管手端托盘，将托盘内提前准备好的红包抛向空中，撒向来宾，司仪喊道："百岁寿星心欢喜，眼前刘海撒金钱。"在大家的欢呼声中，鸣炮以示礼成。拜寿仪式结束，寿宴开始。

戴锁的习俗

孙拴平

从我记事起，在农村给小孩戴锁的习俗就延续下来了，这也是当地人的一种文化传承。

戴锁算是农村的一种民俗活动，但却蕴含了长辈对生儿育女和传宗接代的一种高度重视，也是在当时医疗条件简陋的情况下，对下一代健康成长的期望。人们通过对体弱多病的小孩子举行戴锁仪式，寄托对孩子健康少疾、长命百岁的期颐。

戴锁的仪式比较简单，一般是在小孩一两岁期间，家里准备好饭菜，犹如过红白喜事一样地邀请亲朋好友参加。戴锁仪式那天要请来阴阳先生做法事，由阴阳先生把一根用黄布条拧成的手指粗细的绳子系在小孩的脖颈上，然后绳头处用一把小锁连接，类似于佩戴了一条黄绳项链一样。

另外，除了戴锁，一般还得为这个孩子找人拜“干亲”，就是在本村里找一对身强力壮，辈分合适的夫妻，认作“干爸”“干妈”，以求孩子在以后的成长过程中得到更多的庇护。

从此以后，这个戴锁小孩脖颈上的黄绳子就成了他的长命锁，不得随便解开。一旦孩子不经意间取下来，家里大人就慌了神，惊慌失措地要赶紧给戴上。甚至有些人家，还要请阴阳先生念经保佑。

既然戴锁了就要开锁。到12岁生日那天，亲朋好友都要来祝贺，就跟结婚过事一样，备席招待客人，早早地就要把“神”的灵位请到家里来供奉。到中午时分就开始准备解锁了。先要准备开锁用的锁子，孩子长了12年就要用12把锁，先将锁子依次套在一起锁住，挂在孩子身上。这时就要请所谓的“神”了，还要阴阳先生配合，等把“神”请到了，开锁仪式也就正式开始。

首先是孩子的父母来开锁，接下来就是孩子的舅家人、干爸等。把锁子套在孩子身上，钥匙打乱放在一起，每开一次锁都要给孩子红包，如果拿的钥匙开不开锁子，那就要重新找钥匙开，这样连续开，直到把所有的锁子打开为止。每开一把锁，“神”的使者都会给安排，阴阳先生在一旁依附着。直到最后一把锁开完，“神”的庇佑也就随之结束了。接下来就是招待亲朋好友了，这在农村是一件很隆重的事，所以来的人免不了要随礼。

直到下午，招待完客人。把“神”的灵位及用物还回庙里，解锁也就结束了。按照传统的说法，孩子以后的健康就是自己的了。开锁不单纯是农村人千年以来流传下来的习俗，更主要的是父母对孩子爱的一种表达方式。

现在医疗条件好了，科学技术发达了，人的思想也发生了很大的变化，戴锁和解锁的习俗也慢慢淡出了人们的视野和生活。戴锁解锁的那些事只作为一种民俗文化保留在人们的记忆中了。

那些年我们看过的戏

张改过

县城物资交流会上的戏

20世纪80年代初期，是中国政治和文化的又一个春天。被“叫停”很久的地方戏曲又重新登上了舞台，秦腔戏开始活跃在乡村舞台上，看戏成了农村人一种喜闻乐见的文化活动。对于戏曲人们有一种空前绝后的热情，不管是演员还是看戏的观众都有一种急切冲向文艺暖春的渴望。

农历四月初二是龙泉寺的庙会，这个庙会是多年以来的传统。四月二庙会既是本县文化交流的盛会，也是一年一度的物资交流大会。那时自行车少得出奇，更没有公交车，看戏的人不管路多远都会步行赶来。有的人还骑着毛驴，骑着马，或者骑着骡子前往。

南北二塬、上下川道的人，早晨在家吃过早饭，很早就从家里出发了，他们背着一个布包，里面还装有馒头。到了县城已经快到中午时分，偌大的广场上已经聚集了很多的人。广场四周搭起一圈帆布棚子，一个挨着一个，这些棚子里有卖成衣的，有卖布匹的，有卖饸饹面的，有卖羊肉泡馍的，有卖油饼、油炸糕、豆腐脑、酿皮等小吃的，还有些地摊上摆着木叉、木锨头、绳子、木犁等农具，有些地摊上摆着川道里人种的小葱、水萝卜等新鲜蔬菜。

这些众多的铺面、商品、地方小吃尽显出改革开放不久后市场经济的空前繁荣。参加交流会的人除了看戏，就是购置农具，买换季的衣服，吃一些小吃，顺便买上些小葱、萝卜之类的蔬菜。

我记得那时候大老远地走几十里路到县城跟会，买一碗饸饹面吃简直就是上等的待遇和享受了，吃过后的那个美味真是回味不尽。那时候经济还很不宽裕，跟交流会主要是图个新鲜，凑个热闹，玩个开心，没有大把的钱可供奢侈。即使渴了也舍不得花钱，去县城机关单位的院子里，在水龙头上喝水，好像县城里的水都是香的，喝着也有味道似的。孩子最想吃的，无非就是一根二分钱的冰棍。

有时候还有马戏团在广场中间搭起一顶很大的帐篷，帐篷口的喇叭大声地招徕观众。帐篷里表演的马戏，吸引了不少的观众，这算是跟交流会一种最好的娱乐了，尤其是孩子，他们对马戏更加着迷，大人拗不过孩子的要求，都会带着孩子满足他们的好奇心。

广场北边的舞台上演着秦腔，台下的观众黑压压一片，看戏的人有中间坐着的，有外围站着的，里三层外三层。舞台口高音喇叭里演员的演唱声、乐器的奏鸣声响彻了广场，在不大的县城里每一个地方都能听到唱秦腔的声音。看戏的人情绪高涨，劲头十足，不看完不离开戏场。有些人白天看了，随便啃点馒头，买一碗饸饹面吃了，或者买着吃点别的什么，只要肚子不是很饿，还要坚持着看夜戏。

看夜戏的人等到晚上戏散了，这才踏着夜色，走上了回家的路。从县城到家里，有好几十里路，但是人们不觉得乏困，兴致依然很高。他们边走边回味着今天的戏演得好不好，哪个角色表演得最精彩，戏里的情节哪些地方更感人。一路走着说着，心里美滋滋地享受着看戏的愉悦，用自己最朴实、最真诚的语言对今天看的那部戏品头论足。

看戏人的那种投入和热情是无法阻挡的。久已荒困的岁月荒芜了人的心灵，人们多么渴望有一种能够打动心灵的娱乐活动冲击自己的视野。而那时候没有电视，也很少看到电影，所以秦腔开始唱起来就吸引了很多的观众，秦腔戏满足了人们当时的精神需求。

县城春季的四月二交流会过了，人们忙着做农活，等秋季结束冬季来临的时候，又是一场规模空前的秋季物资交流大会。戏还是那样的唱法，人还是那样的兴致勃勃，交流的物资大体上还是那些物资。所不同的是地摊上有了卖柿子、苹果、梨等水果的了，卖的成衣由春夏的服装改成了秋冬衣服。

四月二庙会一年又一年地延续下来，繁荣了地方文化，丰富了人们的精神生活，也促进了经济交流和发展。

乡镇里演的戏

我们铜城乡和其他乡镇一样，在每年夏收结束，农活空闲的时间也唱戏。

记得有一年我和父亲在生产队的山庄上，白天要放牛割草没有时间看戏，晚上有人轮流看管牲口，父亲便带着我从山庄步行，经过水草沟，走了大约十几里才到了铜城塬子上，远远地就听到高音喇叭里高亢、嘹亮的秦腔声。到了戏场，看戏的人很多。那时候我不大懂戏，只看着一个花脸使劲地唱着，长须飘飘，还手舞足蹈的。也许是唱得很精彩的缘故，有一个人提了一长串鞭炮在戏台口响起，唱腔暂停，喇叭里传出来的鞭炮声震耳欲聋，那人还给唱戏的人披了一条红绸子，完了又接着唱了起来。一会儿又出现其他的几个角色，好像是在打斗，锣鼓齐鸣，场面热闹。这一出戏留给我的印象特别深刻，我那时候想着看戏竟是这么的热闹这么的让人欢喜。

看完戏，父亲带着我回家了，第二天父亲还要领着我去山庄。我心里还惦念着看戏，再也没有跟着去生产队的山庄。第二天我跟着村里的人去看戏，演的是《周仁回府》，是文戏，斗打的场面不多，只是看见周仁在戏台上边哭边唱，那哭唱的腔调和神态催人泪下。

我在戏场里买了瓜子，边看边嗑瓜子，还买了麻花咯嘣咯嘣地嚼着，这戏看得不带劲，但是还觉着挺美实的。戏停了，报幕的说晚场是《游西湖》。

吃过晚饭，村里看戏的人零零星星地出发了。红脸大爷吆喝一声："走，碎娃看戏去，今晚的戏好看得很呐。唱戏时还放烟火哩。"我也不知道是怎么个好看法，不过还是想去一次。因为红脸大爷说："是演鬼火，是把荞面含在嘴里喷出来的，从嘴里吐出来就是一团火光。"这神奇的"鬼火"吸引着我，我和几个同龄的伙伴跟着大人去看戏了。

我们走了五里路到了戏场，戏还没有开演。幕布下垂，高音喇叭里放着唱片，戏台口大灯散射出一片明亮的光芒，把戏场里照得如同白昼。老年人找了合适的位置坐下，有些年轻人还在转悠。看戏也是男女青年们约会的好时间，有些小伙子买了瓜子，偷偷递给了喜欢的姑娘，站在一起嘀嘀咕咕说着话。一场新的爱情就这样在戏场里悄悄地进行着。

戏开始了，舞台口大灯熄灭，戏台上人影晃动，演员们身上的戏装在灯光下显得色彩鲜艳，华丽夺目。灯光和四周的夜色衬托着演员的服饰和表情，夜戏的舞台效果极好，远远望去，戏台就像是空中楼阁。戏场里黑压压一片，人的目光投向戏台，吵闹的戏场平静了下来，人群就像一汪缓缓流淌的水，聆听着演员的唱腔和说白。一些凑热闹的孩子爬上了舞台，在台子边上坐着看戏，剧组的人把他们赶下来又爬上去。

演着演着，"鬼火"真的出现了。我激动地踮起脚，急切地张望着舞台。只见一个身着白色衣服的女人，边走边咿咿呀呀地唱着，火焰就在这女人张嘴吹呼之间忽闪忽闪地跳跃着。舞台上的大灯熄灭了，只有一盏小灯照在那女人身上，舞台上的表演光怪陆离，在我看来真是神秘莫测。

戏看完回家了，我还想着那番情景，对戏的情节所记甚少，只记得那个女人叫李慧娘，扮演一个冤魂的角色。

这样的看戏在我小时候是常有的事情。看戏的几天亲戚也要走动，尤其是离戏场近的人家要把亲戚邀请到自己家里看戏。我的姑姑在铜城村，每当这个时候就邀请我的母亲，还有我大奶奶到她家里去。我也跟着沾了光，去后一住就是几天，姑姑也特意做了好吃的饭菜招呼我们。

看乡戏也是乡村一道美丽的风景，乡戏不仅满足着人们的精神需要，喂养着乡村人的灵魂，还活跃着乡村的文化生活。

村子里的戏

后来包产到户了，冬天人们再不用像在生产队时，一年四季没日没夜地忙个不停，到头来还是吃不饱穿不暖。人们的劳作是有季节性的，各家把各家的农活做完，闲下来的男人整天聚集在阳洼处，烤着温热的冬阳，谝着闲传。女人呢，则坐在热腾腾的土炕上做针线活，拉家常。

到了夜里，不像现在还有电视看，那时候家家只有墙上挂着的广播，只能听听新闻政事和一两首革命歌曲。乡村的人早早吃过晚饭，怕浪费电和煤油，就熄了灯进入沉沉的梦乡。

进入腊月，小村庄请不起大剧团，就请了外地的皮影戏和眉户戏，在村子里连唱几天。这几天也是乡村冬季最热闹的时间。

我清楚地记得我们村里就请过皮影戏，村里人叫“牛皮灯影子”。看皮影戏场面小，在夜里演效果最好，白天只能在窑洞里，关了门和窗，人为地制造出一片黑暗来演。

就这么一种小场面的戏也很有吸引力，邻村的人都纷纷赶来看戏。地点在村里一个庙院的空地上，表演的人在空地的高台上。表演时，前面一张白色的幕布，幕布后有高超的表演者，还燃着几盏火焰很高的煤油灯，后台上有乐队，吹拉弹唱和大剧团一样一应俱全。

表演开始了，演员手挑皮影人，皮影人挂在细棍和绳子上，细棍摆动挑拨，细绳子一张一弛，演员一边手里比画皮影一边唱白。观众在幕前看到的皮影人，虽身形很小，但举手投足酷似真人。皮影人的动作与唱白、音乐起伏、鼓点配合默契，真乃民间绝活，艺术精品。

看戏的人很多，摩肩接踵，都争着向前面拥挤，后面的人喝喊着让前面的人头低一些。漆黑的冬夜，人们忘记了寒冷，心情跟着皮影人的动作，跟着那优美的唱腔起伏。

那些皮影是没有生命、没有活力的道具，经演员的高超表演和灵活操控，那小小的人儿简直就是一个活物。皮影人儿的转身、奔跳、踢腿、舞枪弄棒、摇头抖须、摆手摇扇，形象逼真，微妙传神。

观者皆屏气凝神，目不转睛，漆黑的夜里，乡村人那一张张朴实的脸上绽开了喜悦的笑容。在这寒冷的冬夜里，能看上这样有趣味的戏，人们也是很乐意的，心里自然是很温暖的。这是我看过的最有意思的戏了，多少年后，那活泼的皮影还能浮现眼前。

皮影戏场面虽小，但小戏曲能演绎大世界，它的剧情和大舞台上的秦腔一样吸引人，感动人。皮影戏演的多数是短幕剧，也有演长剧的。不管是哪种剧目，都一样的精彩，因为在那个时候，太缺少娱乐活动了，人们的文化生活太贫乏了。

离我们村子不远的黄寨乡侯家老庄有弦子腔，还有平凉白水也有眉户戏。演员是当地的农民，农忙时种地，农闲时就组织起来排练。进入冬季农闲时间，这种乡村的小剧团就活跃起来，这个村子那个村子地流动演出。

小时候，我们村子里也请过几次黄寨乡的弦子腔剧团。小村庄没有舞台，就在村子的平地上用木椽临空搭起一个台子，四周用篷布罩了，算是一个临时的舞台。村上给剧团的演出费不多，演员在村子里挨家挨户吃派饭，不管轮到谁家管饭，大家都很乐意，毫无怨言。

戏一唱就是几天，白天晚上都唱，远远近近村子里的人都来看戏。那时候看戏留下的印象很深，有《张良卖布》《两亲家打架》《火焰驹》《梁秋燕》等。由于是业余剧团，演员的基本功没有专业演员扎实，服装道具也没有正规剧团的好，化妆水平也一般。但是演员们表演得都很尽心尽力，剧团的成员齐心协力。演出的都是折子戏，这一折演完，下一折马上就要上场，所以演员们化妆是很简单的。

眉户剧和弦子腔都是地方戏剧，唱腔和道白基本都是方言，曲调也很好听，有着极浓郁的乡土色彩，所以是群众喜闻乐见的戏剧。不要小看这些业余演员，他们也能唱秦腔，眉胡戏唱一两折之后，就会夹唱一两折秦腔，以此取悦观众，调动人们的情绪。

戏场小，没有外来客商，只有本地的几个小货郎，卖些瓜子、花生、糖果之类的。晚上这几个小货郎案子上搁一盏马灯，或者用一个玻璃罩子，里面放一盏煤油灯照亮，生意出奇得好，这些，也算改革开放之初市场经济的萌芽吧。

演这样的戏，主要是活跃农闲时间的乡村文化生活。唱戏的几天，村庄里的气氛十分活跃，人们的精神头一下子高涨了。乡村的神经显得异常兴奋，人们似乎陶醉在一个盛大的节日里面。

难忘“四月二”

高军奎

对于生活在崇信这片古老而神奇土地上的人们来说，四月二游龙泉寺逛庙会，恐怕没有人不知道。这个在崇信大地上流传千年经久不衰的日子，不仅有着自己的繁华和热闹，而且还承载了几代人无法磨灭的四月二情结。

在那个物质贫乏的年代，四月二对于家境不同的孩子而言真可谓冰火两重天。对于家庭富裕的大人和孩子来说是欢乐和期盼的日子，而对于家庭贫穷的大人来说是一年中最忧愁、最无奈的日子，因为年幼无知的孩子们才不管三七二十一，数着指头盼四月二，哭着闹着要逛四月二。四月二，对于童年的我来说，与大多数人相比，则有着与众不同的感受。

我至今不知道崇信人为什么会把游龙泉寺和逛庙会这两件高兴事都定在四月二这天，但年少时期的我只知道这一天是一年中除过过年之外最特殊的一天，因为不仅可以穿新衣服，而且还可以游风景优美的龙泉寺，逛热闹非凡的庙会。这对于爱凑热闹且一年中可能只有一次机会走出大山的孩子们来说，意味着什么，不言而喻。

我不清楚那年是公元多少年，只记得那年的春天来得特别的早，春光明媚，桃花盛开，草长莺飞，山花烂漫。我盘算着这年四月二去游龙泉寺逛庙会的可能性特别大，因为那年四月二恰逢星期天，父亲不用去学校上课，这样，他就有可能带我们姐弟二人去游龙泉寺逛庙会。盼望已久的我那天起床时却竟然发现父亲一如既往的又下地干活了，我的心情像乌云遮住了阳光的天空，顿时暗了下来。没吃早饭的我像雕塑一样坐在窑洞前面的木墩上，目不转睛地注视着大门口，坚信这天一定能实现自己多年来梦寐以求的夙愿。日高三竿，心烦意乱的我等来的不是父亲归来的身影，而是母亲照例交给我装有两个馒头和一瓶凉开水的旧挎包。母亲告诉我，父亲天刚亮就带着干粮下地干活了，可能傍晚才回来，走时还特意叮嘱，让我像往常一样帮祖父去好好放牛。听了母亲的话，我像根木棍一样伫立在院子的中央，浑身的血液顿时凝固了，久久回不过神来。直到在母亲的再三催促下，我才无奈地和祖父将牛赶出了牛圈。牛总共有五头：我家两头，祖父家三头。祖父当时年近七旬，赶不上嘴馋到处乱窜的黄牛，这就是祖父每次放牛必须带上我的原因。垂头丧气的我像丢了魂似的无精打采地跟在牛群的屁股后面，拖着皮鞭慢悠悠地在山间的小路上晃荡着，满腹委屈的我对周围的一切都充满了敌意，边走边 “左突右杀”着道路两旁的一切，尤其看见黄牛们兴致勃勃地边行走边津津有味地吃着路边的青草时，心中的怒火像火山爆发一样喷涌而出。我狂奔向前，手中的皮鞭像雨点似的落在牛背上,牛群顿时惊慌失措夺路而逃，它们顺着羊肠小道拼命逃窜，一路尘土飞扬。后面传来祖父大声的叫骂，但我却置若罔闻，反而变本加厉。牛群在前面一路狂奔，我在后面紧追不舍，直到累得上气不接下气瘫坐在草丛中，牛群才喘着粗气，徘徊张望许久，开始放心地啃起了茂盛的野草。

躺在软绵绵的草地上，满身尘土的我慢慢睁开迷茫的双眼，放眼望去，眼前的景色和昔日放牛时的景色依旧：缓缓的山坡上开满了各种各样的野花，黄色的蒲公英、紫色的牛铃、红色的迎春花……一条清澈见底的小溪像长蛇一样在曲折迂回的山谷中蜿蜒前行；各种不知名的小虫子此起彼伏地发出响亮的叫声，汇成一首悦耳动听的交响曲。如果是往日，我会采集各种各样的花草编成草帽花篮，戴在自己的头上，挂在牛角上。但今天，眼前的美景对心情糟糕到了极点的我来说，不仅没有丝毫的诱惑，而且加重了我郁闷的心情。我平躺在山坡上，看着湛蓝如洗的天空和自由自在飘荡的白云，心中幻想自己马上变成传说中的孙悟空，一个筋斗云飞到龙泉寺去仙游。闭上眼睛，脑海中似乎出现了龙泉寺熙熙攘攘的人群，耳边也似乎传来了庙会上嘈杂纷扰的叫卖声。可将我从梦幻中拉回现实的却是祖父呼唤我赶牛的吆喝声，梦幻破灭的我顿时又怒火燃烧，我站起身来，用脚拼命地狂踢着旺盛的野草，东倒西歪的花草将猝不及防的蜂蝶纷纷拍落在地，未解心头之气的我又残忍地将准备逃命的蝴蝶扔到蜘蛛结网待食的八卦阵上，但看着蝴蝶的拼命挣扎和蜘蛛的疯狂肆虐，于心不忍的我又是一阵狂踢，直到土飞网破，蝶飞蛛逃，才停下脚来。随着心情的逐渐平静，百无聊赖的我又拾起岸边的石子用力掷向溪水，浪花四溅，一颗、两颗……直到我浑身无力地再次躺倒在草丛里，恍惚之中进入了梦乡。

突然，一阵清脆的汽车喇叭声把我从梦中惊醒，睁开双眼，日已偏西，空旷的山谷鸦雀无声，只有祖父抽旱烟的吧嗒声在耳边回旋。我醒过神来，向着眼前的山梁冲去，边奔跑边张望着，爬上山顶，终于看到了我期盼又伤心的一幕：几辆“东风”牌卡车满载着乘兴而归的人们在对面的山梁上疾驰着。看到这些，想到明天的伙伴又在我的面前炫耀他们在四月二的所见所闻，我的心像刀割一样。我无奈地站在深不见底的悬崖边，对着山谷一阵狂吼，大声地追问着为什么？可空旷的山谷没有人回答，只有自己的回音在山谷中久久飘荡。心情绝望的我跪倒在田野里，一头栽倒在正在拔节的麦苗上，双手抱着脑袋放声大哭起来。

傍晚回家，刚一进家门，灰头土脸的我就故意将挎包狠狠地砸在只有一张光席子的土炕上。父亲见状顿时脸色大变，但看见母亲从书包中掏出的原封未动的两个馒头和一瓶水时，父亲沉默了，母亲的眼圈红了。那一夜，我听见了母亲的埋怨声和父亲的叹气声。

多年以后，我找到了父母每年不带我们姐弟二人游龙泉寺逛庙会的答案。不是父母不爱我们，而是心有余而力不足；不是父母怕花钱，而是根本无钱可花。患病多年的母亲每天需要大量的药物来维持生命，而父亲当时只是一位每月只有十九元五角工资的民办教师，地里的庄稼是全家人的希望，而星期天是他干农活的唯一时间。虽然时过境迁，可每当想起当年的情景，我的心中总是充满了深深的自责和难以言表的内疚，泪水充满了整个眼眶。我知道，以残忍对待大自然的一切生灵来疯狂发泄自己的情绪，是年幼无知的我宣泄自己痛苦心情的唯一方式；但我也知道，当年自己的所作所为，伤害了勤劳善良的黄牛，漂亮迷人的蝴蝶，辛勤忙碌的蜜蜂，还有那聪明的蜘蛛和那些无辜的花草；我更知道,狠摔挎包的那一幕，我不仅给了父母极大的难堪，更是深深地伤害了父母那颗柔软的心。

那一年，我隐约记得自己好像是九岁半。后来听母亲说那还是虚岁。

花开花落,春去春回，几年后，又一年的四月二来临了，没抱任何希望的我却突然听到一个难以置信的好消息，父亲告诉我和姐姐，他今年可以带我们去游龙泉寺逛四月二庙会。我和姐姐欢呼雀跃，欣喜若狂，病情好转的母亲从五斗柜里拿出我们过年才穿的新衣服，父亲用几天前刚买回来的“红旗”牌自行车带着我们上路了。坐在自行车前面的我，像一只快乐自由飞翔的小鸟，左顾右盼地欣赏着春天美丽迷人的景色，蔚蓝的天空中白云朵朵，空气中到处弥漫着清爽袭人的麦香，四周一望无际正在拔节的麦苗在微风的吹拂下像汹涌澎湃的大海一样起伏荡漾，载着我们父子三人的自行车像小舟一样在凹凸不平的沙石马路上费力地前行，父亲的汗珠流淌到了我的脖子上，可我的心情却随着滚动的车轮不断地高涨。到了龙泉寺山腰，吃起和家乡大小一样的青杏却不再苦涩而且美味香甜；龙泉寺的山泉比家乡山坳里的“黄瓜水”更加的清爽；庙会上的车水马龙是我到那年为止见过的最热闹的情景；香气四溢的豆腐脑与隔壁叔父做的比起来根本就是天上人间。

不知不觉中太阳跑到了西边的天空，游兴未尽的我只好跟着父亲和姐姐爬上山坡，可到了坡顶，当我们正准备骑着寄放在坡顶人家的自行车回家时，突然间，狂风大作，电闪雷鸣，倾盆大雨从天而降，冰凉的雨水眨眼间浇透了我们的全身，豆大的雨点像皮鞭似的劈头盖脸地抽打着我们，眼睛仿佛被胶水粘住了，无法睁开。此时的我就像一只掉进水缸里的小鸡，两只小手在狂风暴雨中无助地乱舞着，雨雾封锁了我们的视线，泥泞的沙路阻止了自行车前进的车轮。父亲一边费力推着自行车，一边叫喊着让我和姐姐向西边的麦田快跑。穿过麦田，我看见不远处有座房子的轮廓，眼前一亮，心里顿时一热，就像落水的人看到了一根救命的稻草。我跟随姐姐狂奔而去，但快要到达房子时，眼前的情景却令我们大失所望。原来那只是一间废弃了的搁置变压器的平板小房，不仅铁将军把门，而且那不到半尺的屋檐根本无法为我们姐弟二人遮风挡雨。我和姐姐只好蜷缩着紧贴房门，像两只离群而且受伤的小动物似的任凭狂风暴雨的欺凌，泪水雨水交织在一起像断了线的珠子落下，浑身像筛糠似的颤抖着，牙齿发出咯咯的响声。正在这时，我突然感觉好像风停雨住了，可当我慢慢抬起头来，看见的竟是父亲双手托着自己的上衣罩在我和姐姐的身上，父亲脸色铁青双目紧闭，头上和脸上的雨水在脸庞上汇成小水帘向下流淌着，但父亲还是坚定地站在风雨中，像一堵墙似的挡在我们的前面。我和姐姐像两只躲在大鸟翅膀下的小鸟，身上慢慢暖和起来，但我的确心痛了，我强忍着不让泪水流下来，从那时起，我觉得父亲是山，一座雄伟挺拔的大山，是一座能给我们儿女避风挡雨带来温暖的大山。

那天回家天色已黑，晚上睡在炕上，听着父亲连续不断的咳嗽声，我后悔极了。从此，我开始讨厌那可恶的四月二，憎恨那该死的暴雨，更恨无知自私的自己。

那年，我清楚地记得，我十三岁。

四季更替，斗转星移，转眼间我已经快到不惑之年。回想今昔，我不知道每年当四月二这天来临之时，家乡那些和我当年年龄相仿的孩子们有着怎样的经历和感受，但我知道，在物质极大丰富交通极其方便的今天，四月二对于他们而言，一定是快乐幸福的一天。而在从小在县城长大的女儿眼里，四月二是一年中最平常的一天，因为对她来说，站在窗前就可以看到四季变换的龙泉寺；而游龙泉寺对她来说就像我小时候在家乡的山沟玩耍一样随便，任何时候想玩都可以去；对于沿袭已久流传下来每年十天的四月二庙会，如果自己想逛，父母随时都可以陪她去逛。

细细回想，今天这美好的一切，究其原因，源自于改革开放的春风吹遍了祖国的大江南北，而三十多年的改革成果，将我和女儿的童年仿佛拉开了几个世纪的时光间隔。现如今更我相信，中华民族伟大的复兴梦将会让未来所有炎黄子孙的童年变得更加幸福。

随着岁月的流淌，香火绵绵，热闹非凡的四月二庙会也许逐渐会被人们繁忙的生活所淹没，也许它会慢慢地退出孩子们无忧无虑的童年，但对我来言，四月二却成了一幕幕深藏在我心中永远难以忘却的记忆。因为这一天，它不仅演绎了我成长历程中的所有酸甜苦辣咸，快乐和痛苦、期盼和失望、喜悦和忧愁、欢声和泪水、幼稚和成熟、脆弱和坚强……而且它诠释了父爱如山母爱如水的人间大爱。

后 记

自2019年初崇信县被列为全省第一批新时代文明实践中心建设试点县以来，县委、县政府高度重视，紧紧围绕“举旗帜、聚民心、育新人、兴文化、展形象”这一中心，调动各方力量，整合各种资源，创造性地提出并实施了“4566”工作办法，推动全县新时代文明实践工作取得了阶段性成效。

新时代文明实践中心，是以习近平新时代中国特色社会主义思想为指导，凝聚群众、引导群众，以文化人、成风化俗的一个重要载体，也是最大限度地凝聚团结奋斗正能量，构筑精神世界新家园的有效手段。党的十八大提出培育和践行社会主义核心价值观，习近平总书记强调要“深入挖掘和阐发中华优秀传统文化讲仁爱、重民本、守诚信、崇正义、尚和合、求大同的时代价值”。党的十九大进一步提出，要“推进诚信建设和志愿服务制度化，强化社会责任意识、规则意识、奉献意识，使中华优秀传统文化成为涵养社会主义核心价值观的重要源泉”。为了让这些精神在崇信大地落地生根，县委、县政府把新时代文明实践工作和诚信文化建设列入全县重要议事日程，尤其是全县第十五次党代会以来，全县上下应和着新时代的鼓点，致力于诚信之城的建设发展，大力弘扬尊崇信仰、信念、自信、信心、诚信、信任的崇信精神，深入推进政务诚信、商务诚信、社会诚信和司法公信建设，努力打造民风淳朴、社风良好、政风务实的诚信文化特色品牌，进一步传承和弘扬“尊崇诚信”的文明之光。

在崇信开展诚信文化建设，具有得天独厚的历史文化优势。检视我们的地域资源，梳理文化脉络，当属公刘农耕、唐代军旅、古树名木、红色革命特色最为鲜明，也最为厚重。多年来，这些弥足珍贵的地域文化，在推动全县经济社会繁荣发展的进程中发挥了不可或缺的精神力量。分析这几种独具魅力的文化形态，不难发现，它们都有一个共同的特点：诚信。比如公刘农耕文化中所倡导的人与自然、人与社会诚信相处的朴素观念；李元谅“推崇诚信，保境为信”的文化属性；古槐蕴含的“知时守信”的美好寓意；革命烈士“舍生取义、杀身成仁”的精神向度，都是诚信精神的集中体现，是这四种文化的思想基础和价值共识。可以说，崇信的不同文化形态重叠融合，无不闪烁着诚信的光芒，共同孕育着“尊崇诚信”的人文精神，这种精神已厚植于崇信的沃土之上，成为开展新时代文明实践不可或缺的文化宝库。

如何进一步总结成绩，深化效果，持续发力，把已经形成的文化成果汇集起来，传播出去，深入人心，使新时代文明实践中心建设成为全县广大干部群众学习宣传习近平新时代中国特色社会主义思想的加油站，始终是我们工作实践中思考的重点和努力的方向。基于这一考虑，我们决定编纂这部“崇信尊崇诚信文化系列”。该系列分为《尊崇诚信》《红色沃土》《古槐之韵》三册，以历史所承载的诚信和人文情怀，诠释解读诚信的时代意蕴，让“尊崇诚信”的崇信精神放射出更加灿烂的光芒。

我相信，这部系列书对于展示崇信、宣传崇信必将产生积极的作用，也将擦亮“尊崇诚信”的金字招牌，成为引领崇信经济社会发展的精神动力。希望更多的人投身到新时代文明实践活动中来，以更加饱满的热情，积极工作、勇于实践、乐于奉献，谱写崇信更加美好的明天。

本书成稿之时，获悉崇信县新时代文明实践中心又被列入国家级第二批试点县，这是对我们工作的肯定和鞭策，也是本书面世的必要和理由。在编写过程中，社会各界对我们的工作给予了大力支持，尤其是甘肃省作家协会主席马步升在百忙之中拨冗作序，平凉市文联主席李世恩先后三次对书稿的修订完善给予指导，在此表示衷心的感谢。同时，对每一位入编作者的辛勤劳动，深表谢忱。

但由于时间紧张，加之编者水平有限，难免会出现疏漏和差错，还望读者批评指正。

最后，祝愿伟大的祖国繁荣昌盛，祝愿诚信的崇信人民幸福安康！

张荣

2019年12月